CRUEL SIN

Du wirst mir gehören

_____

Alessia Davies

Impressum:

© Alessia Davies
c/o WirFinden.Es
Naß und Hellie GbR
Kirchgasse 19
65817 Eppstein
Verlag: BoD · Books on Demand GmbH, Überseering 33,
22297 Hamburg, bod@bod.de
Druck: Libri Plureos GmbH, Friedensallee 273, 22763 Hamburg
ISBN: 978-3-7693-7691-3
Korrektorat: Frauke Hansen

Cover: Constanze Kramer, Coverboutique.de

Buchsatz: MPDesign

Bildernachweise: ©Brilt, ©ALL YOU NEED Studio – stock.adobe.com, freepik.com, rawpixel.com

Inhaltsverzeichnis

1. Adriana Prolog

Nur noch ein paar Monate. Dann bist du hier weg. Das war der einzige Gedanke, der mich aufrechterhielt. Seit Wochen habe ich überlegt, wie es nach meinem Medizinstudium weitergehen würde, für das ich so hart gearbeitet habe. Es war immer mein Traum, eines Tages Ärztin zu werden. Dafür habe ich sogar darauf verzichtet, auszugehen oder Männer zu daten, weil mir schlichtweg die Zeit fehlte. Ich habe neben dem Studium und meinem Job als Tänzerin hier im ›La Venus‹ alle Hände mit Lernen zu tun. Mehr als gelegentlicher Sex war einfach nicht drin. Und doch muss ich zugeben, dass ich mich hin und wieder danach sehne, in den Arm genommen zu werden. Geliebt zu werden. Den besten Sex meines Lebens zu haben und dann erschöpft an seiner Brust einzuschlafen, ohne daran zu denken, was morgen ist. Morgen. Bei dem Gedanken, was mich am Abend erwartet, wird mir ganz schlecht. Wieso habe ich mich nur auf Vincenzos Drängen hin dazu überreden lassen, für einen seiner besten Kunden einen Lapdance zu tanzen? Weil ich keine andere Wahl hatte, rede ich mir selbst ein und muss an mich halten, Vince nicht direkt auf die Füße zu kotzen. Nervös beiße ich mir auf die Lippen, weil er mich mit ausdrucksloser Miene streng mustert. Schon immer hatte er solch eine Wirkung auf mich, die ich mir nicht so genau erklären kann. Ich gebe es nicht gerne zu, aber ja, ich habe Angst vor ihm. Vielleicht war es doch keine so gute Idee, ausgerechnet den Job bei Vincenzo Conti anzunehmen, der für seine krummen Geschäfte bekannt ist. Ob Drogen, illegale Machenschaften oder Geldwäsche in seinen Stripclubs, er ist sich für fast nichts zu schade. Man muss ihm zumindest zu Gute halten, er bezahlt seine Angestellten verdammt gut. Besser als jeder andere im Umkreis von hundert Kilometer in Sizilien, was auch der Grund dafür ist, wieso ich den Vertrag schlussendlich unterschrieben habe. Ich brauche das Geld, um meine Wohnung und mein Studium zu finanzieren. Ohne den Job bei Vince hätte ich den Traum, Ärztin zu werden, bereits vor zwei Jahren begraben müssen. Leise räuspernd strecke ich den Rücken durch, um so selbstsicher wie möglich vor meinem Chef zu erscheinen. Obwohl mein Puls rast, lasse ich mir nicht anmerken, wie nervös ich wirklich bin.

»Vince, kann ich dich unter vier Augen sprechen?« Bittend sehe ich meinen Boss an, der den

Mund zu einer schmalen Linie zusammenpresst. Geduldig legt er seinen Kugelschreiber auf den Unterlagen vor sich ab und seufzt.

»Adriana, wenn es um den geplanten Lapdance morgen Abend geht, können wir uns das Ganze gleich sparen. Der Kunde hat ausdrücklich nach dir verlangt«, erklärt er mir bereits zum wiederholten Male. Bleib ruhig, Adriana, du wirst Vince nicht überzeugen können, wenn du jetzt die Geduld verlierst. Tief Luft holend nicke ich ihm verstehend zu.

»Vince, was ist mit Isabella? Sie hat mir angeboten, den Job zu übernehmen und ganz ehrlich, sie ist genau der Typ Frau, den der Kunde verlangt hat. Schwarze Haare, braune Augen sowie hinreißende Kurven an den richtigen Stellen. Jede Italienerin könnte den Job vermutlich tausend Mal besser machen, als ich es tun werde!« Wieso will Vince einfach nicht begreifen, dass ich nicht auf den Tisch gehöre, sondern auf die Bühne an die Stange? Der Ort, wo ich mich von Anfang an am wohlsten gefühlt habe. Ich brauche den Abstand zu den Männern, die mich für gewöhnlich mit den Augen ausziehen, um mich sicher zu fühlen. Ich mag es nicht besonders gern, von irgendwelchen alkoholisierten Typen begrabscht zu werden, was bei einem privaten Lapdance durchaus passieren könnte.

»Adriana, mir reicht es endgültig, ich habe genug von deinen Eskapaden. Entweder du bist morgen Abend um zweiundzwanzig Uhr hier, um deinen verfickten Job zu machen oder du bist auf der Stelle gefeuert«, brüllt Vince aufgebracht auf. Seine Augen zu Schlitzen zusammengezogen donnert seine Faust auf den marmorschwarzen Tisch. Alles an ihm strahlt pure Überlegenheit und Dominanz aus. Wie eine gewaltige Erscheinung steht er von seinem Stuhl auf und blickt mich aus eiskalten, fast schwarzen Augen bedrohlich an. Erschrocken zucke ich zusammen und hole keuchend Luft. Ein Zittern geht durch meinen verräterischen Körper. Ich habe mir doch vorgenommen, Vince nicht zu zeigen, wie sehr ich mich vor ihm fürchte. Vor ihm und seinem Bruder Fabrizio, der mir ein amüsiertes Lächeln schenkt. Was für ein Arschloch. Ich senke den Kopf und starre wie benommen auf den Tisch, auf dem sich Vince abstützt. Die braune Flüssigkeit, die Whiskey oder Rum zu sein scheint, schwappt gefährlich hin und her. Gerade noch rechtzeitig, bevor der Alkohol auf dem Tisch landet, nimmt mein Boss das Glas und stürzt den Shot mit einem Schluck hinunter. Allein der Anblick lässt mich gequält den Mund verziehen. Ich hasse jede Art von

Alkohol. Es erinnert mich an die Kindheit bei meinem Vater, die alles andere als rosig war. Doch darüber will ich an einem Ort wie diesem nicht nachdenken. Es würde mich angreifbar und verletzlich erscheinen lassen. Schnell unterdrücke ich die Tränen, die sich mit aller Macht einen Weg nach oben kämpfen.

»Adriana?! Wenn wir hier nun fertig sind, bitte ich dich zu gehen!«, presst Vince wütend heraus. Dies war ein knallharter Rausschmiss, der mich wohl noch nachhaltig beschäftigen wird. Nachdenklich verlasse ich das Büro, ohne ein Wort der Verabschiedung. Ich habe Mr. Conti gehört, sollte ich mich tatsächlich weigern, morgen Abend den Lapdance für den Kunden aufzuführen, bin ich meinen Job los. Egal, wie ich mich entscheide, ich kann nur verlieren. Die Würde oder meinen Job. Jetzt muss ich wohl herausfinden, welches das kleinere Übel von beiden ist.

2. Dion

Gähnend lege ich den Kopf in den Nacken, um das schmerzende Gefühl aus den Muskeln zu vertreiben. Seit Stunden sitze ich hier, um nach einer Lösung für mein Problem mit Caprice Marino zu suchen. Ich muss sie loswerden. Schnell und möglichst ohne viel Aufsehen zu erregen. Was sich schwerer herausstellt, als ich angenommen habe. Der Menschenhandel ist auch nicht mehr das, was er einmal war. Wo sind denn die ganzen Wichser, die auf junge, bildschöne Frauen stehen, um sie zu ihrem Eigentum zu machen? Sie unterwerfen? Mit ihnen all die Fantasien auszuleben, wofür sie in der Öffentlichkeit verachtet werden würden. Es scheint, als würde auf dieser Frau ein Fluch liegen. Seit knapp vier Wochen ist sie nun in meinem Besitz, ich wette, wäre sie noch Jungfrau, hätten sich die Typen einen Wettkampf geliefert, wer am meisten für sie bietet. Es kommt nicht selten vor, dass jemand zwei, drei Millionen auf den Tisch legt, um eine Frau zu bekommen, die keinerlei Erfahrung hat. Die ein Mann nach seinen Wünschen formen kann, wie es ihm bedarf. Caprice ist gelinde gesagt weit davon entfernt, eine Jungfrau zu sein, wie sich im Nachhinein herausgestellt hat. Davino, mein jüngerer Bruder, hätte einfach auf mich hören sollen. Sie zu entführen, war nicht nur selten dämlich, es beschert uns obendrein einen Haufen Probleme, die ich so gar nicht gebrauchen kann. Bei Gelegenheit sollte ich ihm vielleicht nochmal seinen Job erklären, bevor ich ihn auf die Menschheit loslasse. Ich meine, wie schwer kann es schon sein, einen allumfassenden Backgroundcheck zu machen, um genau so eine Situation zu vermeiden? Seinetwegen bekomme ich seit Tagen kein Auge zu. Ständig sorgt er für Ärger, den ich am Ende ausbaden darf. So wie die Sache mit Caprice. Mein Bruder, der Idiot, hat doch wirklich angenommen, ihre Schönheit reicht aus, um einen geeigneten Käufer für sie zu finden. Eine Fehleinschätzung, die mich teuer zu stehen kommen wird, wenn ich sie nicht bald loswerde. Es wird mir nichts anderes übrigbleiben, als sie am Wochenende im ›Silent Dreams‹ zu versteigern. Mehr als vierzig, fünfzigtausend Euro werde ich mit Sicherheit nicht für Caprice bekommen. Im Vergleich dazu, was ich für gewöhnlich mit dem Handel mit Frauen verdiene, sind es nur lächerliche Peanuts. Natürlich könnte ich Davino dafür verantwortlich machen, nur habe ich nicht die Geduld, ihm seinen verfickten Job zu erklären. Nicht heute, an meinem Geburtstag, wo

Nevio irgendwas geplant hat, um mich zu überraschen. Was liebe ich doch Überraschungen. Nicht. Wenn es nach mir geht, würde ich den Tag irgendwo allein verbringen, nur das Meer und ich. Mehr brauche ich nicht, um glücklich zu sein. Nevio kennt mich besser als jeder andere, wieso er trotzdem noch immer versucht, mich dafür zu begeistern, irgendwas zu feiern, ist mir schlichtweg ein Rätsel. Ich hasse es, unter Menschen zu sein, die mir dreist ins Gesicht lügen, ohne mit der Wimper zu zucken. Solche Veranstaltungen sind vielleicht gut fürs Geschäft, für mich bedeutet dieser ganze Rummel nichts weiter, als eine Maske aufzusetzen, die mir nicht steht. Diese gespielte Freundlichkeit ist zum Kotzen. Und wenn ich daran denke, meinen Geburtstag mit Menschen zu verbringen, die mich lieber tot als lebendig sehen wollen, steigt Übelkeit in mir auf. Was gäbe ich dafür, diesen Tag einfach zu vergessen. Vermutlich mein linkes Ei, serviert auf einem goldenen Tablett. Nur befürchte ich, es wird Nevio nicht davon abhalten, mir diesen Abend auf jede erdenkliche Weise zu versauen. Mein ganz persönliches Geburtstagsgeschenk, von dem ich sicherlich noch in zehn Jahren träumen werde.

»Man wird nur einmal im Leben dreißig, Dion«, äffe ich seine Worte nach, ohne zu bemerken, wie die Tür leise aufgeht.

»Genau richtig, Dion«, ertönt Nevios dunkle Stimme, die auf andere schon immer eine bedrohliche Wirkung hatte. Mich hingegen lässt sie völlig kalt.

»Was machst du hier?«, brumme ich genervt.

»Du warst nicht beim Abendessen, ich habe mir Sorgen gemacht«, erwidert er gedehnt und schließt mit einem leisen Klicken die Tür hinter sich. Sichtlich gelangweilt sieht er mich aus dunklen Augen an und lehnt sich entspannt an die Wand. Seine Aura ist beinahe so angsteinflößend wie sein Umgang mit seiner Smith & Wesson, die er rund um die Uhr bei sich trägt.

»Du brauchtest sechs Stunden, um nach mir zu sehen, weil du dir Sorgen gemacht hast? Wow, ich habe nicht gewusst, dass der Weg so lang ist, wo wir uns noch immer in meiner Villa befinden«, kann ich mir einen fiesen Seitenhieb nicht verkneifen.

»Es könnte vielleicht sein, dass auf dem Weg hierher … etwas geschehen ist, was meine ganz persönliche Aufmerksamkeit gebraucht hat.« Natürlich. Die Rede ist von Letizia.

»Lass mich raten, Letizia ist aus Versehen über deinen Schwanz gestolpert? Du konntest also gar nicht anders, als sie so lange zu ficken, bis sie darum gebettelt hat, kommen zu dürfen, ist es nicht so?« Nevio vergisst, wen er vor sich hat. Ich bin nicht so leicht zu täuschen wie meine Brüder Dante und Davino, die ihm diese Nummer abgekauft hätten. Nur bin ich nicht so blind wie sie. Ich weiß seit geraumer Zeit darüber Bescheid, was mein Freund hinter meinem Rücken mit Letizia treibt. Wenn sie sich genauso liebevoll um ihren Job kümmern würde, wie um Nevios Schwanz, wäre ich wunschlos glücklich.

»Dion, du verstehst das nicht.« Seine Worte stimmen mich nachdenklich. Ganz genau, ich verstehe tatsächlich nicht, wieso er nicht endlich die Finger von ihr lässt. Meine Fresse, ja, sie war seine Jugendliebe, die Frau, die ihm unter die Haut ging, bis zu dem Tag, an dem Davino ihm bewiesen hat, wie leicht es ist, sie ins Bett zu kriegen. Zwei Cocktails und ein paar Komplimente später saß sie auf Davinos Schoß, um sich vor den Augen unserer Geschäftspartner ficken zu lassen. Oder wie mein Bruder es so überaus liebevoll nannte: Ein Buffet, von dem jeder kosten konnte, der Lust dazu hatte. Schmerzlich erinnere ich mich noch an den Zusammenbruch von Nevio, mitten in der Nacht stand er mit Tränen in den Augen in meinem Büro. Der Betrug von Letizia hat Nevio gebrochen. So sehr, dass er sich geschworen hat, nie wieder eine Frau in sein Leben zu lassen. Was auch nicht schwer ist, wenn er nach wie vor die Schlampe vögelt, die ihm das Herz aus der Brust gerissen hat.

»Nevio, ganz im Ernst, dieses Miststück ist dein Untergang, sie spielt mit deinen Gefühlen, ist dir das wirklich so egal?« Verzweiflung steht ihm ins Gesicht geschrieben. Aber auch Trauer, Wut und Angst.

»Ich liebe sie, nach wie vor, Dion. Das, was sie getan hat, war falsch, keine Frage. Warum hat Davino sie nicht einfach in Ruhe gelassen ...?« Oh bitte, nicht schon wieder. Wie oft will er meinem Bruder noch die Schuld dafür geben? Wieso kann er die Wahrheit nicht akzeptieren, dass nicht Davino das Problem ist, sondern Letizia? Ist das wirklich so schwer?

»Davino hat sie nicht zum Sex gezwungen, Nevio. Es war ihre Entscheidung, nicht deine, nicht die von Dante oder mir. Allein ihre. Letizia ist ein Miststück und es wird Zeit, dass du das endlich begreifst.« Wie kann er nur so verdammt blind sein? Blind und naiv? Am liebsten würde ich Letizia aus meiner Villa werfen, wie Abfall in den Gassen von Sizilien entsorgen. Es wäre ein Leichtes, sie verschwinden zu lassen. Nur die Freundschaft zu Nevio hält mich davon ab, es wirklich zu tun. Noch. Bisher habe ich meine Füße stillgehalten, doch wenn sie weiter mit ihm spielt, wie ein Hund mit seinem Spielzeug, kann ich für nichts garantieren. Erst recht nicht dafür, dass sie diese Villa jemals wieder lebend verlässt. Mit sechzehn folgte sie mir, ohne zu ahnen, was sie erwartet, in der Hoffnung auf ein besseres Leben. Hätte ich doch nur auf mein Gefühl gehört, anstatt Nevios Drängen nachzugeben, sie ihm zu überlassen. Von Anfang an hat er etwas in ihr gesehen, was ihn in den Bann gezogen hat. Was genau? Entzieht sich meiner Kenntnis. Dieses manipulative Miststück, für kein Geld der Welt würde ich sie ficken, geschweige denn zu meinem Eigentum machen.

»Lassen wir das Thema, Dion. Letizia ist allein mein Problem, nicht deins, in Ordnung?«, sagt er nach einer Weile des Schweigens. Wieder einmal sind wir an einem Punkt angekommen, an dem wir unterschiedlicherer Meinung nicht sein könnten, er wird immer hinter diesem Miststück stehen und ich würde der Frau am liebsten eine Kugel in den Kopf jagen. Der Gedanke, Letizia umzubringen, klingt verdammt verlockend.

»Ich könnte mich persönlich um dein kleines Problem kümmern, wenn du willst?«, biete ich ihm großzügig an. Wir sind Freunde, eine Familie, da ist man füreinander da, nicht wahr? Grinsend öffne ich den Verschluss der Whiskeyflasche, um Nevio und mir einen Shot einzugießen. Mit einer einladenden Geste bitte ich ihn, Platz zu nehmen. Kopfschüttelnd stößt er sich von der Wand ab, um meiner stummen Aufforderung zu folgen. Mit einem Seufzen lässt er sich auf den Stuhl fallen, greift nach dem Whiskeyglas und trinkt den Shot mit einem Zug aus. Alle Achtung, er scheint diesen Drink noch nötiger gehabt zu haben als ich. Grinsend fülle ich sein Glas erneut mit Whiskey, wie ein guter Gastgeber so etwas nun einmal tut.

»Besser?« Seine Mundwinkel zucken, dann nickt er leicht. Zwar nur zögerlich, aber immerhin.

»Dion, ich habe überlegt, aus Sizilien wegzugehen«, eröffnet mir mein Freund, ohne den Blick von seinem Glas zu nehmen. Er will weggehen? Wieso? Wegen Letizia? Wenn sie ihre Finger im Spiel hat, bringe ich sie eigenhändig um. Auf der Stelle. Innerlich fluchend kippe ich den Whiskey auf ex hinunter, warte auf das gewohnte Gefühl, das meine Kehle zum Brennen bringt. Doch aus irgendeinem Grund spüre ich nichts. Nichts, außer die Kälte, die Nevios Worte in mir hinterlassen haben.

»Nevio, lass den Scheiß, du bist hier auf Sizilien geboren, unsere Familien sind seit Jahren miteinander befreundet, wo in aller Welt willst du hin?«, brülle ich wütend auf. Verletzt sehe ich ihn an. Wie lange spielt er denn schon mit diesem Gedanken? Und wieso hat er nicht mit mir, seinem

Freund, gesprochen? Ich dachte, er würde mir vertrauen.

»Nach Spanien, Portugal oder Frankreich?! Ich habe keine Ahnung, Dion«, lautet seine Antwort, die mir noch weniger gefällt als die Tatsache, dass er überlegt, Italien zu verlassen. Wenn er erst einmal in den Flieger steigt, werde ich ihn mit Sicherheit nicht aufhalten können. Aber ich kann es jetzt versuchen.

»In Frankreich ist es ziemlich kalt«, gebe ich ihm zu bedenken. Allein die Städte und Gebäude wirken auf mich so grau, trist und einsam. Bestimmt kein Ort, an dem ich leben will und Nevio soll es auch nicht. Er gehört nach Italien, Sizilien, an meine Seite, um genau zu sein.

»Ich weiß, Dion, im Herzen wird Italien immer meine Heimat bleiben. Aber ich kann nicht bleiben, nicht mehr … mach es mir nicht noch schwerer, Abschied zu nehmen«, bittet er mich traurig. Sein Lächeln wirkt wie erstarrt. Mein Geburtstagsgeschenk, einen Abend gemeinsam mit ihm und unseren Freunden zu verbringen, ist seine Art, mir für immer Lebewohl zu sagen?

»Wieso willst du gehen, ist es wegen Letizia?«

»Sie hat mich gebeten, ihr Trauzeuge zu sein. Sie und Fabrizio, sie werden in zwei Monaten heiraten«, eröffnet er mir schonungslos den Grund für seine überstürzte Flucht. Wieso habe ich geahnt, dass diese Frau ihre Finger im Spiel hat? Letizia hat vor, die Ehefrau von Fabrizio, meinem langjährigen Geschäftspartner, zu werden? Soll das ein Scherz sein? Der Mann könnte ihr Vater sein, mindestens.

»Ich habe nicht gewusst, dass sie einen Daddy-Komplex hat!«, überlege ich laut.

»Glaub mir, ich war genauso überrascht wie du, Dion. Du verstehst also, dass ich gehen muss?« Nevios Stimme klingt so voller Wut und Hass. Wortlos reiche ich ihm einen Shot. Dankbar sieht er mich an und zupft sein weißes Hemd ein wenig zurecht, aus dem die schwarzen Tattoos an seinem Hals hervorlugen.

»Nevio, um ehrlich zu sein, verstehe ich nicht so recht, wieso du gehen willst. Du bist sie ein für alle Mal los, du solltest dich über die Tatsache freuen, anstatt mit dem Gedanken zu spielen, deine Koffer zu packen«, erwidere ich mit Nachdruck.

»Ich habe keinen blassen Schimmer, wie ich damit umgehen soll, dass Letizia einen anderen heiratet«, gesteht er mir leise. Ich bringe diese Schlampe um. Sie tut es schon wieder. Sie trampelt auf Nevios Herz herum, ohne darüber nachzudenken, wie sehr sie ihn damit verletzt. Wie dreist von ihr, ausgerechnet ihren Ex-Freund zu bitten, den Trauzeugen zu spielen. Sie hat noch weniger

Anstand als die Nutten, die für ein paar Hunderter bei jedem Typen die Beine breitmachen. Einfach ekelhaft. Wenn er mein Büro verlassen hat, werde ich ihr einen kleinen Besuch abstatten, um ihr beim Gehen behilflich zu sein. In zwei Monaten wird sie heiraten, was hält sie davon ab, schon jetzt Fabrizios Bett zu wärmen und seinen schrumpeligen Schwanz zu reiten?

»Glaub mir, wir finden einen Weg, dass du dieses Miststück vergisst. Hattest du nicht gesagt, wir feiern meinen Geburtstag in einem Club? Ich würde sagen, es ist der perfekte Ort, um auf andere Gedanken zu kommen. Nevio, ich lass nicht zu, dass du ihretwegen gehst, hast du verstanden?«

3. Adriana

Piep, piep, piep. Murrend schalte ich den Wecker aus und schäle mich aus dem Bett. Die ganze Nacht über habe ich kaum ein Auge zubekommen, ständig musste ich daran denken, was Vince zu mir gesagt hat. Entweder ich erledige meinen Job zur Zufriedenheit des Kunden oder unsere Wege trennen sich. Am liebsten würde ich ihm sagen, er kann sich seinen verdammten Job in den Arsch schieben. Sechs Monate, Adriana, rufe ich mir ins Gedächtnis. Bis hierhin habe ich so viel erdulden müssen. Überstunden im Krankenhaus, lernen, Hausarbeiten schreiben, der Job bei Vince, es war sicher nicht immer leicht, aber ich habe es geschafft. So kurz vor dem Ziel aufzugeben, kommt für mich nicht in Frage. Dafür habe ich zu viel aufgegeben, um mir meinen Traum, Ärztin zu werden, zu erfüllen. Was ist schon ein Semester? Irgendwie werde ich den Abend überstehen, zur Not trinke ich mir eben etwas Mut an. Ein Glas Champagner wird mir sicher helfen, nicht vor Aufregung vom Tisch zu stolpern. Wieso mache ich mich eigentlich schon jetzt verrückt? Bis zu meinem Auftritt sind noch gut zwölf Stunden Zeit, die ich definitiv mit angenehmeren Dingen verbringen kann, als mir den Kopf über den Lapdance zu zerbrechen. Am besten ich schiebe den Gedanken zur Seite, ganz weit nach hinten. Ein Frühstück ist vermutlich ohnehin viel gesünder, weshalb ich mich sofort an die Arbeit mache, ein bisschen Obst für mein Müsli zu schneiden. Anschließend bereite ich mir noch einen Espresso zu, schwarz. So wie mein Humor, hätte meine Freundin Giulia gesagt, wäre sie jetzt hier. Lächelnd setze ich mich an den Tisch unter dem Fenster, von wo aus ich einen perfekten Blick auf die Straßen Siziliens habe. Lautes Kinderlachen hallt aus den Gassen, wie ein guter Klassiker aus dem Radio, der das Gefühl von Liebe und Wärme vermittelt. Nie werde ich davon genug bekommen. Ebenso wenig wie von den Menschen, die unmittelbar in meiner Nähe wohnen. Jeden Morgen begrüßen sie mich mit den Worten: ›Buongiorno, signora Caruso, guten Tag, Frau Caruso!‹

Wir sind hier wie eine kleine Famiglia. Bei diesem Gedanken huscht ein trauriges Lächeln über mein Gesicht. Seit Padre vor zwei Jahren gestorben ist, fühle ich mich an manchen Tagen einsam, er war der Einzige, der immer hinter mir stand. Luca Caruso war jemand, der Spuren im Sand derjenigen hinterließ, die ihn liebten. Und das tat ich, aus vollstem Herzen. Er hat mir alles beigebracht, was ich über Männer wissen muss. Den wahren Schatz erkennst du nicht daran, wie edel er glänzt, sondern wie schwer er wiegt. Manche Steine sind es wert, einen Blick darunter zu werfen, vielleicht entdeckst du etwas, was dich vielmehr erfüllt als ein paar Münzen in einer löchrigen Tasche. Früher habe ich nicht verstanden, was er mir damit sagen wollte. Doch umso älter ich wurde, desto mehr Sinn ergaben seine Worte. Der Wert eines Menschen liegt oft im Verborgenen, in der Dunkelheit, an dem Ort, an dem es egal ist, wieviel Geld du hast. ›Vor Gott sind wir alle gleich, ob reich oder arm, ob Mörder oder Nonne‹, erinnere ich mich an Padres letzte Worte vor seinem Tod. Ausgerechnet ich musste ihn finden, zusammengekauert in einer Blutlache vor unserem Anwesen. Wäre er vielleicht nur zehn Minuten später nach Hause gekommen, könnte er heute noch am Leben sein. Zur falschen Zeit am falschen Ort, war die Aussage der Polizia, die mit einem Schulterzucken erklärte, wer für den Schusswechsel verantwortlich war. Die Cosa Nostra - die gefürchtete sizilianische Mafia. Dabei hat Padre nie mit der Mafia zusammengearbeitet, er ist nur ein unschuldiges Opfer, so wie all die anderen auch, denen es ähnlich erging. Sein Tod war so sinnlos. Viel zu früh habe ich meinen Padre zu Grabe getragen, die Trauer wegen seines Verlusts lähmt mich bis heute. Hätte ich ihm nicht versprochen, meinen Traum nie aus den Augen zu verlieren, wäre ich vermutlich an dem Schmerz, den sein Tod in mir hinterlassen hat, zerbrochen. Wehmütig denke ich an ihn zurück, an seine Stimme und sein herzliches Lachen.

Ein lautes Hupen reißt mich aus den Erinnerungen an meinen Padre. Ein leises Seufzen entkommt mir. Wie gern würde ich die Zeit noch einmal zurückdrehen, ihn ein letztes Mal in den Arm nehmen. Aber manche Wünsche werde auf ewig unerfüllt bleiben. Vorsichtig nippe ich an meinem Espresso, der mittlerweile lauwarm geworden ist. Wie lange habe ich hier bitte gesessen und vor mich hingeträumt? So langsam sollte ich mich wirklich ranhalten, die Hausarbeit macht sich schließlich nicht von allein. Schnell löffle ich mein Müsli aus und trinke ein Glas Wasser, bevor ich das Geschirr in die Spülmaschine räume. Die nächsten zwei Stunden verbringe ich damit, Staub zu wischen, Wäsche zu waschen und aufzuräumen, weil ich die letzten Tage wirklich keine Zeit dafür hatte, mich darum zu kümmern.

»So, das wars«, sage ich erleichtert, nachdem ich den Müll nach unten gebracht habe.

»Buongiorno, signora Caruso, guten Tag, Frau Caruso!«, ertönt die freundliche Stimme von Maria De Rosa, meiner Nachbarin, aus dem Fenster.

»Buongiorno, Maria, wie geht es Ihnen?«, erwidere ich mit einem Lächeln. Obwohl ich Maria schon mehrfach gebeten habe, mich mit Vornamen anzusprechen, wie es hier in Italien üblich ist, weigert sie sich, es wirklich zu tun. Und das nur, weil Giulia ihr gesteckt hat, dass ich Medizin studiere.

»An einem sonnigen Tag wie heute geht es mir ausgesprochen gut, meine Liebe. Wollen Sie nicht auf einen Espresso reinkommen?«, fragt sie lächelnd. Wie gern würde ich auf ihr Angebot eingehen, weil ich genau weiß, in ihrem Backofen wartet sicher ein Stück Kuchen, den sie tagtäglich frisch zubereitet. Für den Notfall, wie sie gern mit einem Augenzwinkern meint.

»Es tut mir leid, Maria, ich habe noch so viel zu tun, aber wie wäre es morgen? Sagen wir gegen zehn Uhr?« Kurz scheint sie über meinen Vorschlag nachzudenken, ehe sie nickt.

»Zehn Uhr klingt perfekt, signora Caruso. Ich mache mich sofort an die Arbeit, Ihnen ein Tiramisu zuzubereiten, das mögen Sie doch so gern«, sprudelt es ganz aufgeregt aus ihr heraus. Die Freude steht ihr deutlich ins Gesicht geschrieben.

»Maria, nein, Sie müssen nicht …« Den Rest meines Satzes hört sie schon gar nicht mehr, weil sie das Fenster ohne Vorwarnung schließt. Ein kurzes Winken, dann ist Maria hinter ihrem Vorhang verschwunden. Na super, so war das gar nicht gemeint. Jetzt steht sie wegen mir in der Küche, obwohl sie diesen sonnigen Tag genießen könnte. Mein schlechtes Gewissen meldet sich zu Wort. Ob ich einfach nach oben gehe und bei ihr klingle, um das Missverständnis aus der Welt zu schaffen?

»Adriana, was hast du getan?«, murmle ich leise und blicke zu ihrem Fenster empor. Ich kenne Maria gut genug, um zu wissen, dass sie sich von mir nicht umstimmen lassen wird. Schweren Herzens gehe ich zurück in mein Apartment, nicht ohne mir eine Notiz zu machen, Blumen für Maria mitzubringen. Ein kleines Dankeschön, was sie sicher annehmen wird. Sie muss. Ansonsten weigere ich mich, ihr leckeres Tiramisu zu essen, male ich mir bereits aus und werfe die Tür hinter mir ins Schloss. Kaum sitze ich auf dem Sofa, klingelt mein Handy. Genervt blicke ich auf das Display. Vince? Wieso ruft er um diese Uhrzeit an? Ist es nicht ein wenig zu früh, überlege ich für einen Augenblick und nehme den Anruf widerwillig an.

»Caruso«, melde ich mich kurz angebunden.

»Buongiorno, Adriana, schön dass ich dich so schnell erreiche. Ich wollte nur fragen, wie deine Entscheidung lautet. Nach unserem Gespräch gestern Abend war ich mir nämlich nicht sicher, ob du kommen wirst ...« Er hat Angst, ich könnte kneifen? Wer in aller Welt ist dieser Gast, der einen Lapdance gebucht hat, dass Vincenzo sichergehen will, dass ich auch wirklich erscheine? Irgendwie kommt mir das alles etwas seltsam vor. Erst das Verhalten von Vince, der darauf bestanden hat, ich solle den Lapdance tanzen, obwohl mein Job ein anderer ist, jetzt dieser Anruf. Was kommt als Nächstes? Ein Chauffeur, der mich sicher zum ›La Venus‹ bringt? Ich weiß auch ohne seine unterschwellige Drohung, dass ich keine andere Wahl habe, als heute Nacht für diesen Gast die Hüllen fallen zu lassen. Ich bin nur froh, nicht zu den Mädchen zu gehören, die ihren Körper für ein paar Scheine an den Meistbietenden verkaufen. Mit jemandem zu schlafen, den ich nicht kenne, kommt für mich nicht in Frage. Nicht für eintausend, nicht für zehntausend Euro, für kein Geld der Welt, würde ich mich prostituieren.

»Vince, ich werde da sein. Eine Stunde vor meinem Auftritt, so wie immer«, beende ich das Gespräch ohne Vorwarnung. Wieso habe ich diesen Anruf nur angenommen? Habe ich tatsächlich gehofft, er würde meiner Bitte, Isabella den Job machen zu lassen, nachgeben? Ja, verdammt, ein Teil in mir hat gedacht, er würde mich verstehen. Wie dumm von mir, wo ich doch weiß, wie dieser Mann tickt. Wütend schalte ich mein Handy aus, bevor Vince auf die Idee kommt, mich ein weiteres Mal zu kontaktieren. Mit einem Glas Wasser sowie einen Stapel an Unterlagen mache ich mich an die Arbeit, ein Referat über die Risiken und Vorteile von Betäubungsmitteln zu schreiben, an dem ich bereits seit zwei Wochen sitze. Mit ein paar Sätzen ist es nicht geschafft, es gehört mehr dazu. Studien aufzustellen, die ich bis ins Detail belegen kann. Aus diesem Grund habe ich mir im Vorfeld genügend Gedanken gemacht, Berichte von Wissenschaftlern gelesen und Bücher gewälzt. Spätestens am Montag sollte ich mit meiner abschließenden Arbeit fertig werden, um sie dem Professor vorlegen zu können. Akribisch mache ich mir Notizen, vergleiche meine Beispiele, mit denen der bewiesenen Statistiken, sodass ich gar nicht bemerke, wie die Zeit vergeht. Erst als es kaum noch hell genug ist, um etwas auf dem Schreibblock auf dem Tisch vor mir zu erkennen, blicke ich auf die Uhr. Es ist bereits nach sieben Uhr abends? Oh Mist. In zwei Stunden muss ich im ›La Venus‹ sein. Ich sollte mich beeilen. Schnell packe ich die Unterlagen fein säuberlich geordnet in das Regal. Kurz gehe ich auf die Toilette, um mich zu erleichtern, bevor ich mir eine Kleinigkeit zum Abendessen zubereite. Einen Salat mit Putenstreifen, einen frisch gepressten Orangensaft und ein Stück Baguette reichen völlig, überlege ich und mache mich an die Arbeit. Unter kaltem Wasser putze ich den Eisbergsalat, schneide ihn in dünne Streifen, anschließend würfle ich noch ein paar Tomaten, Paprika sowie eine kleine Gurke, die etwas verloren in meinem Kühlschrank ihr Dasein fristet. Zum Schluss brate ich das Fleisch in einem Klecks Öl an, goldbraun, so wie ich es mag. Summend richte ich das Essen auf einen Teller an, schließlich isst das Auge ja bekanntlich mit. Genüsslich verputze ich alles, bis auf den letzten Krümel. Erst jetzt merke ich, wie hungrig ich eigentlich war. Nachdem mein Hunger gestillt ist, stelle ich den Geschirrspüler an und springe noch schnell unter die Dusche. Gut dreißig Minuten bevor ich losgehen muss, werfe ich einen prüfenden Blick in den Spiegel. Der enganliegende samtweiche Stoff meines knielangen Kleides schmiegt sich perfekt an meine Kurven. Ob es nicht ein wenig zu gewagt ist? Es ist zu kurz, zu eng, zu sexy. Trotzdem mag ich, wie selbstbewusst ich darin aussehe. Ein krasser Unterschied zu der Kleidung, die ich für gewöhnlich im Krankenhaus trage.

Vielleicht ist es ja genau das, wieso ich meinen Job, trotz der Umstände, dass ich ihn nur ausübe, weil ich das Geld brauche, und die Bühne liebe. Und sie liebt mich. Wie eine Vielzahl der Gäste, die kommen, um mich tanzen zu sehen.

»Dieses Kleid ist nicht zu sexy, es ist perfekt, genau wie du, Adriana«, mache ich mir selbst ein wenig Mut. Bevor ich es mir anders überlege, verlasse ich mein Apartment, Richtung ›La Venus‹. Knapp zwanzig Minuten brauche ich zu Fuß, bis ich da bin. Schon vor der Tür des Nachtclubs schallt die Musik aus den Boxen zu mir. Versucht bemüht setze ich ein Lächeln auf und betrete den Laden, in dem ein nervöser Vince steht. Sichtlich erleichtert zieht er mich in eine herzliche Umarmung.

Überrumpelt lasse ich es geschehen.

»Adriana, da bist du ja!«, begrüßt er mich überschwänglich freudig. So viele Gefühle hat Vincenzo noch nicht einmal gezeigt, als man ihm gesagt hat, seine Nonna wäre gestorben. Was ist denn nur in ihn gefahren?

Vorsichtig löse ich mich von ihm und sage entschuldigend: »Ich sollte mich jetzt umziehen und etwas Make-up auflegen.«

Die ungewohnte Nähe von Vince bereitet mir Übelkeit.

Trotzdem lasse ich mir von den Gefühlen nichts anmerken und lächle ihn freundlich an.

»Natürlich, Adriana. Wir sehen uns nach deinem Auftritt in meinem Büro!«

4. Dion

Gefangen zwischen der Dunkelheit, die mich umgibt, und alten Erinnerungen warte ich geduldig auf Letizias Rückkehr. Ihre Koffer liegen bereits gepackt in der Limousine vor dem Haus, um sie zu ihrem Verlobten zu bringen. Nie wieder wird sie einen Fuß in meine Villa und in das Leben von Nevio setzen. Dafür werde ich persönlich sorgen. Mein Freund hat genug wegen ihr gelitten, es wird Zeit, dass er sie endlich vergisst. Und das kann er nur, wenn sie nicht ständig vor seiner Nase herumtanzt wie ein saftiges Stück Fleisch. Ich habe sie gewarnt. Jedoch war sie so dumm, mich zu unterschätzen. Am liebsten würde ich die kleine Schlampe umbringen, sie den Wölfen zum Fraß vorwerfen. Für eine Sekunde habe ich mit dem Gedanken gespielt, ihre Leiche in den Gassen von Sizilien zu entsorgen wie Müll. Aber leider hat Nevio etwas dagegen, weil er nach wie vor an diesem Miststück hängt. Ich musste ihm versichern, ihr kein Haar zu krümmen. Nevio ist und bleibt ein Spielverderber. Grimmig lege ich die Waffe auf die Lehne des Sessels, in dem ich auf Letizia warte und gieße mir einen großzügigen Schluck Whiskey ein. So langsam könnte die Schlampe hier wirklich mal auftauchen. Wo steckt sie überhaupt? Bei Fabrizio? Ich hoffe, sie weiß, wie schwach sein Herz ist. Sie sollte vielleicht etwas vorsichtiger sein, den alten Mann zu ficken. Sie will doch nicht schon mit Anfang zwanzig Witwe eines Mafiabosses werden, der mehr Feinde hat als andere Unterhosen. Ob ihr das überhaupt bewusst ist, wen sie da eigentlich heiraten wird? Was kümmert es mich. Endlich bin ich die Schlampe los, die meinem Freund das Herz gebrochen hat. Genüsslich trinke ich den Shot aus und lausche in die Stille hinein, die mich allmählich in den Wahnsinn treibt.

»Wo zur Hölle steckst du, Letizia?«, murmle ich ungeduldig. Ich habe nicht vor, meinen Geburtstag in ihrem Zimmer zu feiern. Nevio würde mich umbringen. Ob sie in einem der hiesigen Clubs der Stadt ist, die nicht gerade dafür bekannt sind, ihre Pforten vor dem Morgengrauen zu schließen? Wenn es wirklich so ist, werde ich noch Stunden damit verbringen, auf dieses Miststück zu warten. Das wird sie bereuen. Ich habe meinem besten Freund zwar versprochen, sie am Leben zu lassen, aber was spricht dagegen, ein bisschen mit ihr zu spielen? In den Gedanken hinein höre ich leise Schritte, die sich mir nähern. Klack, klack, klack. Eindeutig eine Frau.

Voller Vorfreude stelle ich mein Glas zurück auf den kleinen Tisch, der neben mir steht. Grinsend nehme ich die Waffe von der Lehne, spanne meinen Zeigefinger um den Abzug und entsichere sie, genau in der Sekunde, in der die Tür einen Spalt breit geöffnet wird. Perfektes Timing. Zischend holt Letizia Luft, während mein Blick sie gefangen nimmt.

»Komm doch rein, Letizia«, begrüße ich sie überaus freundlich.

Erleichtert atmet sie auf und raunt: »Dion, du hast mir einen Schrecken …« Mit einem leisen Klicken schaltet sie das Licht an und blickt direkt in den Lauf meiner Waffe. Grinsend erhebe ich mich von meinem Platz, um einen Schritt auf sie zuzugehen. Seinen Gast mit einem Handschlag zu begrüßen, ist doch viel persönlicher, nicht wahr? Wo bleibt denn nur mein Anstand?

»Was wolltest du sagen?«, frage ich scheinheilig. Ihre Augen weiten sich vor Schock.

»Dion, was hast du vor?« Ich kann hören, wie ihre Stimme leicht zittert. Nervös blickt sie zu Tür. Ob sie mit dem Gedanken spielt, abzuhauen?

»Tztztz, denk nicht mal daran, Letizia! Du wirst dich jetzt auf der Stelle zu mir setzen, damit wir ein paar Dinge ein für alle Mal klären können.« Mit einer einladenden Geste bitte, nein, fordere ich sie auf, Platz zu nehmen. Nur widerwillig kommt sie meinem Befehl nach. Ich bin überrascht, wie leicht das war. Schon fast zu leicht. Entweder ist sie zu müde, um mit mir zu diskutieren, oder aber sie ahnt bereits, wieso ich hier bin.

»Letizia, wie ich gehört habe, wirst du in Kürze meinen Geschäftspartner Fabrizio heiraten, du wirst sicher verstehen, dass du unter diesen Umständen nicht bleiben kannst. Doch bevor du gehst, gibt es ein paar Dinge, die wir dringend klären sollten …« Ich mache eine Pause, um zu sehen, ob sie meinen Worten folgen kann. Aufmerksam sieht sie mich an. Die perfekte Gelegenheit, mich zu ihr zu setzen. Ich bevorzuge es, mit meinem Gegenüber auf Augenhöhe zu sein.

»Und die lauten?« Was für ein schlaues Mädchen sie doch ist. Sehr schön, das erspart mir eine Menge Ärger. Und eine verdammt gute Ausrede für meinen Freund, wäre ich auf die Idee gekommen, den Abzug zu drücken. Denn ich befürchte, Nevio hätte leider wenig Verständnis, würde ich ihm gestehen, Letizia getötet zu haben.

»Wenn du am Leben bleiben willst, solltest du drei goldene Regeln befolgen. Erstens: Vergiss Nevio ein für alle Mal, du hast ihn in der Vergangenheit genug verletzt. Lösch seine Nummer, ruf ihn nicht an und vor allem suche dir einen anderen Trauzeugen. Zweitens: Halte dich aus den Geschäften raus, bekomme ich davon Wind, dass du mir oder meiner Famiglia schaden willst, wird es unschön für dich enden. Drittens: Bring Fabrizio dazu, Sizilien für immer zu verlassen, wie du das anstellst, ist mir egal. Lass dich schwängern, blas seinen kleinen Schwanz oder täusche einen Angriff auf dich vor, du bist doch so gut darin, die Menschen zu täuschen, die dich lieben, nicht wahr?«, erwidere ich kalt. Seufzend lehnt sie sich tiefer in den Sessel. In ihren Augen ist ein Feuer zu sehen, das jeden Wald in Brand setzen würde. Ob sie überlegt, mich zu töten?

»Was ist, wenn ich eine der Regeln breche, Dion?« Sie will tatsächlich mit mir verhandeln? Und ich dachte, sie wüsste genau, wie gefährlich das ist. Ohne Vorwarnung richte ich die Waffe auf Letizias Herz.

»Soll ich dir beweisen, was dann passiert, piccola stronza, kleine Schlampe?« Alle Farbe weicht aus ihrem Gesicht. Ängstlich schüttelt sie den Kopf und krallt ihre Hände in den Stoff ihres smaragdfarbenen Sessels. Sie ist wie erstarrt.

»Dion … wieso tust du das?« In ihren Augen sammeln sich Tränen. Tränen und Wut.

»Fragst du mich das im Ernst, Letti? Du hast Nevio das Herz gebrochen und mit jedem weiteren

Fick hast du ihn zerstört. Den eiskalte Wichser, der aus ihm geworden ist, hat er allein dir zu verdanken. Ich denke, ich habe allen Grund, verdammt wütend auf dich zu sein, findest du nicht auch?« Ich senke die Stimme, um meinen Worten noch mehr Ausdruck zu verleihen. Mit Erfolg, wie ich anhand ihrer körperlichen Reaktion feststellen kann. Ihre Brust hebt sich in schnellen Zügen auf und ab, ihr ist deutlich anzusehen, wie sehr sie sich davor fürchtet, dass ich jeden Moment die Geduld verliere und den Abzug drücke. Dabei ziehe ich es vor, meine weiblichen Opfer mit bloßen Händen zu töten. Ich liebe das Gefühl, meine Finger um ihre Kehle zu legen und zuzudrücken, bis alles Leben aus ihren schmalen Körpern weicht. Der Moment, wenn ihr Herz zu schwach ist, zu kämpfen, ist pure Magie.

»Ich habe ihn geliebt!«, beharrt sie stur. Was sie nicht sagt?! Hat sie das wirklich oder belügt sie sich nur selbst?

»Und deswegen hast du dich vor Fabrizio und Giovanni von meinem Bruder Davino ficken lassen? Weil du ihn liebst? Ach komm schon, Letizia, erzähl keinen Müll. Du kannst nur froh sein, dass ich ihm versprochen habe, dich nicht zu töten, sonst …« Gespielt mitleidig sehe ich sie an, beuge mich zu ihr und fahre mit dem Lauf der Waffe über ihren Ausschnitt, der ihre Titten perfekt in Szene setzt.

Sicher würde sich mein Sperma verdammt gut auf ihrer sonnengebrannten Haut machen. Dion, reiß dich zusammen, ermahne ich mich im Stillen und hebe den Kopf, um sie anzusehen.

»Sonst … Dion, was meinst du damit?!«, fragt sie mit piepsiger Stimme.

»Letizia, wie lange kennen wir uns inzwischen? Fünf, vier Jahre? Ich bin mir sicher, du hast meine Drohung genau so verstanden, wie ich es gemeint habe. Wenn du nicht vorhast, dieses Haus in einem Sarg zu verlassen oder in den Gassen von Sizilien als Leiche zu enden, solltest du jetzt gehen.« Gelassen erhebe ich mich aus meinem Sessel, um ihr die Entscheidung abzunehmen. Diese Villa ist die längste Zeit ihr Zuhause gewesen.

»Ach und bevor ich es vergesse, gib mir den Schlüssel und dein Handy, alles, was du in Zukunft brauchst, ist unten in der Limousine«, fordere ich streng und halte die Hand auf. Zögerlich öffnet sie ihre Tasche.

»In meinem Handy sind all die Nummern, die ich brauche«, sagt sie leise bittend. Ich bin schon zu lange Teil dieser Welt, um nicht zu ahnen, was sie vorhat. Nie wieder wird sie die Chance bekommen, Nevio mit ihren Lügen zu vergiften.

»Da bin ich anderer Meinung, Letizia. Du hast dich für ein Leben an Fabrizios Seite entschieden, somit hast du jedes Recht verwirkt, ein Teil der de Rossis zu sein. Im Übrigen hättest du mir kein besseres Geburtstagsgeschenk machen können, ich kann es kaum erwarten, bis du fort bist.« Knurrend nehme ich ihr Handy und den Schlüssel zu der Villa an mich.

»Lebwohl, Letizia«, sage ich zum Abschied und begleite sie durch die dunklen Flure nach draußen.

»Toglila dalla mia vista, Tomaso, portala da Fabrizio e fai in modo che non metta mai più piede in questa Villa, hai capito? Schaff sie mir aus den Augen, Tomaso, bring sie zu Fabrizio und sorg dafür, dass sie nie wieder einen Fuß in diese Villa setzt, hast du das verstanden?« Mein Chauffeur nickt verstehend.

»Naturalmente, signore, Natürlich, Sir«, erwidert er schnell. Nickend steigt er auf der Fahrerseite ein, um sie von hier wegzubringen. Mein Blick trifft den von Letizia. Eine Träne rollt langsam über ihre Wange. Wenn sie wirklich denkt, ich hätte Mitleid mit ihr, kennt sie mich verdammt schlecht. Äußerlich gelassen schiebe ich meine Hände in die Hosentaschen und mustere sie herablassend.

»Denk an die Regeln, Letizia«, rufe ich ihr eine letzte Warnung hinterher.

›Figlio di puttana, Hurensohn‹, formt sie zum Abschied mit den Lippen. Sie kann nur froh sein, bereits in der Limousine zu sitzen, die sie von hier wegbringt. Bei unserem nächsten Wiedersehen werde ich sie gerne daran erinnern, wozu ich fähig bin. Wieso habe ich meinem Freund Nevio nur versprochen, die Schlampe am Leben zu lassen? Nach dieser dreisten Beleidigung hat sie nichts anderes verdient als den Tod. Wütend gebe ich Tomaso den stummen Befehl loszufahren, indem ich einmal mit der Hand auf das Dach klopfe. Sofort setzt sich die Limousine in Gang und wirbelt eine Menge Staub auf. Wie passend, wo Letizia im Inneren dieses Wagens sitzt. Ich warte, bis die Rücklichter gänzlich in der Dunkelheit verschwunden sind, erst dann mache ich mich auf den Weg zurück in meine Villa. Immer zwei Stufen auf einmal nehmend laufe in einem lockeren Tempo nach oben in den dritten Stock. Leise schließe ich die Tür, nachdem ich eingetreten bin, und schreibe eine kurze Nachricht an Nevio, weil ich gesehen habe, wie er uns von seinem Zimmer aus beobachtet hat. Seine dunkle Gestalt hinter dem Fenster war so präsent, ausgeschlossen, ihn zu übersehen.

Dion: Nevio, wie du siehst, habe ich sie am Leben gelassen, auch wenn ich nach wie vor der Meinung bin, sie hätte den Tod verdient. Gib mir zwanzig

Minuten, dann können wir endlich losfahren, in Ordnung?

Ich drücke auf ›Senden‹ und gehe anschließend ins Bad. In Windeseile streife ich mir die Klamotten vom Körper und springe unter die Dusche. Warmes Wasser perlt über meine tätowierte Haut, spült den Stress der letzten Stunden zusammen mit dem Duschgel in den Ausguss. Deutlich entspannter verlasse ich keine zehn Minuten später das Bad Richtung Schlafzimmer, in dem ein sanftes Licht brennt. Mein Blick fällt auf das schwarze Laken, auf dem die Kiste liegt, die ich am Morgen dort zurückgelassen habe. Darin die Uhr von Padre. Er wollte, dass sie an meinem dreißigsten Geburtstag in meinen Besitz übergeht. Ein Familienerbstück, seit Generationen ist es Tradition, sie dem erstgeborenen Sohn zu übergeben. Nur wurde ihm diese Aufgabe nie zuteil. Vor zehn Jahren kam er bei einem schweren Verkehrsunfall ums Leben. Über Nacht wurde ich der mächtigste Don des Landes, so wie es mein Padre vorgesehen hatte. Sein Ältester sollte in seine Fußstapfen treten, an dem Tag, an dem er sterben würde. Viele Jahre hat er mich genau für dieses Szenario vorbereitet und als es plötzlich so weit war, hatte ich Angst, ich würde versagen. Wie sich herausstellte, war diese Sorge völlig unbegründet. Seufzend setze ich mich auf die Matratze, um die kleine Kiste zu öffnen, die genau so edel erscheint wie der Inhalt selbst.

»Buon compleanno, Dion de Rossi, alles Gute zum Geburtstag, Dion de Rossi.«

5. Adriana

Knapp fünfzehn Minuten habe ich noch Zeit bis zu dem Auftritt. Vorsichtig nippe ich an meinem Glas, ohne etwas um mich herum wahrzunehmen. Für einen Moment spiele ich mit dem Gedanken, durch die Hintertür zu verschwinden. Einfach zu gehen und nicht zurückzublicken. Denk an die Kohle, Adriana, ermahne ich mich schweigend. Seufzend stelle ich das Glas an die Seite, weil die gewünschte Wirkung, etwas runterzukommen, ausbleibt. Wenn mir nicht mal Alkohol hilft, um die Ruhe zu bewahren, wie in aller Welt soll ich dann diesen Abend überstehen? Es ist nur ein Lapdance, wie schlimm kann es schon sein, ein einziges Mal über meinen Schatten zu springen, ohne in Ohnmacht zu fallen? Zwei bis drei Mal die Woche stehe ich auf der Bühne, um das Publikum in den Bann zu ziehen. Dieses Mal sind es eben nur eine Handvoll Gäste, die extra dafür bezahlt haben, damit ich ihnen einen unvergesslichen Abend beschere, den sie so schnell nicht vergessen werden. Es ist nur ein Job, Adriana, ermutige ich mich selbst und prüfe ein letztes Mal im Spiegel mein Make-up. Kurz ziehe ich den roten

Lippenstift noch einmal nach, als just in diesem Augenblick die Tür aufgeht. Die dunkle Gestalt von Fabrizio erscheint im Türrahmen. In einem maßgeschneiderten, enganliegenden schwarzen Anzug tritt er ein, schließt leise die Tür hinter sich, während meine Augen starr auf ihn gerichtet sind. Ich spüre, wie mein Herz zu rasen beginnt. Nicht vor Freude, sondern weil dieser Mann von der ersten Sekunde an eine seltsame Wirkung auf mich hatte. Seine Aura wirkt genauso dunkel wie sein Äußeres. Gefangen zwischen Faszination und dem Gefühl, mich jeden Moment übergeben zu müssen, recke ich das Kinn ein Stück weit nach oben. Unsere Blicke treffen sich.

»Guten Abend, Fabrizio«, begrüße ich ihn gespielt freundlich.

»Adriana, du hast also Wort gehalten? Du bist gekommen … sehr schön …« Er schenkt mir ein schmieriges Grinsen und reicht mir die Hand. Widerwillig erhebe ich mich von dem Stuhl und gehe einen Schritt auf ihn zu. Nur meinem eisernen Willen ist es zu verdanken, dass ich ihm weder eine Ohrfeige verpasse, noch dass ich mich dazu hinreißen lasse, mich auf sein glatt gebügeltes Hemd zu übergeben.

»Adriana, du bist wunderschön … wie schade, dass uns keine Zeit mehr bleibt, ich habe von Anfang an gewusst, du bist etwas Besonderes«, raunt er mir leise zu und dreht mich einmal um die Achse, damit er mich von allen Seiten eingehend betrachten kann. So langsam werden mir Vince und Fabrizio unheimlich. Diese gespielte Freundlichkeit ist unerträglich und was zur Hölle war das eben? Hat er tatsächlich angedeutet, mit mir schlafen zu wollen? Schon wieder? Und ich habe angenommen, es wäre unmöglich, noch mehr Ekel für diesen Mann zu empfinden. Wie sehr ich mich doch getäuscht habe. Wie naiv kann man eigentlich sein? Er ist der Bruder meines Chefs, habe ich wirklich gedacht, er würde mich eines Tages in Ruhe lassen? Oft genug hat er mir ungefiltert davon erzählt, wovon er Nacht für Nacht träumt. Sex mit mir. Seine Absichten sind eindeutig zweideutig, was für mich zu einem ernsthaften Problem werden könnte. Allein die Vorstellung, seine Finger auf meinem Körper zu spüren, widert mich an. Schnell bringe ich etwas Abstand zwischen uns, um die Situation nicht noch komplizierter zu machen als ohnehin schon. Bei Gelegenheit sollte ich Vince darum bitten, ein Auge auf seinen Bruder zu haben. Wieso hat er überhaupt zugelassen, dass ich ganz allein mit ihm bin? Oder ist es vielleicht sogar Absicht, dass Fabrizio bei mir ist? Um ehrlich zu sein, traue ich meinem Boss im Augenblick alles zu. Vinces plötzliches Interesse an mir ist nicht nur seltsam, es macht mir ein wenig Angst. Ich sollte wohl besser vorsichtig sein, wenn ich nicht riskieren will, mit den schmutzigen Geschäften meines Chefs in Verbindung gebracht zu werden. Als angehende Ärztin kann ich mir einen derart schlechten Ruf nicht leisten. Schon der Job hier im ›La Venus‹ ist verdammt riskant. Die Gefahr, entdeckt zu werden, ist hoch. Was ist, wenn mich Vince absichtlich in den illegalen Sumpf aus Menschenhandel, Prostitution und Drogen hineinzieht? Es könnte mich die Zulassung kosten, bevor ich sie überhaupt in den Händen halte. Mein Traum, Ärztin zu werden, würde wie eine Seifenblase zerplatzen. Adriana, in sechs Monaten kannst du dem hier den Rücken kehren, niemand wird Fragen stellen, wie du dein Studium finanziert hast. Zumindest rede ich mir das ein, um mein Gewissen etwas zu beruhigen. Tief durchatmend hebe ich den Kopf und straffe die Schultern.

»Fabrizio … es tut mir leid, ich muss da jetzt wirklich raus!«, bringe ich betont kühl heraus.

»Sicher? Wir beide könnten so viel mehr Spaß zusammen haben, wenn du …« Er macht eine bedeutungsvolle Pause. Gierig leckt er sich über die Unterlippe und starrt auf den Ansatz meiner Brüste. In seinen Augen brennt ein Feuer. Ob er sich bereits ausmalt, wie es wäre, mich zu ficken? Gott - ist das eklig. Ich muss sofort hier raus.

»Fabrizio, nein! So versteh doch, ich werde nicht mit dir schlafen. Ich bin nur hier, um meinen Job zu machen«, sage ich voller Verachtung und wende mich zum Gehen ab.

»Und was ist, wenn ich dich dafür bezahle, mir den Schwanz zu blasen? Wäre es dann nicht auch nur ein Job?«, brüllt er mir wütend hinterher. An der Tür drehe ich mich zu ihm um.

»Würde ich mich auf dieses unmoralische Angebot einlassen, wäre es vielleicht mein Job, Fabrizio. Nur habe ich nicht vor, mich darauf einzulassen. Du weißt so gut wie ich, dass ich meinen Körper niemals an einen Mann wie dich verkaufen würde«, sage ich mit Nachdruck und öffne die Tür.

»Aber an einen anderen schon?« Das führt doch zu nichts! Wir drehen uns hier im Kreis. Er wird vermutlich nie verstehen, wieso ich nicht so käuflich bin wie die Mädchen hier im ›La Venus‹! Jemandem die Illusion verkaufen, für ihn zu tanzen, ist etwas ganz anderes, als mit ihm zu schlafen. Wann begreift er das endlich? Wortlos trete ich nach draußen und schließe die Tür mit einem leisen Klicken hinter mir.

»Wo steckst du denn, Adriana? Der Gast wartet bereits auf dich!«, höre ich die aufgebrachte Stimme von Vince vor mir. Wo ich bin? Wieso fragt er das nicht seinen Bruder? Wäre er nicht gewesen, hätte ich meinem Job längst nachkommen können. Verfluchte Scheiße. Warum habe ich nicht eher auf die Uhr geschaut? Jetzt bin ich knapp zehn Minuten zu spät, was allein die Schuld von Fabrizio ist.

»Vince, es tut mir leid, Fabrizio hat mich …« Mit einem wütenden Blick bringt er mich zum Schweigen.

»Ich will deine Ausreden nicht hören, Adriana. Mach verdammt noch mal den Job, für den ich dich bezahle. Wir reden nachher!« Mit dem Kopf deutet er auf den Tisch gegenüber der Bar, an dem vier Männer sitzen und über irgendwas lachen.

»Ich … okay, Vince«, murmle ich leise mit Blick auf die Gäste vor mir. Moment. Ist das etwa? Das kann nicht sein, oder? Er hat Sizilien vor vielen Jahren verlassen, wie kann es dann sein, dass er mit einem Mal vor mir sitzt, als wäre es nie anders gewesen? Über Nacht ist er aus meinem Leben verschwunden, ohne Vorwarnung. Nicht mal ein paar Zeilen zum Abschied hat er mir hinterlassen. Und nun ist er auf einmal zurück? Genau so plötzlich, wie er abgehauen ist? Ich glaube, ich träume. Schwarze Haare, braune Augen und die Aura eines gefährlichen Panthers. Er ist zwar deutlich älter als in meiner Erinnerung, trotzdem bin ich mir sicher, diesen Mann zu kennen. Alle Farbe weicht mir aus dem Gesicht.

»Dion de Rossi, was zur Hölle machst du hier? Nach all den Jahren?«, flüstere ich mit zitternder Stimme. Wut, Hass, Sehnsucht und die freundschaftliche Liebe, die ich einst für ihn empfunden habe, brechen sich ihren Bann. Tränen sammeln sich in meinen Augen. Nur mit Mühe kann ich sie zurückhalten. Ist das etwa der Gast, der einen Lapdance gebucht hat?

»Du kennst Dion?« Verwundert drehe ich mich zu Fabrizio. Scheiße, wie lange steht er denn schon hier? Er darf auf keinen Fall davon erfahren, dass Dion und mich eine Vergangenheit verbindet. Obwohl es mir schwerfällt, mir den Schock über das plötzliche Wiedersehen nicht ansehen zu lassen, setze ich eine unschuldige Miene auf. Gespielt gleichgültig sehe ich ihn an.

»Wie bitte?«

»Du hast mich schon verstanden, Adriana. Also, was ist, kennst du Dion de Rossi persönlich? Beantworte einfach meine Frage!«, knurrt er sichtlich genervt. Kurz drehe ich mich zu Dion. Sein Blick geht in meine Richtung. Gelangweilt schaut er an mir vorbei, ohne eine Notiz von mir zu nehmen. Wie kann das sein, dass er mich nach all den Jahren nicht wiedererkennt, wo ich doch ganz genau weiß, wer vor mir sitzt? Wir waren Freunde, haben einander vertraut, uns Dinge erzählt, von denen niemand wusste. Hat er etwa tatsächlich vergessen, wer ich bin? Enttäuschung und Schmerz durchbohren mein Herz wie ein giftiger Pfeil.

»Wie kommst du darauf, Fabrizio? Nein, ich kenne den Gast nicht, wenn du mich bitte für den Moment entschuldigst, ich habe zu tun!« Was auch immer du jetzt tust, Adriana, bewahre einen kühlen Kopf. Fabrizio und Vince beobachten dich, vermutlich warten sie nur darauf, dass du einen Fehler machst. Mit wiegenden Hüften, so lasziv wie möglich, gehe ich auf den Tisch, an dem die Männer sitzen, zu.

»Buonasera, Guten Abend, darf ich mich vorstellen? Ich heiße Adriana, wer von Ihnen hat den Lapdance gebucht?«, frage ich mit rauchiger Stimme. Ich wähle mit Absicht den Namen, den er kennt, um eine Reaktion in Dion hervorzurufen. Doch zu meiner Enttäuschung weicht er meinem Blick aus, was mich aus einem seltsamen Grund verletzt. Ob er mittlerweile ahnt, wer ich bin? Oder hat er wirklich so wenig Interesse an mir, wie er vorzugeben scheint?

»Buonasera, Guten Abend, Adriana, ich bin Nevio und das hier neben mir ist mein Freund Dion. Er hat heute Geburtstag, Sie haben doch nichts dagegen, nur für ihn zu tanzen, oder?«, fragt er mit einem Zwinkern und lehnt sich entspannt zurück. Der Lapdance ist für Dion? Bleibt mir denn gar nichts erspart? Hilfesuchend blicke ich zu Isabella, die an der Bar steht. ›Bist du okay?‹, formt sie mit den Lippen. Unmerklich nicke ich ihr zu. Adriana, bring den Job hinter dich, oder willst du riskieren, Vince gegen dich aufzubringen? Ich kann sehen, wie er mich von seinem Platz aus streng mustert. Nichts scheint ihm zu entgehen.

»Adriana, geht es Ihnen nicht gut?«, fragt Nevio mich neugierig. Verdammt. Jetzt wird sogar er schon misstrauisch. Ich setze ein freundliches Lächeln auf, um zu überspielen, wie nervös ich bin.

»Verzeihung, ich war nur kurz abgelenkt. Geben Sie mir nur eine Sekunde, dann geht es auch schon los«, sage ich professionell und warte geduldig, bis Dion sich auf den Stuhl setzt, der direkt vor mir steht.

»Mach dir bloß keine Hoffnung, ich würde dich danach ficken, nur weil du mit deinem Hintern ein bisschen aufreizend auf meinem Schwanz herumreitest«, raunt er mir im Vorbeigehen zu. Ich schnappe schockiert nach Luft. Sex mit Dion ist nun wirklich nicht das, woran ich denke. Wie kommt er auf die Idee, ich würde mit ihm schlafen wollen? Hier, in einem vollen Club? Unter den wachsamen

Augen seines Freundes? Hat er den Verstand verloren? Kurz wird es still um uns herum, ehe der nächste Song einsetzt. Der perfekte Zeitpunkt, um mit meinem Lapdance zu beginnen.

Aufreizend beuge ich mich zu ihm herunter und flüstere: »Ich bin sicher nicht scharf auf den Schwanz, der vermutlich in jeder zweiten Frau auf ganz Sizilien war, Dion de Rossi.« Wenn er noch immer derselbe Aufreißer wie früher ist, wird er keine Gelegenheit auslassen, die sich ihm bietet. Spielerisch umrunde ich seinen Stuhl, fahre mit dem Finger über den Stoff seiner teuren Kleidung, um ihm einzuheizen. Irgendwie muss es mir gelingen, die Distanz zwischen uns zu überwinden. Anzüglich wiege ich zum Takt der Musik die Hüften, was Dions Aufmerksamkeit schließlich gänzlich auf mich lenkt. Erleichterung macht sich in mir breit. Mit dem Rücken zu ihm gewandt, setze ich mich auf seinen Schoß und beginne mit der Show, die mir alles abverlangt. So zu tun, als würde ich diesen Mann nicht kennen, ist mir noch nie so schwergefallen wie in diesem Moment. In meinem Beruf als Ärztin habe ich gelernt, dass es in bestimmten Situationen darauf ankommt, besonderes Fingerspitzengefühl an den Tag zu legen. Vielleicht gelingt es mir deshalb, mich zu überwinden, immer weiterzumachen. Ganz gleich, wie viele Augen auf uns gerichtet sind, ich tanze weiter, lasse mich von der Musik entführen, in eine Welt, die mir gänzlich vertraut erscheint. Der Geruch von Dions Aftershave dringt in meine Nase. Lächelnd schließe ich die Lider, kreise die Hüfte, bis etwas Hartes unter mir zu zucken beginnt. Verdammter Mist, ist das etwa sein Schwanz?

6. Dion

Der Abend war doch interessanter, als ich mir hätte vorstellen können. Mit genügend Alkohol war ich sogar in der Lage, Davinos dumme Sätze zu ignorieren, mit denen er mich für gewöhnlich in den Wahnsinn treibt. Abgesehen von dem Lapdance habe ich es vorgezogen, auf weibliche Gesellschaft zu verzichten. Stattdessen habe ich es mir zur Aufgabe gemacht, meinen Freund für eine Weile von Letizia abzulenken. Erst mit einer Menge Shots und später mit einer Frau, die definitiv Interesse an ihm zeigte. Irgendwann ist er mit ihr verschwunden, in einem der Hinterzimmer, um sie zu ficken, wie er mir mit einem breiten Grinsen unter die Nase gerieben hat. Als wäre mir nicht klar gewesen, wieso er sie nach draußen begleitet hat. Die ganze Fahrt über hat er von nichts anderem geredet als von ihrem Stöhnen und ihrer feuchten Pussy. Eine Wiederholung nicht ausgeschlossen, wenn es nach ihm geht. Sex ist eben noch immer der beste Weg, die Vergangenheit hinter sich zu lassen, wie ich finde. Und wie mir scheint, ist mein Freund nun auch auf den Geschmack gekommen, seine neu gewonnene Freiheit in vollen Zügen zu genießen. Ich habe doch gewusst, er braucht nur einen kleinen Schubs in die richtige Richtung. Von seiner Abreise ist seitdem keine Rede mehr, stattdessen plant er, meinen Bruder Davino bei seinem nächsten Auftrag zu begleiten. Die Frau aus dem Club, die mir den Lapdance gegeben hat, war nicht ohne Grund an diesem Abend da. Vince hat Nevio vor gut einer Woche darum gebeten, sie unauffällig verschwinden zu lassen. Seinen Angaben nach, stellt sie eine erhebliche Gefahr für seine Geschäfte da, seitdem sie mit angehört hat, wie er über einen Mord gesprochen hat. Auch wenn er mir nicht mit hundertprozentiger Sicherheit sagen konnte, ob sie wirklich weiß, worüber er mit seinem Bruder am Telefon diskutiert hat, will er sie möglichst schnell loswerden. Wie, spielt dabei keine Rolle. Ein weiteres unschuldiges Opfer, das auf Vinces Liste steht, stelle ich mit Bedauern fest. Sie wäre nicht die erste Tänzerin, die auf tragische Weise aus dem Leben scheidet. Getötet in den Gassen von Sizilien, wie Abfall im Mittelmeer versenkt. Entweder endet es so oder ich verkaufe sie. Da sie mir recht alt erscheint, hege ich keinerlei Hoffnung, sie wäre Jungfrau. Nach Caprice brauche ich nicht noch eine Frau, die sich als ein echter Ladenhüter entpuppt.

Was mich dazu bringt, mit dem Gedanken zu spielen, sie zur Prostitution zu zwingen.

»Buongiorno Dion, du bist schon wach?«, höre ich die vertraute Stimme meines Freundes, die wie aus dem Nichts erscheint. Überrascht sehe ich auf. In einem schwarzen Anzug greift er nach dem Espresso, bevor er sich zu mir setzt. Da der Kaffee mittlerweile ohnehin viel zu kalt geworden ist, überlasse ich ihm das Getränk, das er offensichtlich dringender braucht als ich. Dunkle Schatten liegen unter seinen Augen, die eine deutliche Sprache sprechen. Vermutlich hat er die halbe Nacht lang wach gelegen, ich hoffe nur, es ist nicht wegen Letizia. Ob ihn sein Gewissen bereits auffrisst, mit dem Mädchen gevögelt zu haben? ›Gib ihm etwas Zeit, seine Wunden zu lecken‹, erinnere ich mich an Dantes eindringliche Worte.

»Buongiorno, Nevio, ja, ich kann nicht mehr schlafen. Die Frau aus dem Club, wie war noch gleich ihr Name?« Ich grüble in meinen Erinnerungen nach der Lösung. Es ist nur ein winziges Detail, wie kann ich es vergessen? Würde mich jemand danach fragen, wie sich ihr Arsch an meinem Schwanz angefühlt hat, wüsste ich die Antwort sofort. Geradezu perfekt.

»Adriana!«, murmelt er verschlafen.

»Richtig, Adriana, ich muss die ganze Zeit an sie denken …«, gebe ich offen zu.

»Muss ich mir Sorgen um dich machen, Dion? Vergiss nicht, dass sie nur noch wenige Tage zu leben hat, du solltest dich vielleicht beeilen, sie zu ficken«, gibt er mir mit einem Schmunzeln zu bedenken. Was für ein Idiot. Ich habe nicht vor, sie zu ficken.

»Nevio, lass den Scheiß. Ich rede nicht davon, sie zu vögeln, es ist nur … Ich spiele mit dem Gedanken, Davino um einen klitzekleinen Gefallen zu bitten …« Nachdenklich streiche ich mir über den Bart. Was ich vorhabe, widerspricht jeglicher Vernunft. Wieso lasse ich meinen Bruder nicht einfach seinen Job erledigen? Er würde sie umlegen, ehe er sie im Meer versenkt. Niemand würde Fragen stellen, wo sie ist, zumal Vince klar und deutlich gesagt hat, er will sie nie wieder sehen.

»Du möchtest deinen Bruder um einen Gefallen bitten? Dion, was hast du vor?« Neugier liegt in seinem Blick. Aber auch ehrliches Interesse. Ich kann verstehen, wenn er meinen Überlegungen nicht folgen kann. Noch nie habe ich darüber nachgedacht, eine Frau zu verschonen. Es wäre im wahrsten Sinne des Wortes eine Premiere.

»Vergiss für eine Sekunde den Mord, schaff Adriana zu mir, ich habe andere Pläne mit ihr.« Sprachlos starrt er mich an.

»Ich halte das für keine gute Idee, Dion, was ist, wenn Vincenzo dahinterkommt, dass wir ihn belogen haben? Willst du Conti wirklich zum Feind haben?« Seine Sorge in allen Ehren, aber ich denke, ich weiß genau, was ich tue.

»Nevio, hör auf, dir ins Hemd zu machen. Vinces Auftrag lautete, sie verschwinden zu lassen, wie ich das anstelle, hat er uns überlassen. Sag mir, wenn ich mich irre, aber ist es nicht so?« Er knirscht angespannt mit den Zähnen. Eine Weile starrt er mich an, bis er schließlich zustimmend nickt.

»Trotzdem denke ich, es ist eine verdammt dumme Idee, sie hierher zu holen. Hast du nicht alle Hände voll damit zu tun, Caprice loszuwerden? Wieso tust du uns beiden nicht den Gefallen und verwirfst den Gedanken, die Kleine zu retten?« Er denkt, ich würde sie retten? Wie kommt er auf diesen Schwachsinn? Manchmal zweifle ich an seinem überaus brillanten Verstand. Er ist doch sonst nicht so schwer von Begriff. Ich tue das nicht aus Mitleid, ich möchte nur alle Möglichkeiten in Betracht ziehen, die sich mir bieten. Ein Mord ist in der aktuellen Lage zu riskant, gerade wenn das Blut an Davinos Händen klebt. Mit Caprices Entführung hat er weder sich noch mir einen Gefallen getan. Da draußen gibt es genug Wichser, die es kaum erwarten können, dass mein Bruder den nächsten Fehler begeht.

Grimmig falte ich meine Hände ineinander und knurre: »Bring sie zu mir, Nevio!« Es war keine Bitte, es war ein Befehl. Der Befehl seines Dons, der keinerlei Widerworte duldet. Langsam, ja schon fast anmutig, erhebe ich mich von dem Stuhl, um von hier zu verschwinden. In meinem Büro wartet genügend Arbeit auf mich, um die ich mich kümmern muss. An der Küchentür halte ich kurz inne. Tief Luft holend werfe ich Nevio einen Blick über die Schulter zu. Er sitzt noch immer auf seinem Platz und sieht mich schweigend an. In seinen Augen ist ein Sturm zu sehen, der allein mir gilt.

»Du hast achtundvierzig Stunden Zeit, solltest du oder mein Bruder scheitern, mach ich es – ohne eure Hilfe.« Ich denke, ich war deutlich.

Immer zwei Stufen mit einmal nehmend laufe ich die Treppen nach oben in den dritten Stock. In meinem Büro angekommen schalte ich meinen Laptop an, um mehr über die Frau herauszufinden, die Vince offenbar ein Dorn im Auge ist. Wunderschöne, schwarze Haare ist das Erste, woran ich denke, als ich mir das Bild von ihr auf meinem Schoß ins Gedächtnis rufe.

»Adriana … dieser Name klingt so vertraut«, murmle ich leise und schwelge für einen Moment in Erinnerungen an eine Zeit, in der die Welt noch in Ordnung erschien. Mit fünfzehn hatte ich keine Ahnung, wie schnell ich würde erwachsen werden müssen. Von einem auf den anderen Tag. Die Wahl, auf Sizilien zu bleiben oder in die Fußstapfen meines Padre zu treten, war keine Frage des Wollens, es war mir in die Wiege gelegt worden. Als ältester Sohn von Luca de Rossi war es meine Bestimmung, einmal der mächtigste Don des Landes zu werden. Am Tag meines sechzehnten Geburtstages stieg ich in die Limousine, die vor dem Haus stand, um mich nach Kalabrien zu meinem Onkel Lorenzo zu bringen. Selbst wenn ich gewollt hätte, ich wäre gar nicht in der Lage gewesen, mich von Adriana zu verabschieden. Ob sie manchmal noch an mich denkt? An unsere gemeinsame Zeit, die allmählich verblasst. Viel zu lange ist es her, seit ich sie das letzte Mal wegen ihres schlechten Männergeschmacks aufgezogen habe. Ihr Lachen, ihre Stimme, ich erinnere mich kaum noch daran. Wie sie heute wohl aussieht? Hat sie Kinder, einen Mann? Vierzehn Jahre habe ich mir geschworen, nie wieder an sie zu denken, geschweige denn nach ihr zu suchen. An meiner Seite würde sie in ständiger Angst leben zu sterben. Und ich würde keine Minute mehr ruhig schlafen, wenn ich wüsste, von nun an angreifbar zu sein. Adriana Caruso war wahrlich eine Erscheinung, die man nicht so leicht vergisst. Wieso ich ausgerechnet jetzt an sie denken muss, ist mir schier unbegreiflich. Wegen einer Tänzerin, die zufällig denselben Namen trägt? Was für eine absurde Scheiße. Diese beiden Frauen verbindet rein gar nichts, außer dem Umstand, aus Sizilien zu kommen. Es wäre also besser, die Vergangenheit ruhen zu lassen. Es gibt bedeutend wichtigere Dinge, die meine Aufmerksamkeit erfordern. Wie aufs Stichwort klingelt mein Handy. Der Anrufer – Davino.

»Buongiorno Davino, wenn du meine Einladung zum Frühstück annehmen willst, muss ich dir leider mitteilen, du bist zu spät«, begrüße ich meinen Bruder.

»No, nein, deswegen rufe ich nicht an, Dion. Wann hattest du vor, mir von deinen Plänen zu erzählen? Stimmt das, was Nevio sagt?« Mein Freund hat Davino reinen Wein eingeschenkt? Das ging schnell. Vielleicht war ich fünf, zehn Minuten in meinem Büro, auf keinen Fall länger. Der Buschfunk funktioniert ausgezeichnet, stelle ich mit einem Schmunzeln fest.

»Si, ja, Davino. Die Kleine aus dem Club, bring sie zu mir und ich vergesse die Sache mit Caprice.« Ich weiß, er ist in diesem Punkt anderer Meinung als ich. Ob es an ihrem engelsgleichen Aussehen liegt, dass er so vernarrt in sie ist? Wüsste ich es nicht besser, würde ich behaupten, er hat sie mit Absicht in unsere Villa gebracht. All die Verhandlungen, die ich geführt habe, blieben ergebnislos. Kurz vor der Übergabe sprang der Käufer plötzlich ab, mit irgendeiner fadenscheinigen Begründung. Sollte mein Bruder seine Finger im Spiel haben, bringe ich ihn um.

»Vince wird dich töten, wenn er davon erfährt«, warnt er mich.

»Dazu wird es niemals kommen, Davino. Mach du deinen Job und überlass mir den Rest, ich weiß, was ich tue«, brumme ich genervt. Wieso habe ich nicht Dante darum gebeten, Adriana zu mir zu bringen? Mein Gefühl sagt mir, es wäre definitiv schlauer gewesen, weil Dante in vielerlei Hinsicht umsichtiger agiert als Davino. Aber nein, ich habe es für eine gute Idee gehalten, ihm eine zweite Chance nach dem Vorfall mit Caprice zu geben, anstatt ihm den Kopf abzureißen. Das habe ich nun davon.

»Wie du meinst, Dion, du solltest trotzdem bei Adriana vorsichtig sein. Wusstest du, dass sie versucht, mehr über dich herauszufinden?« Adriana tut was? Verdammte Scheiße, ist sie von allen guten Geistern verlassen?

»Wo ist sie jetzt?«, knurre ich gefährlich leise.

»Im Krankenhaus, sie arbeitet dort, neben …«, erklärt Davino gerade, als ich einfach auflege. Ich kann nicht warten, bis sie in ein Wespennest sticht. Und das würde sie vermutlich, würde sie tief genug graben. Wütend springe ich von dem Stuhl und verlasse mein Büro Richtung Garage. Auf dem Flur kommt mir Dante entgegen, der gerade herzhaft in einen Apfel beißt.

»Du hast doch sicher noch nichts vor, oder? Komm, wir müssen etwas erledigen, sofort«, sage ich mit Nachdruck. Überrumpelt folgt er mir die Treppen nach unten.

»Wo fahren wir hin, Dion?«, fragt Dante mich im Auto, nachdem er auf der Beifahrerseite Platz genommen hat.

»Wir müssen ein Krankenhaus stürmen, klingt doch nach einer ganzen Menge Spaß, nicht wahr?« Entsetzt sieht er mich an. Vermutlich denkt er, ich würde die Klinik in die Luft sprengen wollen. Eben die Handschrift, mit der ich für gewöhnlich agiere. Leider habe ich nicht die Zeit dafür, einen typischen Dion-de-Rossi-Anschlag zu planen.

»Ich habe die Befürchtung, wir sind da unterschiedlicher Meinung, was den Spaßfaktor betrifft, Dion. Aber was soll' s, bringen wir es hinter uns!«

Genau das wollte ich hören. Nickend starte ich den Wagen und fahre dann vom Hof, gefolgt von Davide, der mir in einem langsamen Tempo unauffällig folgt.

7. Adriana

Völlig in Gedanken versunken, wälze ich die Patientenakte, um herauszufinden, wieso die Patientin seit wenigen Stunden über extreme Schmerzen klagt. Ihr Blutbild war ohne Befund und auch das MRT blieb ergebnislos. Es liegen keine erhöhten Entzündungswerte vor, die darauf hinweisen, warum die vierundsiebzigjährige Dame mit einem Mal kaum in der Lage ist, zwei Schritte selbstständig zu gehen. Ob sie vielleicht gestürzt ist? Ich blättere nach dem letzten Eintrag, aus dem ich nur erkenne, dass sie in der Nacht schlecht geschlafen hat.

»Buongiorno Dr. Caruso!« Erschrocken hebe ich den Kopf und schenke Giovanna ein zaghaftes Lächeln. Sie ist mit ihren fast fünfzig die dienstälteste Schwester auf der Station und dafür bekannt, einen sehr strengen Ton zu haben. Sobald sie in der Nähe ist, flüchtet das gesamte Personal, was mir gerade am Anfang ein wenig seltsam vorkam. Doch mit der Zeit habe ich gelernt, es ist besser, keine unnötigen Fragen zu stellen. Vor allem nicht zu ihrer Person, wenn man nicht riskieren will, in der Nacht für jede Kleinigkeit angerufen zu werden.

»Buongiorno Giovanna, wie oft soll ich dir denn noch sagen, ich bin noch kein Doktor«, begrüße ich sie mit einem Lächeln, das sie erschöpft erwidert. So langsam mache ich mir echt Sorgen um sie. Dunkle Schatten liegen unter ihren Augen und ihre Haut wird von Tag zu Tag immer blasser. Seufzend setzt sie sich zu mir und gießt sich ein Glas Wasser ein, bevor sie sich eine Tablette in den Mund schiebt. Ich werfe einen Blick auf den Blister, der mir ziemlich vertraut ist. Es ist ein Schmerzmittel, das sie in den vergangenen Tagen häufiger zu sich genommen hat. Nicht nur häufiger, beinahe täglich, was ich so von ihr nicht kenne.

»Bist du okay, Giovanna?«

»Ich habe nur ein bisschen Kopfschmerzen, sicher liegt es an dem Stress in den vergangenen Tagen«, erwidert sie leise und reibt sich mit den Fingern die Schläfe.

»Giovanna, darf ich dich etwas fragen?« Ich klappe die Akte der Patientin zu und richte meinen Blick auf Giovanna, die langsam nickt.

»Natürlich!«

»Diese Kopfschmerzen … Wie oft hast du sie?« Nachdenklich sieht sie mich an.

»Dr. Caruso, analysieren Sie mich etwa? Mir geht es gut, machen Sie sich um mich bitte keine Sorgen. Spätestens nach meinem Urlaub bin ich ganz die Alte!«

»Giovanna, beantworte bitte meine Frage«, dränge ich sie zu einer Antwort.

»Seit zwei Wochen beinahe täglich, sind Sie nun zufrieden, Doktor?« Ich kann hören, wie genervt sie ist. Seit zwei Wochen und sie sagt keinen Ton? Wie kann man nur so leichtsinnig sein? Sie ist über zwanzig Jahre in diesem Job tätig, wieso hat sie diese Warnzeichen nicht ernstgenommen?

»Um ehrlich zu sein, nein, ich bin nicht zufrieden. Du wirst jetzt mit mir kommen und bevor du mir etwas sagen willst, dies ist eine Anweisung!« Kopfschüttelnd stehe ich auf, um einen Rollstuhl zu besorgen, der wie durch ein Wunder auf dem Flur steht, wo er gar nicht hingehört. Mit großen Augen beobachtet mich Giovanna, nachdem ich zurück bin. Ich kann regelrecht sehen, wie ihre Gesichtszüge entgleiten. Geschockt starrt sie mich an.

»Was haben Sie vor, Dr. Caruso?« Giovannas Stimme klingt alarmiert. Sie kennt mich gut genug, um zu wissen, dass ich keinen Spaß verstehe, wenn es um meine Patienten geht. Blasse Haut, dunkle Augenringe, hinzu kommen die ständigen

Kopfschmerzen, ich denke, ich habe allen Grund dazu, mir Sorgen um sie zu machen.

»Nach was sieht es denn aus? Ich werde dich jetzt offiziell als meine Patientin aufnehmen, ein Blutbild und ein MRT veranlassen, um abzuklären, was mit dir ist«, sage ich entschieden und deute mit dem Finger auf den Rollstuhl. Wenn ich will, kann ich sehr energisch sein. Eine Seite, die ihr völlig fremd erscheint, denn in der Vergangenheit habe ich noch nie in diesem strengen Tonfall mit ihr gesprochen.

»Und nun, nimm Platz, Giovanna, wir wollen den Jungs von der Chirurgie einen Besuch abstatten, dein Dienst ist hiermit offiziell beendet!« Schnell greife ich zum Telefon, bevor sie mich davon abhalten kann. Innerhalb weniger Minuten habe ich die Zusage für ein MRT erhalten. Jetzt fehlt nur noch die Blutabnahme, um die ich mich höchstpersönlich kümmern werde. Nicht dass Giovanna sonst auf die Idee kommt, zurück an die Arbeit zu gehen. Bei ihr muss man mit allem rechnen.

»Und was ist, wenn ich Sie Adriana nenne, lassen Sie mich dann laufen?« Hoffnungsvoll sieht sie mich an. Fast tut es mir schon leid, sie enttäuschen zu müssen.

»Netter Versuch, Giovanna, aber nein, ich kann es nicht tun. Wären Sie dann so freundlich, sich zu

setzen? Ich habe nicht den ganzen Tag Zeit.«
Gespielt streng sehe ich sie an.

»Gott, ich hasse Ärzte«, murmelt sie leise.
Amüsiert zucken meine Mundwinkel. Es fällt mir
unheimlich schwer, nicht über sie zu lachen. Ich
weiß schon, warum Krankenschwestern die
schlimmsten Patienten überhaupt sind. Sie wissen
nicht nur alles besser, sie benehmen sich oftmals wie
kleine Kinder, die ihren Willen nicht bekommen.
Fehlt eigentlich nur, dass sie bockig auf den Boden
stampft, um sich Gehör zu verschaffen. Dabei liegt
es mir fern, sie zu bevormunden, ich möchte ihr nur
helfen. Und das kann ich leider nicht, so lange sie
sich weigert, mit mir zu kommen.

»Na dann kann ich ja nur von Glück reden, mein
Examen noch nicht zu haben. Sei dir sicher, es ist
nur zu deinem Besten. Während du schmollst,
bringe ich dich persönlich zu deinem MRT, na, wie
klingt das?!« Ich kann mir nicht helfen, aber so
langsam habe ich den Eindruck, ich komme meinem
Ziel immer näher. Sie blickt mit einem Seufzen
zwischen mir und dem Rollstuhl hin und her.

»Abscheulich. Was sollen denn die Kollegen von
mir denken, wenn Sie mich in einem Rollstuhl durch
das Krankenhaus schieben? Können wir uns
vielleicht darauf einigen, ich komme mit Ihnen, ohne
dieses ganze Drama hier?« Sie schämt sich?

Ernsthaft? Sie sieht wirklich krank aus und alles, was ihr Sorge bereitet, ist, was die Kollegen über sie denken?

»Unter einer Bedingung, Giovanna …«, sage ich versöhnlich, um ihr ein Stück weit entgegenzukommen.

»Ich befürchte, ich bereue meine Antwort schon jetzt … Na gut, ich tue alles, was sie wollen, okay?!« Wirklich alles?

Ich bin überrascht, diese Worte ausgerechnet aus ihrem Mund zu hören.

»Vertrau mir, Giovanna! Mehr verlange ich nicht.« Eine ganze Weile bleibt sie stumm, bis sie schließlich nickt.

»Okay, ich vertraue Ihnen, Dr. Caruso, wenn Sie mich im Gegenzug nicht zum Gespött meiner Kollegen machen.« Ihr Blick wird weicher, beinahe wirkt es so, als würde sie sich ihrem Schicksal ergeben.

»Das war nicht meine Absicht, ich wollte nur … Ach vergiss, was ich gesagt habe, komm, Dr. Rinaldi erwartet uns.« Zusammen verlassen wir das Dienstzimmer Richtung Radiologie in der ersten Etage. Dort angekommen erkläre ich Dr. Rinaldi alle Einzelheiten, die mich dazu veranlasst haben, ihn anzurufen. Sofort macht er sich an die Arbeit, die Behandlung von Giovanna einzuleiten, neben dem geplanten MRT sorgt er dafür, sie auf seiner Station aufzunehmen. Und Giovanna hält sich an ihr Versprechen, anstandslos folgt sie dem Chefarzt der Radiologie in das Behandlungszimmer, ohne sich zu beschweren. Wer hätte gedacht, dass sie das tut, was man ihr sagt?

»Grazie, Danke, Dr. Rinaldi. Nach Dienstschluss komme ich noch einmal vorbei, um nach Giovanna zu sehen, wenn es Ihnen nichts ausmacht?« Freundlich lächle ich ihm entgegen.

»No, nein, wir sehen uns sicher später«, verabschiedet er sich in seiner gewohnt kühlen Art, die ich so sehr an ihm schätze.

»Si, ja, bis später.« Leise schließt er die Tür hinter sich und lässt mich dann mit meinen Gedanken allein zurück. Ich hoffe nur, Giovanna kann schnell geholfen werden. Nachdenklich laufe ich über die Flure, grüße hin und wieder ein paar Besucher, die mir freundlich zulächeln. Erst im Fahrstuhl erlaube ich mir, tief durchzuatmen. Seit gut zwölf Stunden bin ich auf den Beinen, allmählich macht sich die Müdigkeit bemerkbar. Ich brauche dringend einen doppelten Espresso. Ein leises Ping ertönt und die Fahrstuhltüren gleiten auf. Seufzend trete ich nach draußen, um auf meine Station zurückzukehren. Ich bin mir sicher, die nächsten Patienten warten bereits auf mich.

»Dr. Caruso, hätten Sie eine Sekunde Zeit?«, höre ich die vertraute Stimme meines Chefs Claudio Biancci hinter mir. Überrascht drehe ich mich um. Ich muss ehrlich zugeben, er sieht wirklich heiß aus. Braune Augen, schwarze Haare und ein gewinnendes Lächeln zum Niederknien. Ich kann schon verstehen, wieso er bei den jungen Schwestern so beliebt ist.

»Si, ja, wie kann ich Ihnen helfen?«, höre ich mich leise sagen, in dem Augenblick, in dem der Feueralarm ausgelöst wird. Sirenen schrillen durch die Flure des Krankenhauses, was mich in pure Aufregung versetzt. Wenn es wirklich brennt, müssen wir die Patienten hier rausschaffen.

»Schnell, übernehmen Sie den Flur hier, ich werde in der Zwischenzeit schauen, wo die Schwestern noch Hilfe brauchen, wir dürfen keine Zeit verlieren«, ruft mir mein Chef alarmiert zu. Ich laufe von einem Zimmer zum nächsten, gebe Anweisungen, die Patienten hier rauszuschaffen, die überwiegend selbstständig sind. Mein Puls rast, auf so eine Situation war ich irgendwie nicht vorbereitet. Wieso passiert sowas immer, wenn man nicht damit rechnet? Scheiße, meine Patientin in Zimmer siebzehn, ich muss ihr helfen, hier rauszukommen. Fluchend treibe ich mich zur Höchstleistung an, laufe den Flur hinunter und stoppe erst, als eine dunkle Gestalt aus dem Schatten tritt. Braune Augen, ein teurer Anzug und schwarze Tattoos auf seiner braungebrannten Haut.

»Buongiorno Adriana, Piacere di rivederti, sicuramente mi piacevi di piu` con l` outfit succinto in discoteca ieri sera. Hallo Adriana, schön dich widerzusehen, in dem knappen Outfit im Club gestern Nacht hast du mir eindeutig besser gefallen.« Merda, Scheiße, er weiß, wer ich bin. Und auch ich bin mir ziemlich sicher, ihn schon einmal gesehen zu haben. Bilder von Dion blitzen in meinen Erinnerungen auf. Aber der Mann vor mir ist nicht Dion. Nichtsdestotrotz kann ich nicht leugnen, dass es zwischen ihnen eine gewisse Ähnlichkeit gibt.

»Non so di cosa stiano parlando, ich weiß nicht, wovon Sie reden.« Ohne Vorwarnung drängt er mich an die Wand.

»Wenn du schreist, werden unschuldige Menschen sterben, hast du das verstanden?« Ich spüre den Lauf einer Waffe an meinem Bauch.

»Es wird nur für eine Sekunde wehtun, mia bella, meine Schöne.« Ein Piks, dann sinke ich in die Dunkelheit.

8. Dion

Die Zeit, in der ich darauf warte, dass Adriana zu Bewusstsein kommt, scheint endlos zu sein. Seit knapp vier Stunden schläft sie nun schon, nachdem Dante ihr ein Schlafmittel verabreicht hat. Ob es vielleicht zu hoch dosiert war? Es würde erklären, wieso sie noch immer keinen Mucks von sich gibt, obwohl sie längst hätte wach sein müssen. So langsam mache ich mir ernsthafte Sorgen um sie. Was ist, wenn sie nicht mehr aufwacht? Ich hatte nicht vor, sie zu töten. Was für ein Dilemma. Vorsichtig schiebe ich ihre Haare etwas zur Seite, um sie genau unter die Lupe zu nehmen. In regelmäßigen Abständen hebt und senkt sich ihr Brustkorb. Sie ist also nicht tot, sie ist nur völlig weggetreten. Bis sie wirklich wach wird, kann es Stunden dauern. Vielleicht sollte ich mich vorerst zurückziehen, um ihr etwas Ruhe zu geben. Morgen ist auch noch ein Tag, nicht wahr? Ich schiele auf das Tablett mit dem Abendessen, das direkt neben ihr steht. Die Pasta ist mittlerweile kalt geworden, eigentlich schade um das gute Essen von Carlotta, die sich die Mühe gemacht hat, etwas zu kochen, für den Fall, dass sie Hunger bekommen sollte. Kurz überlege ich, den Teller mit nach draußen zu nehmen, aber entscheide mich im letzten Moment dagegen. Stattdessen zücke ich mein Handy und schieße ein paar Bilder von der schlafenden Adriana. Ihre Gesichtszüge wirken entspannt, weich. Vermutlich wird es das letzte Mal sein, dass sie friedlich schlafen wird, wenn ich ihr erst offenbare, welche Pläne ich für sie bereithalte. Entweder sie tut, was ich von ihr verlange, oder aber sie wird sterben. Die Wahl liegt ganz bei ihr. Ich bin gespannt, wie sie sich entscheiden wird. Manchmal reicht es nicht, mutig zu sein. Hin und wieder ist es auch von Vorteil, abzuwägen, wie viel ein Leben wert ist. In ihrem Fall sind es sage und schreibe fünfundzwanzig Millionen, die ich dafür bekommen habe, damit Vince von nun an wieder in Ruhe schlafen kann. Er hatte doch tatsächlich Schiss, ich würde ihn hängenlassen. Was für ein Idiot. Zu einem lukrativen Geschäft sage ich nie nein. Und ich dachte, er würde mich kennen. Wie mir scheint, muss ich ihn bei Gelegenheit daran erinnern, wie viel Wert ich darauf lege, meine Versprechen zu halten. Ich habe dafür gesorgt, dass Adriana nicht länger sein Problem ist, jetzt ist er am Zug. Wenn innerhalb von zwölf Stunden die vereinbarte Summe nicht bei mir ankommt, werde ich ihm höchstpersönlich einen Besuch in seinem Club abstatten. Mich zum Feind zu haben, ist eine verdammt dumme Idee.

»Buonanotte, farfallina, gute Nacht, kleiner Schmetterling.« Mit diesen Worten verabschiede ich mich von Adriana, um die nächsten Stunden damit zu verbringen, zu arbeiten. In meinem Büro angekommen, setze ich mich sofort an den Laptop, um nachzuschauen, ob der Käufer, der an Caprice Interesse gezeigt hat, mir geschrieben hat. Aus irgendeinem Grund hat er mich gebeten, darüber nachzudenken, ob sie die Richtige ist. Die Richtige für was? Um seinen Schwanz zu blasen? Mein Gefühl sagt mir, Davino hat hier seine Finger im Spiel. Es kann doch nicht sein, dass ich immer wieder einen potenziellen Käufer für die Kleine finde und er dann in letzter Sekunde abspringt. Wieso bei Caprice und nicht bei den anderen Mädchen, die ich in den vergangenen Wochen verkauft habe? Ob es Zufall ist? Mit Sicherheit nicht.

»Davino, du kleiner Pisser, was hast du jetzt wieder angestellt?«, murmle ich leise und lese die Nachricht, die sich liest wie ein Déjà-vu. Natürlich springt der Käufer ab und zeigt plötzlich offenkundiges Interesse an einem der anderen Mädchen. Was für ein Wunder. Nicht. Wütend greife ich zum Telefon und wähle Davinos Nummer. Nach nur einem Klingeln nimmt er ab.

»Dion, was willst du so spät von mir?« Ich höre, wie er leise gähnt. Wir haben es noch nicht einmal Mitternacht und er gibt vor, bereits zu schlafen? Oder zumindest müde zu sein? Nie und nimmer nehme ich ihm diese Show ab. Er ist vermutlich nur nicht in der Stimmung, nach unserer kleinen Auseinandersetzung am Nachmittag mit mir zu reden. Er hat gewusst, dass Adriana versucht, mehr über mich herauszufinden, und hat kein Sterbenswörtchen zu mir gesagt. Natürlich bin ich verdammt sauer auf ihn. Wie ich finde, zu Recht. Er hat ihren Tod billigend in Kauf genommen, wäre sie auf die Idee gekommen, an der falschen Adresse zu graben. Nur will das nicht in seinen verdammten Kopf. Es gibt Tage, da frage ich mich, was mit ihm nicht stimmt. Er hatte nur einen Auftrag, Adriana im Auge zu behalten und ist gescheitert. Genau wie die Male davor. Am besten, ich mache das in Zukunft allein.

»In mein Büro, sofort«, knurre ich eisig und lege auf, bevor er zu Wort kommt. Geduldig warte ich auf meinen Bruder, der nur zehn Minuten später in einer schwarzen Jogginghose den Raum betritt. Er hat sich nicht einmal die Mühe gemacht, sich etwas anzuziehen, und braucht trotzdem ewig, bis er hier ist?

»Kommt es mir nur so vor oder willst du mich absichtlich verarschen? Du brauchst für drei Türen zehn Minuten und tauscht in diesem … Outfit hier auf?« Mir fehlen schlichtweg die Worte. Was ist denn nur los mit ihm? Ich kenne die Antwort. Seit er Caprice entführt hat, müssen wir anderen ständig seine schlechte Laune ertragen. Dabei ist er mit fünfundzwanzig Jahren alt genug, um den Mund aufzumachen, oder etwa nicht? Es liegt mir fern, den Don heraushängen zu lassen, aber wenn es so weitergeht, werde ich ein Machtwort sprechen müssen.

»Ich war noch pissen, was dagegen? Sag mir einfach, was du um diese Uhrzeit von mir willst, damit ich wieder gehen kann, Dion!« Genervt lässt er sich auf den Stuhl mir gegenüber fallen. Seine Augen treffen die meinen. Er ist vermutlich doch wütender auf mich, als ich angenommen habe. So kann es nicht weitergehen. Ich muss mir dringend etwas einfallen lassen, um ihn zum Reden zu bringen. Am besten, sofort!

»Caprice – ich habe einen Käufer für sie gefunden.« Die Lüge geht mir spielend leicht über die Lippen.

»Nein, ausgeschlossen!«, sagt er gepresst. Entsetzen steht in seinem Gesicht geschrieben.

»Ich dachte, du würdest dich für mich freuen, Davino. Was ist los? Kann es sein, dass du vielleicht mehr von der Kleinen willst?« Entspannt lehne ich mich in meinem Stuhl zurück. Aufmerksam sehe ich ihn an.

»Was? Red keinen Bullshit, wie kommst du auf diesen Mist, Dion?« Er geht sofort zum Angriff über. Noch ein Anzeichen dafür, dass ich mit meiner Vermutung voll ins Schwarze getroffen habe. Ich rieche aus einer Entfernung von drei Meilen, dass hier etwas verdammt nochmal nicht stimmt. Mein Bruder belügt mich, ganz offensichtlich.

»Du willst wissen, wie ich darauf komme, Davino? Wo fange ich am besten an? Seit du sie verschleppt hast, bist du nicht mehr du selbst. Du bist ununterbrochen gereizt, kümmerst dich nur noch halbherzig um die Aufgaben, die ich dir anvertraut habe. Reicht dir das für den Anfang oder soll ich weitermachen, Davino?« In aller Seelenruhe öffne ich das Schubfach meines Schreibtisches, ohne meinen Bruder aus den Augen zu lassen. Ich kann sehen, wie er mit sich ringt, mir die Wahrheit zu sagen. Wenn er nicht bald seine dämliche Fresse aufmacht, verliere ich die Geduld.

»Ich habe einen verfluchten Fehler gemacht, wie lange willst du mir das denn noch vorhalten?«, sagt er eisig. Er denkt, ich würde darauf rumreiten, weil er den Backgroundcheck bei Caprice nicht mal annähernd zu meiner Zufriedenheit erfüllt hat? Verdammt, darum geht es nicht in diesem Augenblick. Sondern dass er mich belügt und dafür sorgt, dass ich keinen Käufer für Caprice finde. Er ist der Einzige, der Einsicht in die Liste der Mädchen hat, die verkauft werden sollen, während Dante für die Waffengeschäfte zuständig ist.

»Davino, du machst ständig Fehler und irgendwie habe ich mich so langsam daran gewöhnt, die Scherben wegzuräumen, die du hinterlassen hast. Nur weißt du, was ich nicht verstehe?« Ich zünde mir die Zigarre an, nehme einen tiefen Zug und warte, bis er bereit ist, mich anzusehen.

»Nein?!«, sagt er gedehnt und sieht mich durchringend an.

»Wieso bist du verdammt nochmal nicht ehrlich zu mir? Ich frage dich zum letzten Mal, willst du Caprice? Wenn dem nicht so ist, macht es dir doch sicher nichts aus, sie umzulegen?« Meine Worte sind nichts weiter als eine reine Provokation. Langsam heben sich Davinos Mundwinkel, er scheint genau zu ahnen, was ich vorhabe. Ihn aus der

Reserve zu locken, gestaltet sich schwieriger, als ich vermutet hätte.

»Du willst, dass ich sie umbringe, obwohl du einen potenziellen Käufer für sie hast? Verarsch mich nicht, niemals würdest du dir freiwillig ein lukratives Geschäft entgehen lassen.« Er kennt mich besser als mir lieb ist.

»Ich will Antworten, Davino. Bist du dafür verantwortlich, dass mir ein Käufer nach dem anderen abspringt?« Ich knirsche mit den Zähnen.

»Und wenn es so ist? Was willst du tun, mich töten?« Er will mich doch verarschen, oder? Angespannt lege ich die Zigarre in den Aschenbecher, nur für den Fall, dass ich meine Fäuste jeden Moment brauchen sollte.

»Das nicht, aber ich bin mir sicher, eine Nacht gemeinsam in der Zelle mit Caprice wird dir helfen, einen klaren Kopf zu bekommen. Ich stehe nicht sonderlich auf deine dummen Spielchen, Davino, ich dachte, du wüsstest das?!«

»Du willst mich einsperren? Ich dachte, die Zeiten, in denen du mich für mein Handeln bestrafst, hätten wir längst hinter uns!« Richtig, und doch belügt er mich gnadenlos. Ich erwarte keine Entschuldigung von ihm, alles, was ich will, ist, herauszufinden, wieso er mir das Geschäft absichtlich ruiniert.

»Und ich dachte, du wüsstest, dass ich nicht nur dein Bruder, sondern auch dein Don bin. Sag mir endlich die Wahrheit oder ich werde auf der Stelle zu Caprice gehen, um es zu beenden.« Eine Warnung, die er lieber ernst nehmen sollte, wenn er nicht riskieren will, dass ich die kleine Schlampe töte. Ich warte geduldig. Eine Minute vergeht, doch Davino schweigt beharrlich. Er wollte es also nicht anders. Selbstsicher öffne ich die untere Schublade, in der meine Waffe liegt. Vor seinen Augen schraube ich den Schalldämpfer auf den Lauf meiner Smith & Wesson, bevor ich zur Tür hinausstürme.

»Dion, Scheiße, warte auf mich«, brüllt mir Davino hinterher. Er will mich aufhalten? Da muss er sich schon mehr einfallen lassen als diese nichtssagenden Worte.

»Dion, bleib stehen, verdammt, ja, du hast Recht, ich habe dafür gesorgt, dass Caprice niemand kauft.« Ich habe es gewusst. Dieser kleine Scheißer, ist er von allen guten Geistern verlassen? Unser oberstes Gesetz lautet: »Sei loyal, bis zum Tod, wenn du nicht mit den Fischen im Meer schwimmen willst.« Wie kann er es wagen, mich zu belügen? Ich halte inne. Tief durchatmend werfe ich meinem Bruder einen kalten Blick über die Schulter zu.

»Warum, Davino? Warum hast du mich belogen?« Ich lasse die Hand sinken, in der ich die

Waffe halte. Langsam drehe ich mich um und warte, bis er bei mir ist.

»Ich kann es dir nicht erklären, Dion. Noch nicht. Ich versuche nämlich, gerade selbst herauszufinden, was mit mir los ist. Caprice … aus irgendeinem Grund will ich sie beschützen.« Er will dieses Mädchen beschützen? Er? Das wäre mir neu. Für gewöhnlich liebt er es, die Schlampen, die er fickt, wie Dreck zu behandeln. Es war ein Fehler, ihm diese Aufgabe zu geben.

Er kann nicht jede Frau retten, die sich in meinem Besitz befindet.

»Und was ist, wenn es nicht bei Caprice bleibt? Wie stellst du dir das vor? Der Menschenhandel ist, neben den Drogen, eines der lukrativsten Geschäfte für uns. Ich kann unmöglich darauf verzichten, Davino.«

Muss ich ihm tatsächlich nach all den Jahren erklären, wie es läuft?

»Dion, ich verlange nicht von dir, damit aufzuhören, okay. Ich bitte dich nur darum, Caprice zu verschonen. Tue es für mich, deinen Bruder, bitte.«

Davino bittet ausgerechnet mich um einen Gefallen?

»Unter einer Bedingung. Lügst du mich noch einmal an, seid ihr beide tot! Hast du mich verstanden?«

9. Adriana

Blinzelnd öffne ich die Lider, weil mich meine Blase umbringt. Vergebens habe ich versucht, noch einmal einzuschlafen. Nur für eine Stunde, oder zwei? Aber es bringt ja nichts, wenn ich nicht ins Bett machen will, werde ich keine andere Wahl haben, als aufzustehen. Murrend hebe ich den Kopf und wünschte, ich wäre einfach liegen geblieben. Mir bleibt regelrecht die Spucke weg. Wo zur Hölle bin ich hier? Weder mein Schlafzimmer noch eines der Ärztezimmer sind in einem derart miesen Zustand wie dieser Raum. Ich kann mich nicht daran erinnern, schon einmal hier gewesen zu sein. Die Wärme in meinem Inneren ist mit einem Mal wie weggefegt. Graue Wände, so weit das Auge reicht. Das einzige Möbelstück, wenn man es denn so nennen kann, ist die Matratze auf dem Boden, auf der ich liege. Alles hier drinnen erinnert an einen bösen Traum. Und er scheint noch lange nicht vorbei zu sein. Nachdem ich den ersten Schock ein wenig verdaut habe, erhebe ich mich vom Boden, um von hier zu verschwinden. Wenn ich doch nur wüsste, was geschehen ist? Meine Erinnerung verliert sich im Sand, alles, was ich weiß, ist, dass Tiziana mich nach dem Dienst vor dem Krankenhaus abholen wollte, um mit mir den neuen Club der Stadt zu besuchen. Ob ich vielleicht einen Cocktail zu viel hatte? Mit Sicherheit. Sonst würde ich mich doch daran erinnern können, wie in aller Welt ich hierhergekommen bin. An einen Ort wie diesen und nur mit Unterwäsche bekleidet.

»Tiziana, wenn du hierfür verantwortlich bist, rede ich nie wieder ein Wort mit dir!« Was natürlich nicht stimmt. Sie ist meine beste Freundin, der Mensch, der immer für mich da ist. In guten wie in schlechten Zeiten. Würde ich auf Frauen stehen, wäre sie geradezu perfekt. Loyal, witzig, charmant und atemberaubend schön.

»Wo bist du?«, flüstere ich leise in die Stille hinein. Die ersten Schritte sind noch etwas wackelig, aber nach und nach gewinne ich an Selbstsicherheit. An der Tür angekommen, blicke ich an mir herunter. Schwarzer BH und pinkes Höschen, eine Kombination, die mir ein wenig seltsam erscheint. Niemals würde ich so in einen Club gehen, wo ich jederzeit damit rechnen muss, einen Typen zu treffen, der mir gefällt. So langsam zweifle ich echt an meinem Verstand. War ich nun mit Tiziana feiern oder nicht? Stimmengewirr, Schreie und den Alarm der Feuermeldeanlage aus dem Krankenhaus kann ich in Gedanken überdeutlich hören. Gefolgt von einer Stimme, die leise flüstert: »Es wird nur für eine Sekunde wehtun, mia bella, meine Schöne.« Tief durchatmend drücke ich die Klinke nach unten, doch zu meiner Enttäuschung lässt sie sich nicht öffnen. Zum Kuckuck nochmal, und was nun? Bleib ruhig, Adriana, es wird alles wieder gut. Ganz sicher sogar. Sobald Hilfe kommt, bist du frei. Schnell konzentriere mich auf meine Atmung, um nicht in Panik zu verfallen. Genau so, wie Tiziana es mir beigebracht hat. Ein und aus. Ein und aus. Ein und aus. Normalerweise hilft es mir, ruhig zu bleiben. Doch aus irgendeinem Grund funktioniert es nicht wie gewohnt. Mein Herz schlägt mir bis zum Hals. Schweiß tropft mir von der Stirn. Panik macht sich in mir breit. Was ist, wenn niemand nach mir sucht? Ich möchte nicht an einem Ort wie diesem allein sterben. Erneut drücke ich die Klinke hinunter. Rüttle und stemme mich mit meinem Körper dagegen, doch allen Bemühungen zu Trotz bleibt die Tür weiterhin verschlossen. Wütend schlage ich mit den Fäusten auf das schwarze Holz ein, in der Hoffnung, jemand wird mich retten. Egal, wie ich hier in dieses Loch gekommen bin, ich bin mir sicher, es gibt auch einen Weg hinaus. Ich muss ihn nur finden.

»Hilfe … Hilfe … Hilfe … Ich bin hier eingeschlossen, wieso hört mich denn niemand?«, schreie ich verzweifelt. So lange, bis ich kraftlos zu Boden sinke.

»Adriana, du darfst jetzt nicht aufgeben«, wimmere ich leise unter Tränen. Ich mache mir nicht einmal die Mühe, mich auf die schmutzige Matratze zu setzen. Stattdessen lehne ich den Kopf gegen die Wand in meinem Rücken und starre an die Decke. Minutenlang, bis der Schmerz mich dazu zwingt, aufzustehen. Wenn ich nicht gleich einen Weg hier raus finde, pinkle ich hier auf den Boden. Welche Wahl habe ich denn? Hier gibt es nicht einmal eine Toilette oder einen Eimer. Denk an was anderes, Adriana, ermahne ich mich, doch es ist zu spät. Warmer Urin läuft an meinen Beinen entlang, sammelt sich auf dem Boden zu einer Pfütze. Ich glaube, mir wird schlecht. Ich stehe in meiner eigenen Pisse. Wie eklig.

»Ich muss gleich kotzen«, murmle ich leise, genau in dem Moment, in dem ein Klicken ertönt und nur Sekunden später die Tür aufgerissen wird. Geschockt starre ich in das Gesicht des Mannes, den ich unter keinen Umständen hier erwartet hätte.

»Dion?!« Was zum Kuckuck will er denn hier? Ist er gekommen, um mir zu helfen? Hat er vielleicht die Schreie gehört? Erleichterung macht sich in mir breit. Am liebsten würde ich mich in seine Arme werfen, nur die Tatsache, dass ich in meinem eigenen Urin stehe, hindert mich letztendlich daran.

»Si, wie ich sehe, erinnerst du dich an mich, farfalla, Schmetterling!« Er legt den Kopf schief und blickt auf die Pfütze am Boden.

»Natürlich erinnere ich mich an dich, Dion. Kannst du mir dann behilflich sein, nach Hause zu kommen? Ich muss dringend unter die Dusche«, plappere ich immer weiter, ohne zu bemerken, wie er in den Raum tritt. Das Zuklappen der Tür lässt mich erschrocken aufschauen.

»Du wirst nirgendwo hingehen, farfalla. Darf ich vorstellen? Dein neues Zuhause, sicher nicht ganz so komfortabel wie dein Apartment, in dem du lebst, aber wer wird denn schon so kleinlich sein?« Meint er das etwa ernst? Hier gibt es nicht mal eine Toilette. Von Komfort oder Luxus kann bei weitem nicht die Rede sein. Hat er sich hier mal umgesehen? Der Putz bröckelt von der Decke, die Matratze am Boden ist nicht nur schmutzig, sie weist bereits erhebliche Löcher auf. So wenig Komfort, wie er es nennt, hatte ich nicht einmal im Ferienlager, in dem wir gemeinsam waren.

»No, nein, tut mir leid, Dion, ich kann hier nicht bleiben. Es war zwar ganz nett, dich wiederzusehen, aber ich denke, es ist besser, wenn ich jetzt gehe.«

Ich mache einen Schritt nach vorne und spüre, wie er mich mit einem festen Stoß an die Wand drückt. Alle Luft weicht aus meiner Luge. Wie ist es ihm so schnell gelungen, die Distanz zwischen uns zu überbrücken?

»Farfalla, Schmetterling, auch auf die Gefahr hin, dass ich dich enttäuschen muss, ich habe dich nicht eingeladen, bei mir einzuziehen. Vielmehr ist es so, ich habe die Entscheidung bereits für dich getroffen. Zu deiner Sicherheit. Du wirst bei mir bleiben, ob es dir nun gefällt oder nicht!«, sagt er kalt, mit einem gefährlichen Glitzern in den Augen. Zu meiner Sicherheit? Ich glaube, ich habe mich verhört.

»Dion, bist du verrückt geworden? Du denkst doch nicht ernsthaft, dass ich an einem Ort wie diesem bleiben werde. Freiwillig«, sage ich stur.

»Was ich denke oder nicht ist in diesem Fall irrelevant, Adriana, dein Name war doch Adriana, nicht wahr?« Er hat noch immer keine Ahnung, wer ich bin? Unglaublich. Er und ich haben eine Vergangenheit, hat er wirklich vergessen, wie nah wir uns einst standen? Er und ich waren Freunde. Die besten Freunde. Diese Zeit liegt längst hinter uns. Vor dreizehn Jahren ist er ohne ein Wort aus Sizilien weggegangen. Dreizehn verdammte Jahre, in denen ich versucht habe, ihn zu vergessen. In diesem Augenblick wünschte ich mir, er wäre nie zurückgekehrt.

»Dion, ich kann mich sehr gut an dich erinnern, was man nicht unbedingt von dir behaupten kann, oder? Ja, ich heiße Adriana. Adriana Ca-«, setze ich an, als er mich schroff unterbricht.

»Halt den Mund, oder willst du, dass ich das hier tue?«, brüllt er wütend auf. In seinen Augen brennt ein dunkles, verwegenes Feuer. Ich spüre eine Klinge direkt an meiner Kehle. Langsam fährt er mit dem Messer über meine schweißbedeckte Haut, jedoch fehlt mir der Mut, seine Bewegung zu stoppen. In diesem Augenblick wage ich es noch nicht einmal, zu atmen. Beinahe zärtlich gleitet die Spitze zu meinem Dekolletee, weiter Richtung Süden. An dem Bündchen des BHs, das die Körbchen verbindet, hält er inne. Kurz treffen sich unsere Blicke.

»Mit einem Mal so still, farfalla?« Fragend zieht er die Augenbraue nach oben.

»Ich … möchte gehen, Dion, bitte«, wimmere ich leise. Ich kann nicht verhindern, dass meine Stimme zum Ende hin zu zittern beginnt. So viel zu der grandiosen Idee, keine Angst zu zeigen. Schon jetzt bin ich gnadenlos gescheitert.

»No, Adriana«, erwidert er tonlos. Ein geschmeidiger Schnitt durch den Stoff meines BHs, dann fällt er zu Boden. So ein Mist, wieso habe ich mich auch für einen trägerlosen BH entschieden?

»Runter auf die Knie, sofort, Adriana.« Adriana, du darfst ihm nicht das Gefühl geben, Angst vor ihm zu haben. Vermutlich lauert er nur auf ein Anzeichen von Schwäche.

»Vergiss es, Dion!«

»Adriana, es war keine Bitte, es war ein Befehl. Runter auf die Knie und dann wirst du den Fetzen Stoff zwischen die Zähne nehmen und die Pisse von Boden wischen, hast du mich verstanden? Wahlweise kannst du sie auch auflecken, wenn es dir lieber ist. Deine Entscheidung.« Ich soll was tun? Überrumpelt von seinem absurden Befehl, sehe ich ihn geschockt an. Während ich noch versuche, seine Worte einzuordnen, spüre ich, wie er die Klinge unter den Stoff meines Höschens schiebt.

»Kommt gar nicht infrage. Wieso machst du es nicht selbst? Ich kann dir auch großzügigerweise meinen BH leihen.« Die Klinge gleitet geschmeidig durch den Stoff, erst auf der einen, dann auf der anderen Seite, bis er schließlich zu Boden fällt. Sein Blick wirkt entschlossen.

»Letzte Warnung, Adriana, geh auf die Knie! Es sei denn, du willst herausfinden, wie es sich anfühlt, für mich zu bluten.« Die Klinge gleitet über meine

Haut, sanft und drängend zugleich. Ich schnappe hektisch nach Luft.

»Dion … ich werde niemals vor dir knien, nicht freiwillig!« Obwohl meine Worte etwas an Kraft verlieren, bin ich verdammt stolz auf mich. Es ist mir gelungen, seinem brennenden Blick nicht auszuweichen. Stattdessen schaue ich ihn stur, nein, schon fast trotzig in die Augen. Dion de Rossi wird mich nicht dazu bringen, vor ihm zu knien, niemals.

»Was ausgesprochen dumm von dir ist, Adriana. Denn wenn es nach deinem Boss Vincenzo Conti geht, wärst du längst tot. Vielleicht überlegst du dir noch einmal ganz genau, ob es wirklich so schlau ist, meine Regeln zu missachten, farfalla notturna, nachtaktiver Schmetterling.« Er lügt. Ich bin mir sicher, er lügt. Wieso sollte Vincenzo daran Interesse haben, mich umzubringen? Dion de Rossi ist nicht mehr der Mann von früher, den ich einst gekannt habe. Vor mir steht ein eiskalter, berechnender Psycho, der es liebt, ein krankes Spiel mit mir zu spielen. Provokant schaut er auf seine Uhr.

»Zehn … neun … acht … sieben … sechs …« Zählt er etwa die Sekunden? Aber wozu das Ganze? Er muss doch einsehen, dass ich seinem absurden Befehl nicht nachkommen werde.

»Bist du dir sicher, dass du mit den Konsequenzen leben kannst, wenn du mir nicht gehorchst?« Was für Konsequenzen? Er redet davon, mich zu verletzen, nicht wahr? Er wird mir höchstens einen kleinen Schnitt zufügen, der Tod meines Padre hat bedeutend mehr wehgetan. Soll er mir doch sein verdammtes Messer in die Haut rammen, mir egal.

»Drei … zwei … eins. Nun, Adriana, wirst du vor mir knien oder willst du wirklich herausfinden, welche Konsequenzen dich erwarten?«

»Ich scheiße auf deine Konsequenzen, Dion, was willst du machen? Mich dazu zwingen?«, schreie ich ihm voller Verachtung entgegen. Zum ersten Mal, seit ich Dion de Rossi kenne, empfinde ich nichts als Hass für ihn. Ausgerechnet für den Mann, der mich mein halbes Leben beschützt hat.

Was für ein Albtraum.

»Dein Wunsch ist mir Befehl!«, sagt er mit einem zufriedenen Grinsen, das nicht selbstgefälliger sein könnte. Anschließend nimmt er sein Handy zur Hand, während er mich auffallend mustert.

»Bring sie zu mir, ja, jetzt sofort!«

Er beendet das Gespräch innerhalb weniger Sekunden und lässt mich verwirrt zurück.

Von wem redet er denn nur?

In den Gedanken herein öffnet sich die Tür mit einem leisen Knarzen und mir weicht alle Farbe aus dem Gesicht.

»Tiziana?!«

10. Dion

Ungläubig, nein, schockiert trifft es wohl eher, wie mich Adriana ansieht. Hat sie etwa gedacht, meine Warnung wäre nichts weiter als eine leere Drohung? Nun wird sie zu spüren bekommen, was es bedeutet, meinem Befehl nicht zu gehorchen.

»Du kannst gehen, Dante, wir sehen uns später«, sage ich zu meinem Bruder, nachdem er Tiziana zu mir gebracht hat.

»Sicher?« Ich nicke Dante zu. Verstehend tritt er den Rückzug an und lässt mich mit den beiden Frauen allein zurück.

»Dion … was macht Tiziana hier?« Oh, ist sie etwa enttäuscht, ihre beste Freundin zu sehen? Im Gegenzug zu ihr war sie sehr gesprächig. Sie hat mir alles verraten, was ich wissen muss. Seit knapp zehn Jahren sind die beiden befreundet, sie hat ihr über den Tod von Adrianas Padre hinweggeholfen und fühlen einander tief verbunden. Ein Vorteil, den ich mir nun zu Nutze machen werde. Ich habe doch gewusst, die kleine Schlampe könnte mir noch nützlich werden. Ich danke den Göttern, dass sie uns vor dem Krankenhaus geradewegs in die Arme gelaufen ist. Ihr Fehler war es, nach Adriana zu fragen. Nun ist sie wieder mit ihrer Freundin vereint, auch wenn es nicht von Dauer sein wird.

»Freust du dich denn gar nicht, sie hier zu sehen, Adriana? Glaub mir, du wirst dich noch sehr lange an diesen Moment erinnern ...«, sage ich vage, ohne ins Detail zu gehen. Sie wird früh genug herausfinden, was ich geplant habe. Mit ihr und ihrer besten Freundin, die doch tatsächlich versucht, ihre Fesseln zu lösen. Wie dumm von ihr, es ausgerechnet vor meinen Augen zu tun. Mit einem Schritt bin ich bei ihr und schleife sie in Richtung des Querbalkens, der sich in jedem dieser Räume gegenüber des Fensters befindet. Gott sei Dank ist sie kooperativer als Adriana, was mir die Arbeit immens erleichtern wird. Mit geübten Bewegungen fessle ich ihre Arme über dem Kopf an den Balken, während ich die Schreie im Hintergrund gekonnt ausblende. Den Rest des Seils stecke ich unauffällig in meine Hosentasche, nur für den Fall, sollte ich davon Gebrauch machen müssen. Ich schäle die Stofffetzen mit meinem Messer von ihrem Körper, bis sie nur noch in einem seidenen Höschen vor mir steht.

»Sexy, aber nicht sexy genug, um dich zu verschonen«, flüstere ich ihr leise zu. Mit Tränen in den Augen sieht sie mich an, schockiert und ängstlich zu gleich. Ich kann es kaum erwarten, sie bluten zu sehen.

»Dion, nein, hör auf! Ich bitte dich, ich tue alles, was du von mir verlangst, aber lass Tiziana gehen«, schreit Adriana verzweifelt. Das ging schnell. Mit einem Mal will sie meinem Befehl folgen? Wieso nicht gleich so?

»Dafür ist es nun zu spät, du hast deine Entscheidung getroffen. Korrigiere mich, wenn ich falsch liege, aber ist es nicht so?« Ich drehe mich in einer eleganten Bewegung zu ihr um und sehe, wie sie auf die Knie geht. Würgend nimmt sie den BH in den Mund, um den Urin wegzuwischen. Gelassen warte ich, bis sie damit fertig ist. Und ich muss gestehen, sie gibt sich wirklich Mühe. Nur leider wird es ihr nichts mehr nutzen. Weder ihr noch Tiziana. Ihr Schicksal ist besiegelt, sie wird sterben.

»Bist du nun zufrieden, Dion?«, spuckt sie mir am Boden kniend entgegen. Ihr großes Mundwerk wird sie teuer zu stehen kommen. Sie will mich provozieren? Das haben schon ganz andere vor ihr versucht. Adriana Caruso hatte auch ein Talent dafür, mich pausenlos zu reizen. Wieso ich mit einem Mal ständig an sie denken muss, ist mir echt ein Rätsel. Schnell schiebe ich den Gedanken beiseite, um den Fokus nicht aus den Augen zu verlieren. Langsam gehe ich auf sie zu, knie mich vor ihr hin und nehme ihr Kinn zwischen Daumen und Zeigefinger. Mit etwas Druck bringe ich sie dazu, mich anzusehen. In ihrem Blick liegt so viel Wut. Aus fast schwarzen Augen starrt sie mich hasserfüllt an. Bei dem Gedanken, wie sie in dieser Stellung meinen Schwanz in den Mund nehmen könnte, werde ich augenblicklich hart. Zum Glück bin ich geübt darin, mir meine Gefühle nicht anmerken zu lassen.

»No, Adriana, ich bin nicht zufrieden und soll ich dir verraten, warum?«, frage ich kalt.

»Si! Ja!«, erwidert sie prompt. Ich habe schon damit gerechnet, wie ihre Antwort lauten wird. Sie ist auch einfach zu leicht zu durchschauen.

»Jedes Handeln von dir wird Konsequenzen für andere haben, Adriana, hast du das verstanden? Heute trifft es Tiziana, beim nächsten Mal vielleicht deine Nonna, es liegt allein an dir, ob die Menschen, die du liebst, überleben oder nicht.« Ihr Mund klappt nach unten. Geschockt starrt sie mich an, der perfekte Moment, um sie blitzschnell an mich zu ziehen. Da ich dafür gesorgt habe, die restlichen Möbel hier raus zu schaffen, bevor sie wach wurde, bleibt mir keine andere Wahl, als sie ebenfalls an den Balken, direkt neben Tiziana, zu fesseln. Natürlich unter dem lautstarken Protest von Adriana, die sich mit Händen und Füssen dagegen wehrt.

»Dion, lass mich los«, schreit sie wie eine Furie. Ihr Kampfgeist ist bewundernswert, nur wird er hier drinnen nicht helfen. Ich binde ihre Arme fest, kontrolliere den Sitz der Fesseln, weshalb ich für einen Moment abgelenkt bin. Natürlich nutzt sie diesen Vorteil für sich aus. Ohne Vorwarnung tritt sie mir zwischen die Beine. Taumelnd weiche ich zurück. Aus verengten Augen starre ich sie wütend an. Adriana, du kleines Biest, das wirst du bitter bereuen. Niemand vor ihr hat es gewagt, mir in die Eier zu treten. Geschweige denn mich absichtlich zu verletzen.

»Das hättest du nicht tun sollen, Adriana!« Ich verpasse ihr eine Ohrfeige, die ihren Kopf zur Seite fliegen lässt. Ihre seidige Haut verfärbt sich in einem leuchtenden Rot. Sie hat es nicht anders verdient.

»Ihr Blut wird an deinen Händen kleben und es ist allein deine Schuld, dass sie nun leiden wird.« Ich ziehe mein Messer aus dem Bund meiner Hose und stelle mich breitbeinig vor Tiziana. Spielerisch gleite ich mit der Klinge über ihre schweißbedeckte Haut. An ihrer Kehle stoppe ich für eine Sekunde, um sie dazu zu bringen, den Kopf zu heben. Ihr Atem ist abgehackt. Ich kann ihre Angst spüren, in jedem Wickel ihres Seins. Sie hat noch nicht einmal den Mut, mir ins Gesicht zu schauen.

»Sieh mich an!«, knurre ich leise. Sofort folgt sie meinem Befehl und hebt den Kopf. Vielleicht sollte ich meine Entscheidung noch einmal überdenken?! Sie wäre perfekt, um sie gewinnbringend zu verkaufen. Ihr italienisches Aussehen und dieser demütige Blick sind immer ein Garant dafür, einen Käufer zu finden. Schade, dass ich sie brauche, um Adriana zu beweisen, was geschieht, wenn sie mir nicht gehorcht.

»Ich hatte so viele Pläne für dich, Tiziana, aber leider ist es dir nicht mehr vergönnt, zu leben. Hast du für deine Freundin abschließend noch ein paar Worte übrig, bevor ich anfange?«, frage ich in die Stille hinein. Sie blickt zu der weinenden Adriana, die wie verrückt an ihren Fesseln zerrt. Bis sie wirklich gefügig ist, liegt vermutlich noch eine ganze Menge Arbeit vor mir.

»Ich liebe dich, Adri.« Wie rührselig. Nicht. So etwas wie die wahre Liebe gibt es nicht. Auch nicht unter Frauen. Erst recht nicht unter Frauen. Die meisten Schlampen brechen Männern wie Nevio das Herz, weil sie von Loyalität nichts verstehen. Letizia ist der beste Beweis dafür, man kann den Fotzen einfach nicht vertrauen.

»Tiziana, bitte, es ist noch nicht vorbei, du musst kämpfen, tue es für mich«, höre ich die Worte von

Adriana, die mich dazu bringen, schallend aufzulachen.

»Witzig, dass du denkst, ich würde sie verschonen, wenn sie sich gegen mich wehrt. Es wird ihr nichts helfen, ebenso wenig wie dir, farfalla, Schmetterling.«

Ohne Vorwarnung umschließe ich das Messer etwas fester, drücke die Klinge seitlich in Tizianas Brust und sehe dabei zu, wie das Blut auf den Boden tropft. Verzweifelte Schreie dringen aus ihrer Kehle, die von den Wänden widerhallen. So viel Kraft in der Stimme hätte ich ihr ehrlicherweise gar nicht zugetraut. Hat sie sich den Rat von Adriana etwa zu Herzen genommen? Wie von Sinnen zerrt sie an ihren Fesseln, die wie eine zweite Haut an ihren Handgelenken sitzen. Umso mehr sie versucht, sich zu befreien, desto enger schlingen sich die Seile um ihre Hände. Die Frage, ob es sehr wehtut, erspare ich mir an dieser Stelle und gehe zum nächsten Angriff über.

»Bitte Dion … tue das nicht … hör auf … Dion, wieso tust du das? Sie trifft keine Schuld für das, was hier passiert.« Zum Ende bricht Adrianas Stimme, deren Verzweiflung deutlich in ihrem Gesicht geschrieben ist. Tadelnd sehe ich sie an. Ein … zwei Sekunden, in denen ich darauf warte, dass sie mir erneut irgendeine unüberlegte Scheiße an dem Kopf wirft, von der sie denkt, es wäre ein genialer Schachzug, mich weiter zu provozieren. Zu meiner Überraschung schweigt Adriana. Ich habe das Gefühl, dem kleinen Schmetterling wird schlecht und das, wo sie doch als Ärztin in einem Krankenhaus arbeitet. Ob sie kein Blut sehen kann? Ich befürchte, dann wird sie gleich noch blasser werden als ohnehin schon. Mit der Klinge und unter dem Gebrüll von Tiziana mache ich mich wieder an die Arbeit. Durchtrenne Muskeln und Sehnen, bis sie vor Schmerzen ohnmächtig in ihren Seilen zusammensackt. Genau in dem Moment, indem ich es geschafft habe, ihre Brust vom Körper abzutrennen, übergibt sich Adriana auf den Boden vor ihren Füßen. Erst beschmutzt sie den Raum mit Urin und jetzt mit ihrem eigenen Erbrochenen? Genervt sehe ich sie an. Ich kann nicht glauben, wie empfindlich ihr Magen ist. Wenn sie in Zukunft noch öfter vorhat, mich auf die Palme zu bringen, sollte sie sich an diesen Anblick gewöhnen.

»Ernsthaft? So langsam habe ich das Gefühl, du machst das mit Absicht, nun gut, du hast es ja nicht anders gewollt«, sage ich seufzend und lasse die Brust ihrer Freundin direkt vor ihre Füße fallen, um das Shirt von Tiziana vom Boden zu heben. Achtlos werfe ich es in die Ecke auf die Matratze, nur zur Sicherheit, bevor sie es auch noch vollkotzt.

»Später wirst du hier alles bis auf den letzten Tropfen wegwischen, an Zeit sollte es dir heute Nacht bestimmt nicht mangeln.« Wenn ich sie richtig einschätze und das tue ich für gewöhnlich immer, wird sie kein Auge zubekommen. Die Erinnerungen daran, wie ich ihre Freundin auf qualvolle Art und Weise töte, werden sie in den Träumen heimsuchen. Die perfekte Lektion, damit sie aus ihren Fehlern in Zukunft lernt. Ein leises Stöhnen reißt mich aus meinen Gedanken. Tiziana kommt langsam zu sich, flatternd öffnet sie die Augen. Mit rauer, belegter Stimme flüstert sie: »Bring es bitte zu Ende!« Sie fleht darum, von mir getötet zu werden? Überrascht sehe ich sie an. Eine überaus absurde Bitte, wie ich finde. Wo bliebe denn da der Spaß für mich? Ich setze das blutige Messer an ihren Bauch und dringe, so tief ich kann, mit der Klinge durch ihre seidenweiche Haut. Immer wieder an einer anderen Stelle, bis ein Gemisch aus Speichel und Blutfäden aus ihrem Mund tropft.

Der Geruch von Metall vernebelt mir die Sinne. Jeder andere hätte vermutlich an diesem Punkt aufgehört, doch ich denke gar nicht daran. Die Gier nach Blut ist gerade erst in mir erwacht. Wie in Trance steche ich zu und fühle, wie ich dem Rausch der Lust am Töten verfalle. Allein ihr hektischer Atem, der in ein verzweifeltes Stöhnen übergeht, lässt mich etwas spüren, von dem ich dachte, es wäre längst in mir gestorben.

Wärme.

Mittlerweile steht sie inmitten einer kleinen Blutlache, wie sie augenscheinlich selbst erkennt. Ihr Blick, gen Boden gerichtet, wirkt wie erstarrt. Ihre Lippen werden zunehmend blau, ich rechne schon damit, dass ihr Kreislauf irgendwann kollabiert. Wie lange es dauern wird, hängt ganz davon ab, wie viel Schmerzen sie ertragen kann, bis ihr Herz den Kampf verliert. Ein gellender Schrei reißt mich aus der Trance, die von mir Besitz ergriffen hat. Wie benommen schaue ich zu Adriana. Ihre Augen sind verquollen, Tränen rinnen über ihre Wangen, mischen sich mit dem Schweiß auf ihrer Haut. Jedes Detail nehme ich überdeutlich wahr. Ein Blick in ihr wunderschönes Gesicht reicht aus, um zu erkennen, wie gebrochen sie ist. Und ich allein trage die Schuld für ihren Schmerz. Vielleicht hat sie nun endlich begriffen, wie gefährlich es ist, Dion de Rossi bis aufs Äußerste zu reizen.

Es kann tödlich enden.

Auch für sie?

Das wird sich mit der Zeit zeigen.

»Hör auf, Dion, bitte, siehst du nicht, dass sie nicht mehr atmet? Du hast es geschafft, sie ist tot.«

11. Adriana

Gefangen in der Dunkelheit versuche ich erfolglos, den Geruch von Tod und Blut aus meinen Gedanken zu vertreiben. Sobald ich die Augen schließe, sehe ich Dion bildlich vor mir, wie er immer wieder auf Tiziana einsticht. Ihre verzweifelten Schreie verfolgen mich in den Träumen, jagen mich, bis ich schließlich schweißgebadet aufwache. Jede Nacht endet es auf dieselbe Weise, ich sitze bis zum Morgengrauen auf dem Boden und starre zum Mond, in der Hoffnung, er könnte mir auf all meine Fragen eine Antwort geben. Wieso musste ausgerechnet Tiziana sterben und nicht ich? Wie in aller Welt ist es dazu gekommen, dass Dion zu so einem Monster wurde? Ihm war deutlich anzusehen, wie viel Spaß es ihm bereitet hat, meine beste Freundin auf bestialische Art und Weise zu töten. Ihr Blut klebt an seinen Händen und alles, was ihm in diesem Augenblick einfiel, war, mir zu drohen, sollte ich seine Regeln nicht befolgen, würde er dasselbe mit mir tun. Eine Woche ist der Tod von Tiziana nun her, ich weiß nicht, was er mit ihrem Leichnam gemacht hat. Ob er ihren leblosen Körper verbrannt oder wie Müll ins Meer geworfen hat. Meine beste Freundin war ein herzensguter Mensch, sie hätte verdient, dass wir, die sie kannten und liebten, um sie trauern. An einem Grab, inmitten von ihren Eltern, Schwestern und Freunden, ihr die letzte Ehre erweisen. Aber all das wurde uns genommen. Wie könnte ich nach diesem sinnlosen Mord Dion nicht hassen? Wie? Die Schuld frisst mich innerlich auf, Nacht für Nacht, Stunde um Stunde, denke ich pausenlos darüber nach, wie ich diese schreckliche Tat hätte verhindern können. Wäre ich überhaupt in der Lage gewesen, Dion de Rossi irgendwie aufzuhalten? Mit Worten? Mit einer Waffe? Ich denke, die Antwort ist leicht zu beantworten. Was dieser Mann sich in den Kopf gesetzt hat, zieht er gnadenlos durch, so entschlossen ist er, seit ich ihn kenne. Nur habe ich, so naiv wie ich war, niemals damit gerechnet, dass er zu einem eiskalten Mörder werden würde. Sein Plan, mich einzuschüchtern, ist ihm tatsächlich gelungen. In Zukunft werde ich darauf achtgeben, Dion kein weiteres Mal zu unterschätzen, damit meinetwegen niemand mehr sterben muss.

»Adriana, das bringt doch nichts«, schniefe ich leise und blicke durch das kleine Fenster nach draußen, Richtung Mond. Ein paar wenige Sterne stehen hoch am Himmel, verleihen der Nacht etwas

Sanftmütiges. Kurz schließe ich die Augen und bilde mir für eine Sekunde ein, Tiziana würde mich von da oben aus betrachten, mit dem verträumten Blick, mit dem sie mich stets ansah. In Gedanken höre ich, wie sie lacht. Fröhlich und immer ein bisschen zu laut, was so typisch für meine beste Freundin war. Ein Seufzen entkommt mir, genau in dem Moment, in dem die Tür die Schatten des Mondes vertreibt. Schritte hallen auf dem Boden, suchen sich einen Weg direkt zu dem Platz, an dem ich für gewöhnlich mit einem dünnen Laken zugedeckt liege.

»Adriana, wieso schläfst du nicht auf der Matratze?«, höre ich die dunkle Stimme von Dion. Gewaltig wie ein Gewitter durchbricht er meine Gedanken an Tiziana. Erschrocken hole ich Luft und blicke in seine Richtung, doch mehr als eine Silhouette kann ich nicht erkennen. Und das muss ich auch nicht, um zu wissen, dass er es ist und nicht einer seiner Brüder. Seine dunkle Aura raubt mir den Atem.

»Weil ich nicht schlafen kann, Dion«, gebe ich leise zur Antwort zurück.

»Und deswegen sitzt du mit nichts weiter als einem dünnen Shirt am Leib auf dem kalten Boden? Willst du dir den Tod holen?« Was ich nicht müsste, wenn er mir meine Sachen zurückgegeben hätte, überlege ich bitter. Doch ich spreche meinen

Gedanken lieber nicht laut aus. Dion zu reizen, ist zu gefährlich.

»Mach dir um mich keine Sorgen, ich bin zäher als du denkst.« Langsam rapple ich mich vom Boden auf und gehe auf wackligen Beinen auf ihn zu. Mein Kreislauf spielt verrückt, Schwindel erfasst mich, gerade noch rechtzeitig, bevor ich gegen Dion pralle, sacke ich auf der Matratze zusammen. Das war knapp. Vielleicht hätte ich das Abendessen doch zu mir nehmen sollen, anstatt es stehenzulassen. Mehr als drei Tassen Wasser am Tag trinke ich nicht, aus Angst, dass Dion erneut von mir verlangt, meinen Urin mit dem Mund aufzuwischen. Es gibt feste Zeiten, zu denen jemand zu mir kommt, damit ich mich auf einem kleinen Eimer erleichtern kann. Wenn ich die Chance verpasse, muss ich warten, bis zum nächsten Mal. Am Anfang habe ich gedacht, es ist einer von Dions dummen Scherzen, aber ich habe schnell begriffen, wie ernst es ihm damit ist.

»Gut, lassen wir das Thema, für den Moment. Reden wir lieber darüber, wie du verhütest?!« Ich traue meinen Ohren kaum.

»Du willst wissen, wie ich verhüte? Warum? Ich habe nicht vor, mit dir zu schlafen!« Gott, er denkt doch nicht ernsthaft, dass ich mit dem Mörder meiner besten Freundin ins Bett gehen werde?

»Keine Sorge, die Entscheidung habe ich bereits für dich getroffen, Adriana, und ich habe nicht vor, dich um Erlaubnis zu bitten.« Seine Worte klingen wie eine Drohung. Kalt und berechnend. Fröstelnd reibe ich mir über die Arme. Ich will nicht wahrhaben, dass dieser Mann wirklich der Dion ist, den ich einst gekannt habe. Dem ich, ohne zu zögern, mein Leben anvertraut hätte.

»Du wirst mich nicht um Erlaubnis bitten? Soll das etwa heißen, du willst mich dazu zwingen, mit dir Sex zu haben?« Ich kann nicht verbergen, wie entsetzt ich über seine Worte bin.

»Wieso bist du so schockiert, Adriana? Ich habe die kleine Schlampe in deinem Beisein getötet, glaubst du ernsthaft, ich hätte Skrupel, mir das zu nehmen, was ich begehre? Wenn ich dich ficken will, wirst du genau das tun, was ich von dir verlange, hast du das verstanden, farfalla?!« Wie benommen schüttle ich den Kopf.

»Das kannst du nicht ernst meinen, Dion, ich …« In letzter Sekunde bringe ich mich dazu, zu schweigen. Adriana, sei still oder willst du, dass Dion dich umbringt? Denk an Tiziana, ermahne ich mich gedanklich und presse die Lippen fest aufeinander. Hektisch ringe ich um Atem, lausche den Bewegungen von Dion. Er macht einen Schritt auf mich zu und sinkt auf die Knie. Unsere Blicke treffen sich. Wieso habe ich früher nie bemerkt, wie kalt seine Augen sind?

»Was wolltest du sagen, Adriana?«, knurrt er leise. Der Geruch seines Aftershaves dringt in meine Nase und beschert mir eine Gänsehaut. Maskulin, holzig und eine Spur nach Minze, die an ihm haftet. Es ist dasselbe teure Parfüm wie an dem Abend im ›La Venus‹, wo ich für ihn getanzt habe. Die Bilder, wie er meine Hüfte besitzergreifend gepackt hat, fühlen sich mit einem Mal surreal an. Schnell weiche ich vor ihm zurück, damit er nicht bemerkt, wie sehr mich seine ungewohnte Nähe aufwühlt. Ich spüre, wie mein Herz zu rasen beginnt, ehe es für einen Moment aussetzt.

»Ich … nichts, ich wollte nichts sagen«, stottere ich ängstlich. Ein zufriedenes Grinsen breitet sich auf seinen Lippen aus. Nickend hebt er den Finger, streicht sanft über mein Kinn und antwortet: »Braves Mädchen!« Was für ein Wichser. Am liebsten würde ich ihm ins Gesicht spucken und ihm sagen, er könne sich seine Worte in den Arsch schieben.

»Du wirst mir gehören, farfalla.« Ihm gehören? Hat er den Verstand verloren? Ich gehöre niemandem, außer mir selbst. Schnaubend drehe ich den Kopf weg, weil ich seinen Anblick nicht länger ertrage. Dion de Rossi, ich hasse dich.

»Dion, ich werde dir niemals gehören!« Meine Worte sind nichts weiter als ein raues Flüstern im Wind, trotzdem scheint es so, als hätte er mich genau verstanden.

»Ich möchte dir deine Illusion ja nicht rauben, Adriana, aber du gehörst mir bereits seit dem Tag, an dem du für mich getanzt hast. Falls du es noch nicht begriffen hast: Ohne mich wärst du längst tot, dank mir gern später!« Ihm danken? Wofür? Dass er meine beste Freundin Tiziana umgebracht hat? Oder dass er behauptet, Vince hätte ihn beauftragt, damit er mich tötet? Ich glaube ihm kein Wort. Wie erstarrt blicke ich zum Mond und warte, bis er sich zur vollen Größe aufrichtet, um von hier zu verschwinden. Schritte hallen von den Wänden wider, erleichtert atme ich auf, nachdem er die Tür mit einem leisen Klicken hinter sich geschlossen hat. Zu einer Kugel zusammengerollt, lasse ich den Tränen freien Lauf, die sich nun ihren Bann brechen.

»Dion … ich … hasse … dich!«, schluchze ich immer wieder. Mit jedem Wort wird meine Stimmer kräftiger, lauter, bis ich vor Wut schreie: »Dion de Rossi, ich hasse dich!« Traurig blicke ich zum Mond und starre stundenlang vor mich hin, bis die Sonne aufgeht. Sicher dauert es nur noch einen Moment, bis der Mann zu mir kommt und mir den Eimer bringt, auf dem ich mich erleichtern kann. So langsam wird es wirklich Zeit, ich spüre bereits ein unangenehmes Ziehen in der Blase, dabei habe ich seit Stunden nichts mehr getrunken. Ungeduldig lecke ich mir über die Lippen, um sie etwas anzufeuchten. Ein Schluck Wasser wäre mir zwar bedeutend lieber, aber das Risiko, dass meine Blase dem Druck nicht standhält, ist einfach zu groß. Denk an was Schönes, Adriana. So schwer kann es doch nicht sein, nicht wahr? Das Rauschen der Wellen des Mittelmeers kommt mir in den Sinn, wie gern wäre ich jetzt da. Umso länger ich mich an diesen Ort wünsche, desto dringender muss ich auf die Toilette. Nur wenig später höre ich, wie die Tür ins Schloss fällt, was mir wie eine Rettung erscheint. Mit einem Satz springe ich von der Matratze auf, um zu ihm zu gehen.

»Los, beeil dich, du hast fünf Minuten«, sagt der Typ in einem strengen Tonfall, der keinerlei Widerworte duldet. Nickend nehme ich den Eimer an mich, ziehe das Höschen nur so weit herunter wie nötig, um meine Blase schließlich zu entleeren. Dabei achte ich akribisch darauf, ihm nicht den entblößten Intimbereich unter die Nase zu halten. Was sich schwerer gestaltet als angenommen.

»Wenn du so weitermachst, pisst du dir noch auf die Pfoten, Kleines.« Danke für den überaus hilfreichen Kommentar.

»Kannst du nicht vor die Tür gehen, bitte«, füge ich flehend hinzu. Amüsiert schüttelt er den Kopf.

»Stell dich nicht so prüde an, setz dich auf den Eimer, pinkle und wir beide bekommen keinen Ärger«, brummt er genervt. Er stellt sich das so einfach vor. Wie in aller Welt soll das denn gehen, wenn er mich dabei beobachtet? Oh Gott, vor nicht einmal fünf Minuten habe ich gehofft, dass er endlich kommen würde, bevor meine Blase platzt und jetzt, wo er da ist, habe ich das Gefühl, ich kann nicht mehr. So eine verdammte Scheiße. Ich schließe meine Augen und zwinge mich dazu, meine Angst abzulegen, bis der Urin wie ganz von selbst in den Eimer läuft. Nachdem ich fertig bin, setze ich mich zurück auf die Matratze, so wie er es von mir verlangt. Wie jeden Morgen bringt er mir anschließend eine Flasche Wasser für den Tag und ein Tablett, auf dem eine trockene Scheibe Brot, ein Messer aus Holz und etwas Butter liegt. Kein Käse, kein Aufschnitt. Gerade so viel, dass ich nicht verhungere.

»Du solltest eine Kleinigkeit essen.« Was er nicht sagt.

»Danke, ich verzichte«, erwidere ich stur und lasse das Tablett unangerührt stehen, obwohl mein Magen lautstark rebelliert. Lediglich die Flasche nehme ich an mich, weil mein Vorrat sich dem Ende zuneigt.

»Du weißt, es wird ihm nicht gefallen?« Die Rede ist von Dion. Natürlich wird es ihm nicht gefallen, wenn ich mich seinen Befehlen widersetze. Nur ist es das letzte Fünkchen Selbstbestimmung, das mir geblieben ist, das ich mir mit Sicherheit nicht nehmen lassen werde. Auch nicht von Dion de Rossi. Erst recht nicht von Dion de Rossi.

»Ich kann nicht!«, murmle ich erschöpft. Ich kann sehen, wie sich sein Blick verdunkelt.

»Dein Magen sagt was anderes, Adriana.« Wie Recht er doch hat. Um ehrlich zu sein, komme ich um vor Hunger. Trotzdem bekomme ich keinen Happen runter.

»Vielleicht morgen«, tische ich ihm dieselbe Lüge auf wie vorgestern und gestern.

»Du bist eine miserable Lügnerin, Adriana«, sagt er zum Abschied, bevor er achselzuckend mit dem Tablett nach draußen verschwindet. Und vielleicht hat er Recht, vielleicht bin ich wirklich eine miserable Lügnerin. Aber immer noch besser, als eine eiskalte Mörderin wie Dion zu sein.

12. Dion

Seit Stunden wälze ich mich im Bett hin und her, ohne wirklich zur Ruhe zu kommen. Ich weiß nicht, was mit mir los ist. Wieso ständig die Bilder von Adriana Caruso in meinen Erinnerungen auftauchen. Wie sie mich mit ihrem Blick skeptisch mustert, wenn sie mich mit Fragen löcherte, warum ich keine feste Beziehung will. Was wohl aus ihr geworden ist? Wäre es nicht zu gefährlich, nach ihr zu suchen, würde ich die Gelegenheit beim Schopfe packen, um herauszufinden, wo sie ist. Sie war das einzig Positive in meinem Leben, wenn man es genau nimmt. An der Seite meines Padres gab es nur kurze Augenblicke, in denen ich wirklich glücklich war. Von klein auf habe ich gelernt, was es bedeutet, der mächtigste Don Siziliens zu werden. Eine der wichtigsten Regeln, wenn du ein Teil der Mafia sein willst: Du musst bereit sein, alles zu opfern. Padre fand einen Weg, mich auf die Probe zu stellen, wie weit ich gehen würde, um in seine Fußstapfen zu treten. Nie hätte ich es übers Herz gebracht, Adriana zu töten, nicht die Frau, die mir bedingungslos vertraute. Also entschied ich mich dazu, Padres

Bedingungen zu akzeptieren, um nicht schuld an Adrianas Tod zu sein. Ich fuhr zu meinem Onkel, um mich von unten nach ganz oben hochzuarbeiten. Die Zeit war alles andere als leicht, aber es hat mir deutlich vor Augen geführt, wie gefährlich es ist, einen Menschen zu nah an mich ranzulassen. Um nicht angreifbar für meine Feinde zu sein, habe ich mir geschworen, mich niemals auf eine Frau einzulassen. Wenn ich das Verlangen verspüre, mich in einer feuchten Pussy zu vergraben, wähle ich die Nummer von Chiara. Sie war das erste Mädchen, das ich dazu gebracht habe, seinen Körper für Geld zu verkaufen. Bis heute verbindet uns eine Hassliebe, die wohl niemand besser versteht als Chiara und ich. Wir mögen uns nicht sonderlich, aber im Bett harmonieren wir perfekt. Vielleicht ist es mal wieder an der Zeit, ihre Dienste in Anspruch zu nehmen, um auf andere Gedanken zu kommen. Adriana aus meinem Kopf zu verbannen, steht auf meiner To-Do-Liste ganz weit oben. Tief durchatmend schwinge ich die Beine aus dem Bett und schlüpfe in meine am Boden liegenden Sachen. Nachdem ich angezogen bin, schnappe ich mir meine Waffe sowie mein Handy vom Nachtschrank, um Chiara anzurufen. Das Freizeichen ertönt, während ich bereits die Tür mit einem leisen Klicken hinter mir schließe.

»Dion … wie spät ist es?«, murmelt Chiara verschlafen, was irgendwie ungewöhnlich ist. Sollte sie um diese Uhrzeit nicht arbeiten?

»Halb vier«, erwidere ich kurz angebunden. Ich höre, wie sie leise hustet, ehe sie sich räuspert.

»Halb vier?! Mitten in der Nacht?« Sie ist echt witzig. Natürlich in der Nacht!

»Ich kann mich nicht daran erinnern, dich jemals nachmittags gestört zu haben, nicht wahr, Chiara? Wieso bist du nicht im Club?«, frage ich, obwohl die Antwort klar auf der Hand liegt. Aber ich hatte schon immer eine Vorliebe dafür, die Leute auszufragen, um herauszufinden, wie ehrlich mein Gesprächspartner ist.

»Dion, es tut mir leid, ich liege mit einer Grippe im Bett, wenn du mir nicht glaubst, dann …« Der Rest des Satzes geht erneut in einen Hustenanfall über, weshalb ich mich dazu entscheide, ohne ein Wort des Abschiedes aufzulegen. Es hat einfach keinen Sinn, ein Gespräch mit Chiara zu führen, wenn sie ständig husten muss. Was sie jetzt braucht, ist Ruhe. Frustriert betrete ich mein Büro, weil es neben Sex die einzige sinnvolle Beschäftigung bietet, die mir bleibt. Während der Espresso durch den Kaffeeautomaten läuft, fahre ich in aller Seelenruhe den Laptop hoch, als eine Nachricht von meinem Freund eintrifft.

Nevio: Die Kleine hat den ganzen Tag über wieder nichts angerührt, vielleicht solltest du noch einmal zu ihr gehen, um dein Glück zu versuchen? Davino, Dante und ich haben alles versucht, um sie zu überreden, wenigstens eine Kleinigkeit zu sich zu nehmen, doch sie bleibt stur.

Sie verweigert das Essen? Wie lange will sie das denn noch durchziehen? Früher oder später wird sie etwas zu sich nehmen müssen, um bei Kräften zu bleiben. Wieso muss ich mich eigentlich um alles selbst kümmern? Kurz nippe ich von dem Espresso, während das Ticken der Uhr im Hintergrund meine angespannten Nerven beruhigt. Tick-tack, tick-tack-tick-tack. Das Pendel der Uhr bewegt sich im Takt hin und her, Sekunden vergehen, in denen ich darüber nachdenke, was ich meinem Freund schreiben soll. Da mir nichts Gescheites einfällt, tippe ich eine Antwort, die ihm mit Sicherheit nicht gefallen wird. Aber darauf kann ich im Moment keine Rücksicht nehmen.

Dion: Nevio, ist das dein verdammter Ernst? Willst du mir also sagen, dass drei Männer nicht in der Lage sind, eine Frau dazu zu bringen, ein Stück Brot zu essen? Genervt nehme ich den Espresso und setze mich hinter den Schreibtisch, als mein Handy erneut einen Piepton von sich gibt.

Nevio: Glaub mir, Dion, wir haben es mit allen Mitteln versucht, aber nachdem sie das Essen Dante ins Gesicht gespuckt hat, haben wir genug von der Kleinen.

Adriana hat was? Ungläubig starre ich auf die Nachricht von Nevio. Nicht sicher, ob mein Freund mich tatsächlich hinters Licht führt oder er die Wahrheit sagt, entscheide ich mich dazu, sofort zu ihr zu gehen. Ist sie von allen guten Geistern verlassen? Was muss denn noch geschehen, damit sie endlich begreift, wie nah sie dem Tod ist? Gott, diese Frau treibt mich in den Wahnsinn.

Dion: Richte meinen Brüdern aus, dass ich mich um die Sache kümmere. Vorerst wird niemand zu ihr gehen, hast du das verstanden?

Wir werden ja noch sehen, wer am längeren Hebel sitzt. Sie wäre nicht die Erste, die ich dazu bringe, mir zu gehorchen.

»Adriana, farfalla, Schmetterling, du wirst mir gehören, verlass dich drauf!« Meine Worte sind nichts weiter als ein Flüstern in der rauen Nacht.

Anschließend setze ich mich an den Laptop, um zu arbeiten. Caprices Versteigerung ist endlich in trockenen Tüchern, wie man so schön sagt. In sieben Tagen beim »Sinner of Sins Events«, werde ich sie an den Höchstbietenden verkaufen. Und dieses Mal wird mir mein Bruder nicht in die Quere kommen. Davino und Caprice, eine ungewöhnliche Lovestory, die schon bald endet. Er hat doch nicht wirklich gedacht, er könnte sie vor mir beschützen? Meinen Warnungen zum Trotz, wollte er sie um jeden Preis. Mehr als einmal habe ich mit dem Gedanken gespielt, ihm eine Waffe in die Hand zu drücken, damit er sie erschießt. Warum ich es nicht getan habe? Weil ich meinen Bruder kenne. Er hätte sich meinem Befehl widersetzt, so wie ich damals bei Adriana. Wer könnte es ihm verdenken, die Frau zu beschützen, für die sein Herz schlägt? Auch wenn er es abstreitet, Gefühle für Caprice zu haben, ich sehe die Antwort in seinen Augen. Davino wird auf brutale Weise lernen müssen, wie gefährlich es ist, verwundbar zu sein. Eines Tages werde ich derjenige sein, der ihm das schlagende Herz aus der Brust reißt. So wie es Padre mit mir getan hat, nachdem er mir den Auftrag gegeben hatte, unseren Onkel zu töten. Hätte ich erneut versagt, wäre ich heute nicht an der Spitze des De-Rossi-Imperiums. Zumindest lautet so die offizielle Geschichte. Wie es wirklich war, bleibt das Geheimnis zwischen Enzo, meinem Onkel, und mir. Niemand darf je erfahren, was in jener Nacht geschehen ist. Ich musste es ihm vor seinem Tod versprechen.

»Dimentica quello che ha detto tue Padre, sei una brava persona, Dion. Vergiss, was dein Vater gesagt hat, du bist ein guter Mensch, Dion.« Es waren die letzten Worte aus seinem Mund, bevor ich unser beider Schicksal besiegelte. Schluckend starre ich aus dem Fenster im Flur, die Äste der Bäume wiegen im Wind auf und ab, ein trügerisch schönes Bild. Ich spüre, wie sich meine Mundwinkel zu einem sanften Lächeln heben. Lorenzo hätte es geliebt, gemeinsam mit mir hier zu sitzen, um über alten Zeiten zu quatschen, denke ich bitter. Schnell löse ich mich von dem Anblick, der sich mir bietet, auch wenn es mir schwerfällt. Dion, reiß dich zusammen, du darfst den Fokus nicht aus den Augen verlieren, ermahne ich mich im Stillen. Ein Knurren entweicht mir. Ich weiß nicht, was in mich gefahren ist. Seit ich Adriana zum ersten Mal im Club begegnet bin, scheint es beinahe so, als wäre die Vergangenheit präsenter denn je. Es vergeht nicht ein Tag, an dem ich nicht von meinen Erinnerungen heimgesucht werde. Ob ein Fluch auf mir liegt? Es würde zumindest erklären, warum ich jede Nacht nicht mehr als zwei oder drei Stunden Schlaf finde.

Meine Laune ist dementsprechend schlecht. Nicht die besten Voraussetzungen, um ausgerechnet jetzt zu Adriana zu gehen. Obwohl ich befürchte, die Geduld zu verlieren, steige ich die Treppen hinunter, bis ich an der Tür angekommen bin, die zu Adriana führt. Vor dem Raum herrscht gespenstige Stille. Ob sie schläft? Und wenn schon. Wütend knirsche ich mit den Zähnen und öffne die Tür mit dem Schlüssel, ein leises Klicken ist zu hören. Angespannt trete ich in die Dunkelheit, der Geruch von Urin dringt in meine Nase. Sie hat schon wieder auf den Boden gepisst, was für eine Sauerei. Angewidert verziehe ich den Mund zu einer schmalen Linie. Was in aller Welt fällt ihr eigentlich ein? Suchend blicke ich mich nach ihr um, bis ich sie in der Ecke zusammengerollt finde. Abwesend schaut sie zu dem kleinen Fenster Richtung Mond, genau wie beim letzten Mal auch schon, sitzt sie nur mit einem Shirt bekleidet auf dem kalten Boden. Sie legt es anscheinend wirklich darauf an, krank zu werden. Verflucht nochmal. Muss ich sie denn erst anketten, damit sie mit ihrem Hintern auf der Matratze sitzen bleibt?

»Adriana, was tust du da?«, knurre ich gefährlich leise.

»Ich schaue mir den Mond an, Dion, es ist das einzig Schöne zwischen den kalten Wänden aus

Putz«, erwidert sie flüsternd. Ich habe das Gefühl, ihre Stimme klingt seltsam rau. Ich folge ihrem Blick und frage mich, ob ihr die Einsamkeit langsam zu Kopf steigt, bei dem Quatsch, den sie von sich gibt. Augenrollend schließe ich die Tür hinter mir, nur zur Sicherheit, ehe ich auf sie zugehe. Mit etwas Abstand bleibe ich neben ihr stehen, eine ganze Weile sehen wir uns an. Kurz blitzt das Bild von Adriana in meinen Erinnerungen auf. Scheiße, ich muss den Verstand verloren haben, wenn ich Adriana Caruso in ihr suche. Die beiden verbindet rein gar nichts, außer der Name, ist es nicht so?

»Kannst du mir erklären, warum du meinem Bruder Dante dein Essen ins Gesicht gespuckt hast? Hättest du dasselbe mit mir gemacht, Adriana?« Ehrlich gesagt, rechne ich nicht damit, eine Antwort zu erhalten. Umso überraschter bin ich, als sie es doch tut.

»Dante ist der Grund, wieso ich hier bin, ich denke, ich habe allen Grund dazu, sauer auf ihn zu sein.« Sie ist wütend auf meinen Bruder, weil er sie entführt hat? Nicht, dass es mich überrascht, ich an ihrer Stelle wäre ziemlich angepisst, hätte mir jemand eine Spritze in den Hals gerammt. Nichtsdestotrotz habe ich mit dieser Antwort nicht im Geringsten gerechnet.

»Meine Entscheidung, dir ein Messer aus Holz zu geben, war sicher nicht verkehrt, wer weiß, was du mit mir anstellen würdest, jetzt wo wir beide allein sind«, sage ich mit einem unterdrückten Grinsen.

»Vielleicht nicht die dümmste Idee, nachdem du meine beste Freundin Tiziana getötet hast, Dion. Wenn das dann alles ist, ich wäre jetzt gern allein.«

Sie wirft mich raus?

»Ich werde nicht gehen, so lange du nichts gegessen hast.«

Ich warte, bis sie mich ansieht.

»Du kannst mich nicht zwingen, Dion.« Wie naiv sie doch ist. Denkt sie ernsthaft, ich werde dabei zusehen, wie sie verhungert?

»Bist du dir da wirklich sicher, farfalla della notte, Schmetterling der Nacht?« Wenn sie vorhat, meine Geduld auf eine harte Probe zu stellen, sollte sie sich in Acht nehmen.

»Si, Diavolo, Teufel!«

Dafür, dass sie eigentlich Angst vor mir hat, ist sie ziemlich mutig.

Tadelnd knie ich mich vor ihr hin und streiche mit dem Daumen über ihre spröden Lippen. Bei der Berührung zuckt sie kurz zusammen. Ob vor Schreck oder vor Schmerzen, kann ich im Moment nicht so genau sagen.

»Ich habe dir schon einmal bewiesen, wie leichtsinnig es von dir ist, mich zu unterschätzen, bist du dir wirklich sicher, dass du mich ein weiteres Mal herausfordern willst, Adriana?«

13. Adriana

Die letzten Tage habe ich sämtliche Emotionen durchlebt. Von Wut, Trauer bis Hass auf den Mann, der mir einmal verdammt viel bedeutet hat, war alles dabei. Wie in aller Welt konnte ich mich in so eine beschissene Situation bringen? So naiv, wie ich war, habe ich gedacht, Vince wäre die Rettung für all meine Probleme. Eine Weile hat es vielleicht ja auch ganz gut geklappt, mit dem Geld, was ich in den Clubs verdient habe, war ich in der Lage, die Studiengebühren zu bezahlen. Hätte ich doch nur geahnt, was Vince wirklich plant. Er und sein Bruder Fabrizio. Ohne die beiden wäre ich nie bei Dion gelandet, wenn ich seinen Worten Glauben schenken darf.

Ob es die Wahrheit ist, werde ich vermutlich nie erfahren.

»Wirst du wohl nun die Güte besitzen und etwas essen, Adriana?« Bei der Erwähnung meines Namens blickt mich Dion durchringend an. Unsere Blicke treffen sich und ich habe das Gefühl, er würde mich zum ersten Mal richtig wahrnehmen. Er scannt mich von oben bis unten und verharrt für einen Moment zu lange an dem Tattoo auf meinem rechten Unterarm. Ein Schlüssel umrahmt von Dornen, ein Sinnbild dafür, was ich vor Jahren geglaubt verloren zu haben. Die Freundschaft zu Dion.

»Adriana, farfalla, Schmetterling, ich könnte schwören, du und ich sind uns schon einmal begegnet, kann das sein?« Jetzt will er Antworten? Ich habe bereits vor Tagen versucht, ihm zu erklären, wer ich bin. Jedoch war er nicht in der Lage, mir für nur zwei Sekunden zuzuhören. Wieso sollte ich nun ehrlich zu ihm sein? Er hat mir nicht nur meine beste Freundin genommen, nein, er hat mich auch wie ein Tier eingesperrt, um meinen Willen zu brechen. Er will, dass ich ihm gehöre, mit allem, was dazugehört.

»Ich denke, du irrst dich, Dion. Du hättest dich doch sicher erinnert, wenn wir uns kennen würden, oder?« Mit jedem Wort zittert meine Stimme mehr, nur gut, dass er davon nichts zu bemerken scheint. Er presst die Lippen zu einem schmalen Strich zusammen und nickt abwesend.

»Vermutlich hast du Recht.« Seine Antwort versetzt mir einen Stich. Er kann sich wirklich nicht an mich erinnern? An unsere gemeinsame Zeit? Und ich habe gedacht, Dion könnte mich nicht noch mehr verletzen. Doch die Tatsache, dass er mich vergessen hat, hinterlässt ein seltsames Gefühl von Leere in mir. Schluckend starre ich auf den Teller, den er mir reicht. Ein liebloses Stück Brot sowie ein Klecks Butter.

»Nun mach schon, Adriana, oder soll ich dich wirklich dazu bringen, alles, bis auf den letzten Krümel, aufzuessen?« Gott, ich hasse mich dafür, nicht stärker zu sein. Doch seine stumme Warnung in seinen braunen Augen ist Anlass genug, seinem Befehl Folge zu leisten. Schluckend nehme ich das Brot vom Teller und beiße hinein, in der Hoffnung, Dion davon zu überzeugen, ich würde ihm gehorchen.

»Gib dir keine Mühe, ich werde nicht gehen, bis du fertig bist!« Verdammt. Woher hat er gewusst, was ich vorhabe? Hin- und hergerissen blicke ich auf das Brot in meiner Hand, ich bin so kurz davor, ihm den gesamten Inhalt meines Mundes entgegenzuspucken, wie ich es bei Dante getan habe. Nur widerwillig beiße ich erneut ab und zwinge mich dazu, das Essen hinunterzuschlucken. Auch wenn ich das Gefühl habe, mit jedem Bissen würde sich mein Magen mehr und mehr verknoten, kaue ich weiter.

»Bist du nun zufrieden?«, frage ich gepresst, nachdem ich das letzte Stückchen Brot aufgegessen habe.

»No, Adriana. Ich bin alles andere als zufrieden und soll ich dir auch sagen, warum?« Seine Augen verengen sich. Während alle Alarmglocken in mir zu schrillen beginnen, öffne ich den Mund, um zu einer Antwort anzusetzen.

»Si!« Er seufzt leise.

»Du hast wirklich keine Ahnung, oder?« Zaghaft schüttle ich den Kopf.

»Wieso hast du dich Davino, Dante und Nevio widersetzt?« Er will doch nicht ernsthaft eine ehrliche Antwort von mir? Ist das nicht offensichtlich?

»Weil ich …« Ich stoppe mitten im Satz.

»Weil du was, Adriana?!« Seine Stimme klingt dunkel und kalt, so wie alles an ihm. Sein Körper strahlt etwas Bedrohliches aus, vor dem ich mich in Acht nehmen sollte. Er hat Tiziana eiskalt getötet, er wird auch nicht davor zurückschrecken, mit mir dasselbe zu tun. Vorsichtig rücke ich an den Rand der Matratze, um seinen kalten Augen nicht die ganze Zeit über ausgeliefert zu sein.

Bemüht ruhig hole ich Luft und flüstere: »Ich würde jetzt gern allein sein!« Es ist sicher besser, meinen Gedanken für mich zu behalten. Dion die Wahrheit zu sagen, wäre zu gefährlich. Und nachdem ich mit angesehen habe, was er mit Tiziana gemacht hat, habe ich zu viel Angst, ihn weiter zu provozieren.

»Wir haben noch einen langen Weg vor uns, bis du mir gehorchen wirst, nicht wahr?« Keine Ahnung, ob das jemals geschehen wird.

»Ich gebe dir drei Monate, Adriana, entweder du wirst mit der Zeit lernen, mir jeden Wunsch von den Lippen abzulesen oder ich werde dich an einen anderen Don verkaufen, der mehr Geduld mit dir haben wird als ich.« Ohne mich noch einmal anzusehen, verlässt Dion den Raum und lässt mich mit meinen verwirrten Gedanken allein. Wie mir scheint, schreckt er vor gar nichts zurück. Entführung, Prostitution, Mord und Menschenhandel. Die Liste wird immer länger. Ich warte, bis er die Tür verschlossen hat, erst dann erlaube ich mir, in Tränen auszubrechen. Schluchzend schlinge ich die Arme um meine Beine, bette den Kopf auf die Knie und blicke durch das kleine Fenster Richtung Mond, der sich allmählich hinter die Wolken schiebt. In Gedanken höre ich schon das Zwitschern der Vögel. Was gäbe ich dafür, endlich hier raus zu sein, und ich wüsste genau, was ich als Erstes tun würde. Eine heiße Dusche nehmen, um den Dreck und den Geruch von Urin und Erbrochenem von meinem Körper zu waschen.

»Ich hasse dich, ich hasse dich, ich hasse dich«, wiederhole ich die Worte immer wieder, bis die letzte Träne versiegt ist. Der Druck in meinem Inneren nimmt zu, Übelkeit steigt in mir auf und bevor ich es verhindern kann, entleere ich den gesamten Mageninhalt auf den Boden. Direkt neben der Matratze, wo ich schlafe. Oder wo ich bisher geschlafen habe, denn mit dem Geruch des Erbrochenen werde ich ohnehin kein Auge zubekommen. Der Gestank hier drinnen wird von Tag zu Tag immer unerträglicher, stelle ich nüchtern fest. Auf wackligen Beinen tapse ich die Richtung der Ecke, in der ich gesessen habe, bevor Dion hier aufgetaucht ist. Seufzend lasse ich mich auf den Boden fallen und starre ins Nichts, bis der Tag anbricht. Erste Sonnenstrahlen vertreiben die Kälte in mir. Irgendwann in die Stille meiner Gedanken hinein, höre ich, wie die Tür aufgeschlossen wird. Und zu meiner Überraschung ist es nicht Dante, der nach mir sieht, sondern Dion. Was macht er denn hier?

»Sag mir nicht, du hast alles wieder ausgekotzt, was du gegessen hast?« Seine Stimme klingt wütend, genau wie seine Schritte, mit denen er sich mir nähert. Erschöpft blicke ich ihn an, zu mehr fehlt mir die Kraft. Ich bin so furchtbar müde und durstig. Ich überlege krampfhaft, wann ich zuletzt etwas Wasser getrunken habe. Als Dion mich gezwungen hat, das Brot zu mir zu nehmen, habe ich mit Absicht darauf verzichtet, aus Angst, schon bald wieder auf die Toilette zu müssen. Zu sagen, ich fühle mich beschissen, ist noch untertrieben. Mein Magen verkrampft sich schmerzhaft, ich bin mir sicher, es ist nur eine Frage der Zeit, bis ich mich erneut übergeben muss. Warum musste mich Dion auch zwingen, dieses Stück Brot zu essen, obwohl ich gesagt habe, ich will es nicht?

»Adriana?!« Ich öffne mühsam die Augen, wieso habe ich nicht bemerkt, wie sie mir zugefallen sind?

»Hm?«, murmle ich leise. Ich spüre, wie Dion mich berührt. Nur ganz kurz, bevor er mir eine Flasche Wasser reicht.

»Du musst etwas trinken!« Muss ich das wirklich? Ich denke, ich bin sehr wohl in der Lage, selbst zu entscheiden, was für mich das Beste ist.

»Nein, lass mich in Ruhe, Dion!«, wehre ich seinen gutgemeinten Rat entschieden ab. Mir fehlt die Kraft, mit ihm zu streiten. Alles, was ich im Moment brauche, ist ein wenig Schlaf. Nur für ein paar Stunden, ist das denn wirklich zu viel verlangt? Im Augenblick habe ich nicht mal das Bedürfnis, auf die Toilette zu müssen.

»Adriana, das war keine Bitte!« Was er nicht sagt. Allein sein Ton lässt vermuten, wie ernst ihm die Sache hier ist.

»Hab ich auch nicht angenommen, trotzdem möchte ich jetzt nichts trinken. Stell die Flasche zusammen mit dem Essen auf den Hocker, ich werde später etwas zu mir nehmen, wenn es mir besser geht, versprochen.« Wieso kann er mich nicht einfach in Ruhe lassen, so wie die letzten Tage auch? Müde schließe ich die Augen, in der Hoffnung, er wird meine stumme Bitte, zu gehen, verstehen.

»Gott, ich kann nicht glauben, dass ich das wirklich tue«, sagt er gepresst und zieht mich in seine Arme. Sein Aftershave dringt in meine Nase, kein Wunder, so nah wie er mir ist. Meine Augen wandern über seinen Hals, entlang der schwarzen Tattoos, die seine braungebrannte Haut zieren. Es muss neu sein, zumindest kann ich mich nicht daran erinnern, es jemals zuvor an ihm gesehen zu haben. Auch wenn ich das Bild nicht genau erkennen kann, fasziniert es mich auf unerklärliche Weise mehr, als ich zugeben will. Es lenkt mich für eine Weile von den Magenschmerzen ab, die mich seit Stunden quälen.

»Was tust du da?«, frage ich schockiert, als ich bemerke, wie er Richtung Tür geht.

»Etwas sehr Dummes, farfalla, Schmetterling, aber ich befürchte, ich muss es tun, um zu verhindern, dass du stirbst.« Wovon redet er da? Ich bin doch nur müde, kein Grund, so einen Aufstand zu machen. Dieser Mann treibt mich in den Wahnsinn, warum kann er nicht ein einziges Mal respektieren, was ich von ihm verlange?

»Nein, Dion, lass mich runter!«, bitte ich ihn wimmernd, was er augenscheinlich zu ignorieren versucht. Anstatt meinem Wunsch nachzukommen, trägt er mich die Treppen nach oben. Weiße Wände und der Geruch von Desinfektionsmittel kommen mir ziemlich vertraut vor. In dem Moment, in dem ich Dion fragen will, wo wir hier sind, öffnet sich die Tür zu meiner Rechten. Eine schwarzhaarige Schönheit schreitet mit wiegenden Hüften auf uns zu, als mir mit einem Schlag speiübel wird. Ich beginne zu würgen, galleartig erbreche ich mich wie durch ein Wunder auf den Boden, anstatt auf Dions schwarzen Anzug.

»Celina, du kommst wie gerufen, schnell, ich brauche deine Hilfe!«, schreit er alarmiert. Wie durch einen Nebel bemerke ich, wie ich auf eine Liege in ein Zimmer geschoben werde.

»Ich muss ihr einen Zugang legen, sie ist völlig dehydriert«, höre ich die kühle Stimme der Frau, die mich besorgt mustert. Sie schenkt mir ein aufmunterndes Lächeln, fast so, als würde sie mir sagen wollen, es wird alles wieder gut. Wenn sie sich da mal nicht täuscht. Ich bin da weniger optimistisch als sie es ist.

»Bitte, Sie müssen mir helfen, Dion … er hat mich … entführt …«, flüstere ich brüchig, mit letzter Kraft. Die Dunkelheit zerrt an mir, will mich in den Abgrund ziehen, an den Ort, der mir wie eine Zuflucht erscheint.

»Keine Sorge, ich werde mich um Sie kümmern!« Ich spüre einen Stich an meinem Arm, genau an der Stelle, an der sie eine Flexüle ich die Vene schiebt. Fassungslos beobachte ich die Ärztin, wie sie mir eine klare Flüssigkeit über den Zugang verabreicht, die ich auf Anhieb erkenne. Ein Beruhigungsmittel? Ist das ihr verdammter Ernst? Nein, bitte nicht. Wieso versteht sie denn nicht, was ich ihr zu sagen versuche? Tränen verschleiern mir die Sicht.

»Atmen Sie langsam ein und aus, Sie werden sehen, es wird Ihnen gegen die Übelkeit helfen.« Obwohl alles in mir schreit, durch diese Tür zu gehen, durch die ich zuvor geschoben wurde, folge ich ihrem Befehl. Ich nehme einen tiefen Zug, es dauert nur eine Sekunde, bis die Dunkelheit erneut an mir zerrt und mich mit sich in den Abgrund zieht.

14. Dion

Der Blick von Celina spricht Bände, sie ist verdammt wütend auf mich, weil ich Adriana ihrer Ansicht nach viel zu spät zu ihr gebracht habe. Die spröden Lippen, die blasse Haut, all das waren Warnzeichen, denen ich keinerlei Beachtung geschenkt habe. Nicht, weil ich zu blind war, sondern weil mein Fokus auf ihrem katastrophalen Essverhalten lag. Hätte ich geahnt, dass sie seit Stunden keinen Tropfen Wasser mehr zu sich genommen hat, um nicht auf die Toilette zu müssen, wäre ich umsichtiger gewesen. Ich hatte nicht vor, sie zu töten, zumindest noch nicht.

»Signore de Rossi, ich muss Ihnen wohl nicht sagen, dass Ihre Gefangene nur knapp dem Tod entgangen ist, nicht wahr?« Celina mustert mich streng, während sie die Vitalzeichen überprüft. Auf den ersten Blick erscheint es so, als wäre Adriana auf dem Weg der Besserung. Die Temperatur ist deutlich gesunken, was vermutlich an dem Antibiotikum liegt, das Celina ihr verabreicht hat. Wieso habe ich nicht bemerkt, wie krank sie ist? Zwischen meinem letzten Besuch und dem Morgen danach lagen nur wenige Stunden. Wer hätte denn ahnen können, dass sie eine atypische Lungenentzündung entwickelt? Ich habe angenommen, sie hat sich einen Finger in den Hals gesteckt, um zu erbrechen. Erst als ich sie berührt habe, musste ich feststellen, wie glühend heiß sie ist.

»Willst du mir etwa sagen, es ist meine Schuld, dass sie Nacht für Nacht auf dem Boden saß, obwohl ich sie darauf hingewiesen habe, wie leichtsinnig ihr Verhalten ist?«, frage ich kalt vor Entsetzen.

»No, Signore de Rossi, was ich damit sagen will, ist, mir ist egal, was Sie mit den Mädchen in Ihren Kellern treiben, so lange Sie sie vernünftig behandeln. Was Adriana jetzt braucht, ist Ruhe, um wieder zu Kräften zu kommen, ich denke, das ist nicht zu viel verlangt, oder? Ich bitte Sie, zu gehen«, fordert sie mit Blick auf Adriana, die allem Anschein nach langsam zu sich kommt. Wenn sie denkt, sie wird mich so schnell los, hat sie sich geirrt. Sie vergisst, wer in diesem Haus die Regeln bestimmt: ich, und niemand sonst. Celinas Art geht mir gehörig auf den Sack, ich werde mit Sicherheit nicht gehen, weil ich ihr ein Dorn im Auge bin. Sie hat wohl vergessen, wer sie seit Jahren für ihre Arbeit bezahlt? Auch wenn sie wirklich gut in ihrem Job ist, gibt es gewisse Dinge, die ich nicht akzeptieren kann. Niemand bei klarem Verstand widersetzt sich meinen Regeln.

»No, Celina, ich gehe nirgendwohin. Ob es dir nun gefällt oder nicht, ich werde mich jetzt zurück an den Tisch setzen und mich um meine Geschäfte kümmern, während du dich um deinen Job kümmerst!« Ich kann hören, wie sie leise schluckt. Mut wird eben nicht immer belohnt, schon gar nicht in meiner Gegenwart. Sie kann nur von Glück reden, dass ich nicht in der Stimmung bin, sie zu töten. Grimmig blicke ich ihr nach, bis sie in das angrenzende Zimmer verschwindet. Ein leises Klicken, dann bin ich mit Adriana allein.

Nachdenklich schiebe ich die Hände in die Taschen meiner Hose und beobachte die junge Frau beim Schlafen. Sie sieht verletzlich aus, wie sie da liegt, und wieder blitzen Bilder von Adriana in meinen Erinnerungen auf. Die beiden haben mehr Ähnlichkeiten als ich vermutet habe. Kein Wunder, dass ich ständig an sie denken muss. Vielleicht ist es an der Zeit, die Vergangenheit endlich ruhen zu lassen. Ich lebe im Hier und Jetzt, da ist kein Platz für eine Frau, die mich derart durcheinanderbringt. Schon damals hatte Adri, wie ich sie liebevoll nannte, ein Händchen dafür, meinen Kopf zu ficken. Ihr freches Mundwerk war Gift für einen Mann wie mich. Oft habe ich mir vorgestellt, wie sie vor mir kniet und mit ihren haselnussbraunen Augen vom Boden zu mir aufschaut. Jahrelang habe ich verzweifelt versucht, diese Bilder aus meinem Kopf zu vertreiben. Wieso sie mit einem Mal wieder präsent sind, ist eine von vielen Fragen, die ich mir seit Tagen stelle. Ob es doch eine Verbindung zwischen Adriana und Adri gibt? Gott, so langsam wirkt sich der Schlafmangel auf meine Psyche aus. Wie kann ich annehmen, diese beiden Frauen wären ein und dieselbe Person? Ich muss den Verstand verloren haben.

»Verfluchter Mist«, murmle ich gähnend. Maximal zwei Stunden gebe ich Adriana, wenn sie bis dahin nicht aus ihrem komaähnlichen Zustand aufgewacht ist, werde ich Dante damit beauftragen, ein Auge auf sie zu haben. Ich kann nicht die ganze Nacht an ihrem Bett sitzen, in meinem Büro wartet eine Menge Arbeit auf mich. In zwei Tagen ist die Versteigerung von Caprice, was für mich bedeutet, ich muss mir etwas einfallen lassen, wie ich Davino ablenken kann. Wo steckt der kleine Pisser überhaupt? Wollte er nicht vor über einer Stunde bereits hier sein, um mit mir zu reden? Mal wieder beweist mir mein Bruder, wie wenig ich ihm vertrauen kann. Er hält sich an keine Absprachen, vermutlich verbringt er lieber Zeit mit Caprice, anstatt seinen Job zu machen, für den ich ihn bezahle. Verfluchte Scheiße, warum kann Davino nicht ein wenig mehr wie Dante sein?

Innerlich brodelnd nehme ich mein Handy zur Hand. Kein Anruf, keine neue Nachricht. Er hält es also nicht mal für nötig, mir abzusagen, dabei weiß er genau, wie sehr ich Unzuverlässigkeit hasse. Irgendwann wird der Punkt kommen, an dem er lernen muss, erwachsen zu werden und Verantwortung zu übernehmen. Vielleicht ist Davinos Verhalten auf mich zurückzuführen, weil ich zu nachsichtig mit ihm war. Mein Handeln zu hinterfragen, bedeutet, sich einen Fehler einzugestehen. Etwas, was ich für gewöhnlich nur selten tue. Müde reibe ich mir über meinen Bart und setze mich zurück an den Tisch, klappe den Laptop auf und beantworte der Reihe nach die E-Mails, die mir wichtig erscheinen. Der Rest muss vorläufig warten, bis Carlotta das Zimmer für Adriana hergerichtet hat. Wenn sie bei Bewusstsein ist, wird sie es beziehen und dann alles finden, was sie braucht. Bad, Dusche und ein großes Bett, im Gegenzug erwarte ich von ihr Gehorsam. Drei Monate hat sie Zeit, um mir zu beweisen, was in ihr steckt. Ob sie es wirklich schafft, sich mir zu unterwerfen, wage ich für den Moment zu bezweifeln. Ihr eiserner Wille, sich mir zu widersetzen, ist ungebrochen. Ich hebe den Kopf und blicke in ihre Richtung. Aus großen Augen starrt sie mich erschrocken an. Wie ein Reh im Scheinwerferlicht. Wie lange beobachtet sie mich denn schon, ohne dass ich es bemerkt habe? Schnell klappe ich den Laptop zu, um meine Verwirrung gekonnt zu überspielen.

»Du bist wach?«, frage ich überrascht. Ich nehme die Flasche Wasser vom Tisch und gehe auf sie zu.

»Si!« Ihre Antwort klingt kühl. Ob sie sich daran erinnert, was geschehen ist? Ich werfe ihr einen kurzen Blick zu und reiche ihr nach einem Moment des Schweigens ein Glas Wasser. Ich habe das Gefühl, es gefällt ihr ganz und gar nicht, mich hier zu sehen. Nun, ich befürchte, sie wird sich an meine Anwesenheit gewöhnen müssen. Dante, Davino und Nevio haben mir zu verstehen gegeben, Adriana ist von nun an mein Problem, nachdem ich mich dazu entschieden habe, sie nicht zu töten. Die drei Wichser lassen mich doch tatsächlich im Stich, ist das zu glauben?

»Hier, trink das, du musst sicher durstig sein.« Was natürlich Schwachsinn ist, in den letzten Stunden hat sie zwei Infusionen mit Flüssigkeit erhalten. Sie kann also gar nicht durstig sein, oder?

»Dion, bitte, nicht jetzt, meine Blase bringt mich um«, murmelt sie leise. Ihre Blase? Soll das etwa bedeuten, sie muss auf die Toilette? Irgendwie kommt mir das ganz gelegen. Wollen wir doch mal sehen, ob sie bereit ist, einen Schritt auf mich zuzugehen.

»Dann solltest du vielleicht über deinen Schatten springen und mich um Hilfe bitten, farfalla, Schmetterling.« Etwas zu kraftvoll stelle ich das Glas Wasser an die Seite, sodass die Flüssigkeit über den Rand schwappt. Mist, das habe ich nicht kommen sehen. Zum Glück steht auf dem Nachtschrank eine kleine Box mit Taschentüchern, die ich nutze, um das Malheur wegzuwischen, das ich angerichtet habe.

»Ich soll dich um Hilfe bitten, wieso sollte ich das tun?« Na prima, wir stehen also wieder ganz am Anfang. Wütend werfe ich das nasse Papier in den Mülleimer. Mir will einfach nicht in den Sinn, wie Adriana glauben kann, ich wäre nach allem in der Stimmung, mich mit ihr zu streiten. Meine Nerven sind zum Bersten gespannt, ein falsches Wort aus ihrem Mund und ich verliere die Geduld. So langsam sollte sie doch begriffen haben, wie gefährlich es ist, mich zu reizen. Ich bin nicht Vince, der sich ihre Eskapaden gefallen lassen hat.

»Meinst du wirklich, du bist in der Position, meine Geduld auf die Probe stellen zu können, Adriana? Du weißt doch sicher noch, was beim letzten Mal geschehen ist, als du auf den Boden uriniert hast?«

Sie holt tief Luft und nickt zögerlich. Natürlich hat sie nicht vergessen, wie sie mit dem BH zwischen ihren Lippen den Urin aufwischen musste. Ich bin gespannt, ob sie wirklich so scharf darauf ist, erneut nackt vor mir zu knien.

»Adriana, antworte verdammt nochmal!«, schreie ich wütend auf. Bei der Kraft meiner Worte zuckt sie erschrocken zusammen. Angst steht in ihren wunderschönen Augen geschrieben.

»No, Dion, ich habe es nicht vergessen!«, antwortet sie leise.

»Und trotzdem provozierst du mich, obwohl du weißt, wozu ich fähig bin? Vielleicht statte ich deiner Nachbarin Maria einen Besuch ab, ich habe gehört, sie soll ganz wunderbar backen können.« Eine klare Drohung, die sie nicht missverstehen kann.

»Maria?«, fragt sie mit piepsiger Stimme. »Sie ist unschuldig, Dion!« Natürlich ist sie das. Maria ist nichts weiter als eine ältere Dame, die etwas zu neugierig ist, wie ich aus den Erzählungen von Nevio weiß. Vor wenigen Tagen war er in Adrianas Apartment, um es leerzuräumen, um ihre letzten Spuren zu verwischen. Vince ist nicht auf den Kopf gefallen, er würde dahinterkommen, wenn sie noch leben würde. Also habe ich getan, was getan werden musste. Das Feuer im Krankenhaus, was im Grunde nichts weiter als ein Fehlalarm war, diente nur zur

Ablenkung, um Adriana zu entführen. Freiwillig wäre sie nie mit mir gekommen. Woher ich das weiß? Sagen wir mal so, mein Gefühl hat mich in solchen Dingen noch nie im Stich gelassen.

»Genau wie deine Freundin Tiziana unschuldig war, trotzdem musste sie deinetwegen sterben!« Ihr flehender Blick verwandelt sich in ein glühendes Inferno.

»Wag es nie wieder, ihren Namen in den Mund zu nehmen, Dion de Rossi!« Oh Gott, wie sehr hatte ich gehofft, sie würde die Fassung verlieren. Sie ist einfach zu leicht zu durchschauen. Ohne Vorwarnung packe ich Adriana und werfe sie mir über die Schulter. Ich kann nur von Glück reden, dass Celina so umsichtig war, die Infusion abzunehmen. Schreiend wehrt sie sich gegen meinen festen Griff. Ihre Tritte sind unkontrolliert, fast fahrig. Wenn sie genauso fickt, wie sie zutritt, muss sie noch einiges lernen.

Wütend reiße ich die Tür zum Bad auf, um Adriana eine Lektion zu erteilen, die sie so schnell nicht vergessen wird. Ich drehe die Dusche auf die kälteste Temperatur, die sie zu bieten hat.

»Dion, nein, hör auf!«, schreit Adriana nur Sekunden, nachdem ich sie auf den Boden gestellt habe und ihren Kopf unter den kalten Strahl drücke. Mit aller Kraft versucht sie sich gegen meinen harten Griff zur Wehr zu setzen. Ihre Schreie werden lauter, verzweifelt brüllt sie um Hilfe, was mir ein müdes Lächeln entlockt. Ich bin doch immer wieder überrascht, wie naiv sie ist.

Niemand wird den Mut besitzen, sich mir in den Weg zu stellen. Weder Celina noch einer meiner Brüder.

»Dann bitte mich verflucht nochmal darum!«

Ich spüre, wie ihr Körper sich verspannt. Ein leises Schluchzen dringt aus ihrer Brust. Obwohl ich ihre Tränen nicht sehen kann, weiß ich, sie sind da.

»Dion, ich bitte dich, hör auf!« Verdammte Scheiße, wieso nicht gleich so?

Kopfschüttelnd schalte ich die Dusche ab und schäle sie aus dem nassen OP-Hemd, das sie trägt. Ich warte, bis sie sich aufrichtet, dabei fällt mein Blick wie von selbst auf ihre aufgerichteten Nippel. Eine feine Gänsehaut ziert ihren makellosen Körper.

Sie ist wunderschön.

Fuck, Dion, hast du den Verstand verloren?

Sie ist deine Gefangene, nicht dein Sexspielzeug. Räuspernd wende ich den Blick von ihr ab, reiche ihr ein Handtuch und sage: »Du hast fünf Minuten Zeit, um auf die Toilette zu gehen und dich abzutrocknen.«

Ich verlasse das Bad so schnell ich kann und bleibe mit meinen verwirrten Gedanken allein zurück.

Habe ich für einen Augenblick ernsthaft darüber nachgedacht, sie zu vögeln? Oh mein Gott, was ist denn nur in mich gefahren? Ich brauche ganz dringend Sex. Weil Chiara noch immer krank ist, fällt mir nur eine Person ein, die dafür infrage kommt, meinen Bedürfnissen gerecht zu werden. Adriana. Es ist an der Zeit, sie damit vertraut zu machen, was ich von ihr erwarte. Gehorsamkeit.

15. Adriana

Mein gesamter Körper zittert unkontrolliert, auch noch Sekunden, nachdem die Tür krachend ins Schloss gefallen ist. Dion hat mal wieder eindrucksvoll bewiesen, was für ein krankes Arschloch er ist. Wütend wische ich die Tränen aus meinem Gesicht und versuche, nicht in Selbstmitleid zu verfallen. Stattdessen wickle ich das Handtuch um meinen Körper, lasse mich gegen die Wand fallen und schließe für einen Augenblick lang die Augen. Ruhig atme ich ein und aus. Wiederhole das Ganze, drei weitere Male, bis sich mein rasender Herzschlag beruhigt hat. Wie in aller Welt konnte die Situation so schnell aus dem Ruder laufen? Habe ich Dion tatsächlich schon wieder unterschätzt? Ich bin mir sicher, ich habe mir nichts vorzuwerfen. Trotzdem bin ich wütend auf mich selbst. Weil das naive Mädchen in mir nach wie vor die Hoffnung hat, den Menschen in ihm zu finden, den ich einmal gekannt habe. Es ist zum verrückt werden. Was muss denn noch geschehen, damit ich endlich begreife, dass der Dion de Rossi, in den ich mich vor vielen Jahren verliebt habe, nicht mehr existiert?

Und er wird auch nicht wieder zu mir zurückkehren, davon bin ich überzeugt. Ich sollte wirklich lernen, meine Gefühle besser unter Kontrolle zu haben. Darf ihm nicht zeigen, wie sehr mich sein Verhalten verletzt. Jedes Anzeichen von Schwäche macht mich angreifbar. Ich öffne die Augen und blicke meinem traurigen Spiegelbild entgegen. In den letzten Jahren habe ich mich enorm verändert, nur noch wenig erinnert an das quirlige Mädchen von damals. Heute trage ich meine Frisur nicht mehr zu einem Bob geschnitten, meine Haare reichen mir bis zur Hüfte. Und nicht nur meine Haare haben ein Make-over erhalten, nein, ich habe auch einiges an Gewicht verloren. Ist es da ein Wunder, dass Dion mich nicht wiedererkennt? Zu viel Zeit ist vergangen, zu viele Tränen wurden vergossen. Tränen des Schmerzes, weil ich mich monatelang gefragt habe, wieso er wie vom Erdboden verschwunden ist. Und als wir uns endlich wieder begegnet sind, geriet mein Leben erneut aus den Fugen. All das, was mir wichtig war, hat an Bedeutung verloren. Ich stehe inmitten eines Scherbenhaufens. Der Gedanke, dass Dion jeden Moment zurück sein könnte, lässt mich erschaudern. Geduldig warte ich, bis er die Tür öffnet und sich unsere Blicke treffen. Wortlos kommt er auf mich zu, in seinen Augen tobt ein gewaltiger Sturm, der mich in den Bann zieht. Wie erstarrt sehe ich ihn an. Beobachte ihn, wie er seine Ärmel nach oben krempelt. Ich habe fast vergessen, wie sexy er ist. Er hat noch immer dieselbe Anziehungskraft wie früher auf mich, stelle ich nüchtern fest. Dabei habe ich allen Grund dazu, ihn zu hassen. Dion ist der Mörder von Tiziana. Ohne ihn könnte sie noch am Leben sein. Ganz zu schweigen davon, was er mit mir angestellt hat.

»Erinnerst du dich an meine Worte, Adriana?« Seine Stimme klingt rau vor Erregung. Wovon redet er denn nur? Welche Worte?

»Dion, ich habe keine Ahnung, wovon du sprichst«, erwidere ich schluckend, mit Blick auf seine Hand, die sich mir nähert. Hauchzart fährt er mit dem Daumen über meine Lippen und beugt sich zu mir hinunter.

»Du wirst mir gehören!« Bevor ich mich versehe, zerrt er das Handtuch von meinem Körper und drängt mich gegen die Wand in meinem Rücken. Ein Keuchen dringt aus meiner Brust. Scheiße, ist das kalt. Ich sehe, wie er diabolisch grinst, während er seine Hand um meine Kehle schließt. Nicht zu fest, aber mit genügend Druck, um mein Herz zum Rasen zu bringen.

»Sag es, Adriana, sag, dass du mir gehören wirst!« Niemals werde ich diese Worte in den Mund nehmen. Vielleicht hat er sich in den Kopf gesetzt, mich zu seinem Eigentum zu machen, aber das bedeutet noch lange nicht, dass ich mich ihm spielend leicht unterwerfe. Ihn von mir zu stoßen, wäre die logische Konsequenz, doch aus irgendeinem Grund stehe ich nur da und sehe ihn an.

»No, Dion!«, sage ich wütend.

Ich verenge die Augen.

»Wieso war mir klar, wie deine Antwort lauten würde, farfalla, Schmetterling?« Seine Finger wandern hauchzart über meine Haut, hinterlassen ein Gefühl eines brennenden Infernos, an den Stellen, an denen er mich berührt. An meinen Nippeln hält er inne, umkreist sie spielerisch, bis sie sich seinen Händen entgegenstrecken. Ich habe das Gefühl, meine Knospen sind so hart wie Kristalle. Ein Prickeln schießt in meinen Unterleib, zuckend vor Verlangen zieht sich meine Pussy zusammen. Nur mit Mühe kann ich verhindern, laut aufzustöhnen.

Leider scheint Dion meinen Gedanken genau lesen zu können. In dem Moment, in dem ich die Beine zusammenkneifen will, drängt er sein Knie dazwischen. Aufreizend lässt er es über meine zuckende Scham gleiten und ich weiß, ich bin ihm hilflos ausgeliefert. Verzweifelt beiße ich mir auf die Lippen, um die aufkeimende Lust für eine Sekunde auszublenden. Seine Worte von eben kommen mir in den Sinn. Du wirst mir gehören. Niemals wird das geschehen. Nicht, so lange ich es irgendwie verhindern kann.

»Ich bin nicht dein Besitz!« Es ist ein kläglicher Versuch, davon abzulenken, wie mein Körper auf ihn reagiert. Mir ist heiß und kalt. Pure Erregung und Adrenalin.

»In der Regel frage ich auch nicht, ob die Frauen, die ich ficke, mir gehören wollen, ich nehme mir, was ich will.« Fest drückt er sein Knie gegen meine Scham, massiert mich auf eine Weise, die mir völlig fremd ist. Noch nie habe ich so viel Hass und Lust gleichzeitig in mir gespürt. Am liebsten würde ich ihn anschreien, er soll damit aufhören, während ich seinen Schwanz zeitgleich in mir fühlen will. Es ist wie verhext. Da ist eine Sehnsucht in mir, der ich nicht nachgeben darf. Es würde die Sache zwischen uns nur komplizierter machen. Ich kann doch nicht mit dem Mann schlafen, der Tiziana getötet hat. Im denkbar schlechtesten Moment meldet sich mein Gewissen zu Wort, was mich ehrlich gesagt nicht wundert. Die Bilder, wie er sie zu Tode gefoltert hat, sind mit einem Mal wieder da.

»Dion, nein … bitte, tue das nicht«, wimmere ich erregt. Ich kann nicht verhindern, wie verzweifelt meine Worte klingen.

»Nenn mir nur einen plausiblen Grund, wieso ich aufhören sollte, Adriana, ich weiß, du willst es genauso sehr, wie ich.« Obwohl alles in mir schreit, ihn von mir zu stoßen, stöhne ich meine Lust heraus, als Dion mit seinen Fingern in mich eindringt. Schnell findet er einen Rhythmus, mit dem er mich an meine Grenzen bringt. Und darüber hinaus. Dieses Gefühl, das er in mir auslöst, ist unbeschreiblich intensiv. Roh, wild und fesselnd zugleich. Noch nie zuvor habe ich so viel auf einmal gefühlt.

»Du bist ein eiskalter Mörder«, kommen die Worte abgehackt über meine Lippen. Mühsam öffne ich die Lider und sehe ihn an. Ein dunkles Versprechen liegt in seinem Blick. Mit dem nächsten Stoß trifft er einen Punkt in mir, der mir den Atem raubt. Ein buntes Farbenmeer explodiert vor meinen Augen. Stöhnend gehe ich ins Hohlkreuz und spüre Dions Finger noch tiefer in mir. Ich hätte nicht gedacht, dass das überhaupt möglich ist.

»Dion … ich …«, stöhne ich die Lust heraus, die mich zu ersticken droht, hektisch ringe ich um Atem, spüre, wie sich meine Brust in schnellen Zügen hebt und senkt. Wenn er nicht augenblicklich damit aufhört, seine Finger in diesem Rhythmus in mich zu rammen, kann ich für nichts garantieren. Ich rase ungebremst auf den Orgasmus zu, der mich

172

zu verschlingen droht. Ich kann den Abgrund schon vor mir sehen. Er zerrt an mir, wie die Klauen des Monsters, das vor mir steht.

»Sieh dich nur an, wie wunderschön du bist!« Dions Stimme klingt ganz rau vor Verlangen. Vermutlich ist es nur eine Frage der Zeit, bis er seine Hose herunterzieht, um mich mit einem kräftigen Stoß in Besitz zu nehmen. Ob er genauso hart ist wie der Rest seines Körpers? Seine Muskeln sind wie in Stein gemeißelt. Würde ich ihn aufhalten, würde er seinen Schwanz in meine Pussy rammen? Mit Sicherheit nicht. Die Lust in mir ist so groß, dass ich im Moment alles dafür tun würde, kommen zu dürfen. Tiziana, es tut mir leid, denke ich im Stillen. Eine Träne schlängelt sich aus dem Augenwinkel hinunter über die Wange, weil das schlechte Gewissen an mir nagt. Ich verrate nicht nur meine beste Freundin, sondern auch all die Werte, an die ich geglaubt habe. Und wofür? Für ein paar Sekunden des Glücks? Kein Orgasmus der Welt bringt mir Tiziana zurück. Ich spüre, wie ich unter seinen Berührungen zu zucken beginne. Die Lawine der Lust kommt in großen Schritten auf mich zugerollt.

»Komm für mich, Adriana!« Ein letztes Mal rammt Dion seine Finger so tief in mich, dass ich die Kontrolle über meinen eigenen Körper verliere und abhebe. Das Farbenmeer vor meinem inneren Auge verwandelt sich in helle Sterne, die mich durch die Wellen der Lust tragen. Ein Gefühl, als würde ich auf Wolken schweben, macht sich in mir breit. Ich bemerke, wie Dion vorsichtig seine Finger aus mir zurückzieht. Es dauert eine ganze Weile, bis ich mich von meinem Orgasmus erholt habe, der meine Welt in Schutt und Asche gelegt hat. Als ich benommen die Augen öffne, lande ich mit einem Schlag auf dem Boden der Realität. Dass ich mich Dion, dem Mörder von Tiziana, tatsächlich freiwillig hingegeben habe, trifft mich unerwartet hart. Übelkeit steigt in mir auf. Schwindel erfasst mich. Wenn ich mich nicht beeile, hier rauszukommen, muss ich mich übergeben. Ich kann den Geschmack von Galle bereits überdeutlich auf meiner Zunge schmecken. Es ist sicher keine Einbildung.

»Lass mich los!«, schreie ich panisch und schiebe Dion von mir, der mich verblüfft ansieht.

»Adriana, was ist denn mit dir los?« So eine blöde Frage kann auch nur ein Mann stellen. Wütend dränge ich mich an ihm vorbei und verlasse das Bad, nackt wie ich bin. Es ist mir schlichtweg egal, ob mich jemand in diesem Zustand sieht oder nicht. Natürlich treffe ich bei meinem Glück nicht auf die Ärztin, die sich vorhin als Celina vorgestellt hat, sondern auf den Mann, der mich entführt hat. Dante de Rossi.

»Mia bella, meine Schöne, nicht dass ich mich beschweren will, dich so zu sehen, aber ist es nicht ein wenig … kalt?« Dante grinst mich überheblich an. Sein Blick ist auf meine Nippel gerichtet.

»Mir geht es ganz ausgezeichnet«, antworte ich spitz und nehme mir zwei OP-Hemden vom Tisch. Scheinbar war Celina in der Zwischenzeit hier, ich hoffe nur, sie hat mich nicht belauscht. Oder Dante. Nicht auszumalen, wenn er mitangehört hat, was Dion mit mir angestellt hat. Ich spüre, wie meine Wangen zu glühen beginnen. Mein Gott, wie peinlich.

Grinst Dante deswegen so dämlich?

»Und deine überaus gute Laune hat nicht rein zufällig mit meinem Bruder zu tun, mia bella, meine Schöne?« Wenn er eine ehrliche Antwort von mir erwartet, kann er lange warten.

16. Dion

Durch die angelehnte Tür höre ich jedes Wort meines Bruders Dante, was er zu Adriana sagt. Er denkt also, ich bin schuld an ihrem seltsamen Verhalten? Was für ein Schwachsinn. Ich habe sie zu nichts gezwungen, ist es nicht so? Dass sie sich mir letztendlich hingegeben hat, war allein ihre Entscheidung. Auch wenn ich das Gefühl habe, sie bereut es zutiefst, wie ihr Körper auf meine Berührungen reagiert, hat sie jede Sekunde davon genossen. Der Moment, in dem sie gekommen ist, war unbeschreiblich intensiv. Auch für mich, denn um ehrlich zu sein, habe ich niemals zuvor so etwas Schönes gesehen. Die pure Erregung, die sie ausgestrahlt hat - ich glaube, von nun an wird es mir noch schwerer fallen, die Finger von ihr zu lassen. Tief durchatmend blicke ich an mir herunter. Meine Klamotten sind vom Wasser durchtränkt, selbst wenn ich versuche, zu leugnen, was hier drinnen geschehen ist, mein erbärmlicher Anblick verrät mich. Dante wird sofort die richtigen Schlüsse ziehen, was bedeutet, er wird mich den ganzen Tag damit aufziehen, sie nicht gefickt zu haben.

Na prima. Das hat mir gerade noch gefehlt. Nichtsdestotrotz kann ich mich nicht ewig im Bad verstecken, irgendwann ist der Moment der Wahrheit gekommen, Dante gegenüberzustehen.

Knirschend straffe ich meine Schultern und verlasse das Bad. Natürlich fällt mein Blick zuerst auf meinen Bruder, der mich mit erhobener Augenbraue eingehend betrachtet. Eine Mischung aus Zweifel und Belustigung steht ihm deutlich ins Gesicht geschrieben, was mich aus irgendeinem Grund tierisch nervt. Wieso musste er auch ausgerechnet jetzt hier auftauchen? Ich habe doch gesagt, ich würde mich um das Problem mit Adriana selbst kümmern.

»Buongiorno Dion, du hättest dich vielleicht vorher ausziehen sollen, wenn du vorgehabt hast, zu duschen«, begrüßt mich mein Bruder amüsiert. Es gibt Tage, an denen ich mir wünschte, als Einzelkind geboren zu sein. Leider kann man sich seine Famiglia nicht aussuchen.

»Lass deine dummen Scherze, Dante, verrat mir lieber, was du hier machst?« Genervt sehe ich ihn an, während mein Blick kurz zu Adriana huscht. Sie schlüpft ins Bett und rollt sich wie eine kleine Kugel zusammen. Schweigend starrt sie ins Leere. Sind das etwa Tränen in ihren wunderschönen Augen?

»Nevio hat mich gebeten, dich abzulösen, damit du dich ums Geschäft kümmern kannst.« Obwohl ich berechtigte Zweifel habe, dass er die Wahrheit sagt, gehe ich nicht näher auf seine Antwort ein. Hier ist nicht der richtige Ort, um darüber zu reden. Adriana könnte mit anhören, was er zu sagen hat, und das möchte ich gern vermeiden. Wir stehen ganz am Anfang, ihr zu vertrauen, wäre nicht nur dumm, nein, es wäre verdammt gefährlich.

»Verstehe. Na wenn es so ist, kann ich euch wohl ruhigen Gewissens allein lassen?!« Während Dante mir zunickt, ignoriert Adriana meine Worte weiter.

»Wir sehen uns später zum Abendessen«, verabschiede ich mich von Dante, schnappe mir den Laptop und verlasse das Patientenzimmer, in der Hoffnung, ich tue das Richtige. In meinem Schlafzimmer angekommen, schlüpfe ich in einen frischen Anzug, der wie eine zweite Haut an mir sitzt. Perfekt und elegant, ganz so, wie ich es mag. Anschließend gehe ich in mein Büro, wo Nevio bereits auf mich wartet.

»Buongiorno«, begrüße ich meinen Freund mit einem festen Handschlag. Mein Gefühl sagt mir, es gibt einen Grund, wieso er hier ist. Dantes Worte kommen mir wieder in den Sinn. ›Nevio hat mich gebeten, dich abzulösen, damit du dich ums Geschäft kümmern kannst.‹

»Buongiorno, Dion, gut, dass du hier bist, ich glaube, es gibt da ein Problem mit Davino!«

Vermutlich wird mir nicht gefallen, was er zu sagen hat, trotzdem bitte ich ihn, Platz zu nehmen. Was er für den Moment einfach ignoriert. Stattdessen nimmt er mir den Laptop ab und stellt ihn auf dem Schreibtisch ab, wo er für gewöhnlich steht. Da hat es wohl jemand verdammt eilig, mit mir zu reden. Ausgerechnet Nevio, der sonst eine Ruhe ausstrahlt, die nichts und niemand zu erschüttern droht, wirkt sichtlich nervös. Ich habe schon früh gelernt, dass es nichts bringt, vor unangenehmen Situationen zu flüchten.

»Davino? Lass mich raten, hat er die Nacht, entgegen meines ausdrücklichen Wunsches, Abstand von ihr zu halten, bei Caprice verbracht?«, frage ich genervt und gehe zum Kaffeeautomaten, um mir einen Espresso zuzubereiten. Was ich jetzt ganz dringend brauche, ist Koffein. Blubbernd beginnt die Maschine ihren Job zu machen, es dauert nur eine Sekunde, bis der Geruch von Kaffee den Raum erfüllt. Es gibt an einem Tag wie heute nichts Besseres, um auf andere Gedanken zu kommen.

»Wenn es nur das wäre …«, seufzt mein Freund. Ich weiß nicht, ob ich wirklich hören will, was mein Bruder angerichtet hat. Seit Caprice hier aufgetaucht ist, erkenne ich ihn kaum wieder.

»Nevio, sag mir einfach, was er getan hat, für diese Art von Spielchen ist mir meine Zeit echt zu schade. Also …« Ich nehme einen Schluck von meinem Espresso und sehe zu meinem Freund, der sich mit verschränkten Armen an den Schreibtisch lehnt.

»Sie hat Celina gebeten, einen Schwangerschaftstest durchzuführen.« Okay und wo ist das Problem? Es soll vorkommen, dass Frauen sowas tun, wenn ihre Menstruation ausbleibt. Doch was habe ich damit zu tun? Oder Davino? Irgendwie kann ich seinen Worten nicht richtig folgen.

»Und weiter …«, sage ich ungeduldig.

»Es scheint, als hätte dein Bruder sie geschwängert. Sie ist in der dritten Woche.« Ausgezeichnet. Genau das, was ich jetzt absolut nicht gebrauchen kann: eine schwangere Gefangene. Sie unter diesen Bedingungen loszuwerden, ist nicht nur verdammt schwer, es ist nahezu unmöglich. Niemand bei klarem Verstand will eine Frau, die einen Bastard in sich trägt. Davino, was hast du dir nur dabei gedacht? Ich hatte echt angenommen, er wäre schlauer. Es wird Zeit, dem Ganzen ein Ende zu setzen. Ich habe keine Wahl, ich muss es tun, damit mein Bruder endlich lernt, was es heißt, Verantwortung zu übernehmen. Für diese Familie und sein Handeln. Dieses Mal ist er zu weit gegangen, ich werde nicht tatenlos dabei zusehen, wie er mich zum Narren hält.

»Weiß Davino von der Schwangerschaft?« Ich werfe Nevio einen Blick über meine Kaffeetasse zu. Er zuckt mit den Schultern, was so viel bedeutet, er hat verdammt nochmal keine Ahnung.

»Ich bin mir nicht ganz sicher, Caprice wollte erst wissen, ob ihr Verdacht richtig ist, bevor sie ihm davon erzählt.« Was irgendwie sogar für mich Sinn ergibt.

»Was immer noch nicht erklärt, woher du das weißt«, erwidere ich kühl. Sein Blick verrät mir genau, was er gerade denkt. Willst du mich eigentlich verarschen? Ich spüre, wie meine Mundwinkel sich unmerklich heben.

»Sie hat mich gebeten, einen Schwangerschaftstest zu besorgen. Da ich keine Ahnung davon habe, wo ich so etwas finde, habe ich Celina angerufen, um mir behilflich zu sein. Ich habe gedacht, als Frau hätte sie mehr Ahnung davon als ich.« Seine Worte klingen genervt, was perfekt zu seinem Gesichtsausdruck passt. Es ist ein Leichtes, seine Gedanken zu lesen. Warum nervst du mich mit diesem Mist? Weil ich es kann und weil ich wissen muss, wer bereits alles von der Schwangerschaft weiß. Umso weniger Menschen in diese Sache involviert sind, desto besser.

»Und wann war das?«, bohre ich weiter nach.

»Vor etwa einer Stunde, auf keinen Fall länger als zwei, wieso fragst du?!« Davino ist heute den ganzen Tag geschäftlich unterwegs, er wird sicher nicht vor dem Abendessen zurück sein. Mir bleibt somit genügend Zeit, um eine Lösung für das Problem mit Caprice zu finden. Viel zu lange habe ich mit angesehen, wie er ihrem Charme verfällt. Weder erledigt er seinen Job, für den ich ihn bezahle, noch ist er in der Lage, zu bemerken, welch großes Risiko er für uns alle darstellt. Allein seine Verliebtheit macht ihn angreifbar, aber ein Kind? Nicht auszudenken, was geschehen würde, sollte einer unserer Feinde davon erfahren. Ich hasse den Gedanken, Davino das Herz brechen zu müssen. Habe ich eine andere Wahl? Nein, die habe ich nicht. Nicht in der Welt, in der wir hineingeboren worden sind, die keinerlei Gesetze kennt. Den Rest des Espressos lasse ich unangerührt neben dem Kaffeeautomaten stehen, es gibt jetzt wichtigere Dinge, um die ich mich kümmern muss.

»Verstehe. Halt mich auf dem Laufenden, wann mein Bruder wieder da ist«, antworte ich im Hinausgehen.

»Dion, was hast du vor?«, schreit mir mein Freund hörbar angespannt hinterher, ehe ich die

Tür mit einem lauten Knall hinter mir schließen kann. Für eine Sekunde halte ich inne.

Tief durchatmend werfe ich Nevio einen Blick über die Schulter zu und erwidere: »Ich werde das Problem los, ist dies nicht in deinem Sinne?« Er zieht die Augenbraue fragend nach oben.

»Und wie willst du das anstellen? Niemand wird sie dir mit Kusshand aus den Händen reißen, wenn er erfährt, dass sie mit dem Bastard deines Bruders schwanger ist.« Womit er vermutlich nicht ganz unrecht hat. Schon ohne Davinos Baby war es nahezu unmöglich, einen geeigneten Käufer für sie zu finden, weil er seine Finger mit im Spiel hatte. Es gibt nur einen Weg, sie für immer verschwinden zu lassen, bevor mein Bruder zurück ist.

»Überlass die Sache mir, okay?« Nevio scheint mit meiner Antwort alles andere als zufrieden zu sein. Grimmig fährt er sich über sein Kinn.

»Du wirst sie töten, nicht wahr?« Mein Freund war schon immer gut darin, mich zu lesen.

»Du verstehst das nicht, Nevio!« Hart lacht er auf.

»Du wirst ihm das Herz brechen!« Auch das ist mir nicht neu.

»Ich weiß, glaubst du denn, es fällt mir leicht, ihm die Frau zu nehmen, die ihn an den Eiern hat? Hätte er seinen verfluchten Schwanz in seiner Hose gelassen, müsste ich es nicht tun!« Wütend knirsche ich mit den Zähnen.

»Du wolltest nie wie dein Padre werden, wieso zur Hölle, Dion, tust du ihm das an? Er liebt die Kleine!« Warum sagt er mir das?

»Du willst es nicht verstehen, oder, Nevio?«, sage ich gepresst. Mein Blick huscht über den Flur, nur, um ganz sicherzugehen, dass uns niemand hört.

»Es geht doch hier nicht darum, ob ich dich verstehen will, Dion, Caprice ist von Davino schwanger, verdammt nochmal! Du wirst ein unschuldiges Baby auf dem Gewissen haben, bist du dir wirklich sicher, dass du es nicht irgendwann bereust?« Wovon redet er da? Hat er eben nicht gesagt, sie wäre in der zweiten oder dritten Woche schwanger? Von einem Baby kann bei weitem nicht die Rede sein.

»Ich kann mich nicht daran erinnern, dich um einen Rat gebeten zu haben. Kümmere du dich um Davino, der Rest geht dich nichts an, Nevio«, betone ich seinen Namen mit Absicht etwas kälter, um ihm klarzumachen, wie wenig mich seine Meinung interessiert. Obwohl es mir schwerfällt, Nevio einfach wie den letzten Idioten stehenzulassen, kehre ich ihm den Rücken zu und verschwinde von hier. Mein Weg führt mich direkt in den unteren Bereich, vor der Tür zu Caprice ziehe ich meine Waffe aus dem Halfter und entsichere sie mit einem leisen Klicken. Jetzt ist die Stunde der Wahrheit gekommen. Blitzschnell öffne ich die Tür, erschrocken hebt sie den Blick. Noch bevor sie ein Wort sagen kann, flüstere ich: »Du hast dich in den falschen Mann verliebt!« Ohne jegliche Emotionen in mir zu fühlen, drücke ich ab. Leblos sackt ihr Körper auf der Matratze in sich zusammen. Blut spritzt gegen die Wände, als ich eine mir vertraute Stimme hinter mir höre.

»Dion, was hast du getan?!« So war das nicht geplant. Innerlich fluchend drehe ich mich zu meinem Bruder Davino um. Fassungslos sieht er mich mit Tränen in den Augen an. Hass, Wut, Verzweiflung und Liebe für die Frau, die ich eben ermordet habe, spiegelt sich in seinem Gesicht. Ich kann ihm ansehen, wie sein Herz bricht, Stück für Stück, bis nichts mehr davon übrigbleibt.

»Ich habe getan, was ich hätte längst tun müssen. Sei froh, dass ich es war, der sie getötet hat, so war es weniger qualvoll für sie.« Meine Worte treffen ihn hart, ich kann es in seinen Augen sehen. Ohne Vorwarnung stürmt er auf mich zu und rammt mir seine geballte Faust ins Gesicht.

»Das war für Caprice, du elender Hurensohn«, schreit mich mein Bruder verletzt an. Rücksichtslos rammt er mich an der Schulter zur Seite, um sich einen Weg zu ihr zu verschaffen. Auch wenn jede Hilfe zu spät kommt, er ist fest entschlossen, für sie da zu sein. Wie tragisch, dass es auf diese Weise enden musste.

17. Adriana

Dante beobachtet mich schweigend von seinem Platz aus. Wie ich so schlafen soll, ist mir unbegreiflich. Genervt setze ich mich aufrecht hin, streiche mir eine Strähne aus dem Gesicht und frage gereizt: »Kannst du mich nicht allein lassen?« Ich höre, wie er tief Luft holt, bevor er mich ansieht. Seine dunklen Augen nehmen mich gefangen, für eine Sekunde habe ich das Gefühl, Dion in ihm zu erkennen. Man kann definitiv nicht abstreiten, dass die beiden Brüder sind. Selbst ein Blinder würde sehen, wie ähnlich sie sich sind. Nicht nur äußerlich, allein ihr Auftreten ist Beweis genug. Ich habe nicht gewusst, das Arschlochgene tatsächlich vererbbar sind.

»Wäre ich dann noch hier, Mia bella, meine Schöne?« Er streckt sich gähnend, dabei rutscht sein Shirt ein Stück weit nach oben und entblößt seine braungebrannte Haut. Ich merke, wie mein Mund trocken wird. Schluckend sehe ich ihn an, seine Mundwinkel zucken verdächtig. In diesem Moment bereue ich, ihm meine Aufmerksamkeit geschenkt zu haben. Er ist schließlich nicht der erste Mann, dessen Sixpack ich sehe. Kein Grund, gleich in Ohnmacht zu fallen.

»Gefällt dir, was du siehst?« Seine Worte klingen belustigt. Mist, wieso hat er überhaupt bemerkt, dass ich ihn anstarre?

»In meinem Beruf bin ich es gewohnt, Menschen zu sehen, die sich vor mir ausziehen. Also um deine Frage zu beantworten, ich habe schon bedeutend mehr Muskeln gesehen als bei dir!« Eine glatte Lüge, die mir verdammt leicht über die Lippen kommt.

»Dein Blick ist also rein beruflich? Verstehe. Die Frage ist nur, von welchem deiner zwei Jobs du sprichst, dem der Stripperin oder dem der angehenden Ärztin«, erwidert er amüsiert. Anzüglich leckt er sich über seine Lippen. Bilder aus dem Club blitzen in meinen Erinnerungen auf. Ich bin mir sicher, er war an diesem Abend auch dort.

»Ich habe gehört, einige Tänzerinnen verdienen sich abseits der Bühne etwas dazu, wenn du verstehst, was ich meine.« Seine Augen verdunkeln sich, während er sich auf seinem Stuhl ein Stück nach vorne beugt. Geschmeidig verschränkt er die Hände ineinander, dieses Bild kann man schon fast als sinnlich bezeichnen. So langsam habe ich den Verdacht, mit mir stimmt irgendwas nicht. Ob die Exsikkose mein Verstand vernebelt hat?

»Fragst du mich gerade ernsthaft, ob ich mit Kunden des ›La Venus‹ Sex hatte?!« Er zuckt mit den Schultern. Dieses Gespräch ist irgendwie seltsam. Seltsamer als alles andere, was ich bisher erlebt habe.

»Und wenn es so ist?«, fragt er kalt. Wieso kommt er auf die Idee, er hätte ein Recht auf die Wahrheit. Ich kann mich nicht daran erinnern, ihm irgendwas schuldig zu sein.

»Wäre es allein meine Angelegenheit! Falls es dir entgangen sein sollte, ist das hier mein Körper.« Mit dem Finger deute ich auf mich, um meine Worte zu unterstreichen.

»Noch, mia bella, noch gehört dein Körper dir, aber nicht mehr lange und ...« Dante stockt mitten im Satz, als Celina das Zimmer betritt. Was will er damit andeuten?

»Was und, Dante? Komm schon, du kannst mir nicht irgendein Brocken vor die Füße werfen und dann schweigen!« Ich merke selbst, wie vorwurfsvoll meine Worte klingen. Wütend schlage ich die Decke zurück. Wenn er denkt, ich werde hier ruhig liegen bleiben, hat er sich getäuscht. Ich werde keine Sekunde länger in diesem Irrenhaus bleiben. Mir egal, ob Vince mir droht, mich umzubringen. Grimmig schlüpfe ich in die Schuhe vor dem Bett und gehe an Celina vorbei, die mich mit offenem Mund anstarrt.

»Wo wollen Sie hin, Adriana?«, fragt sie mich sichtlich verwirrt. Schweigend nehme ich mir zwei Tupfer sowie ein paar Pflaster aus den Behältern an der Wand. Bevor ich gehe, muss ich zuerst den Zugang loswerden. Mit geübten Fingern mache ich mich an die Arbeit, den Verband zu lösen.

»Nach was sieht es denn aus, Celina?«, frage ich spitz.

»Als würden Sie etwas sehr Dummes tun.« Ihr Blick huscht zu Dante, der sich langsam von dem Stuhl erhebt, auf dem er saß. Wie ein gewaltiges Gewitter, was auf mich zukommt, spüre ich die Anspannung, die von ihm ausgeht. Und sie wächst mit jedem Schritt, den er auf mich zugeht. In seinem Blick liegt ein dunkles Versprechen. Schneller als ich mich versehe, schließt er die Tür und lehnt sich mit verschränkten Armen dagegen. Ein Fliehen, unmöglich. Was nicht bedeutet, ich würde es nicht versuchen. Was ich jetzt brauche, ist Zeit und Geduld. Gerade das zweite ist nicht unbedingt meine Stärke, aber in diesem Fall habe ich keine andere Wahl. Um meine Unsicherheit zu überspielen, wende ich mich von Dante ab. Ruhig, Adriana, irgendwann wird er gehen und dann musst du diese Chance ergreifen. Mein Puls rast, ich kann das

Schlagen meines Herzens überdeutlich hören. Bumm, bumm, bumm, bumm. Pures Adrenalin flutet durch mein Inneres. Wut erfasst mich, auf die Frau, die tatenlos dabei zusieht, was die de Rossis mir antun. Hat sie denn keinen Funken Ehre im Leib?

»Ausgerechnet Sie wollen mir sagen, mein Verhalten wäre dumm? Und was ist mit Ihnen? Sie haben geschworen, den Menschen zu helfen!« Ich habe das Gefühl, ich drehe mich hier im Kreis. Wieso streite ich mich überhaupt mit dieser Frau rum, die keinerlei Gewissen zu besitzen scheint. Wie sie unseren Beruf derart verraten kann, ist mir unbegreiflich.

»Ich helfen den Menschen, oder habe ich dabei zugesehen, wie sie sterben?« Wenn das ein kläglicher Versuch ist, sich zu rechtfertigen, ist er alles andere als glaubhaft.

»Vermutlich erwarten Sie jetzt einen Dank von mir, nicht wahr?«, erwidere ich schärfer als beabsichtig. Kurz zuckt sie zusammen, bevor sie ein gespielt freundliches Lächeln aufsetzt und die Schultern strafft. Wie sie innerhalb von Sekunden umschalten kann, beeindruckt mich ehrlich gesagt enorm. Ich an ihrer Stelle wäre nicht imstande gewesen, so zu tun, als hätte es das Gespräch zwischen uns niemals gegeben. Vermutlich kann ich in diesem Punkt noch einiges von ihr lernen.

»Nein, tatsächlich erwarte ich nichts von Ihnen, Adriana, ich mache hier nur meinen Job.« Ohne dass ich sie darum bitten muss, geht sie mir zur Hand, weil sie sieht, wie ich die Flexüle aus der Vene ziehe. Mit Druck hält sie den Tupfer auf die Einstichstelle, während ich etwas Pflaster abreiße.

»Sie kennen sich ziemlich gut aus«, lobt sie mich für die Arbeit, wie es früher mein Chef getan hätte. Kurz muss ich an Giovanna denken. Ob sie mittlerweile eine Diagnose für ihre unerträglichen Kopfschmerzen erhalten hat? Ich bin mir sicher, die Ärzte des Krankenhauses tun alles in ihrer Macht Stehende, um ihr zu helfen. Die Hoffnung, sie eines Tages wiederzusehen, ist etwas, was mir Kraft verleiht, nicht aufzugeben. Wir werden uns wiedersehen, ganz sicher sogar.

»Sind Sie Krankenschwester?«, reißen mich Celinas Worte aus den Gedanken an Giovanna. Seufzend schüttle ich den Kopf. Ihr plötzliches Interesse an mir verwirrt mich. Um nicht zu sagen, es passt so gar nicht zu ihr. Bisher bin ich es nicht gewohnt, mehr als zwei Sätze mit ihr zu reden, weil sie für gewöhnlich einen ruhigen Umgang mit mir pflegt. Unbehagen macht sich in mir breit, ich spüre Dantes Blicke in meinem Nacken wie Nadelstiche. Ich wage es nicht, mich nach ihm umzudrehen.

»Nein, ich studiere Medizin im letzten Semester«, antworte ich ehrlich. Schnell räume ich die Nadel weg, säubere die Arbeitsfläche und desinfiziere meine Hände nach getaner Arbeit.

»Sie studieren Medizin?« Traurig sehe ich sie an. Es war mein Traum, Ärztin zu werden. Nichts war mir dafür zu schade. Überstunden, Nachtschichten und der Job bei Vince, all das habe ich in Kauf genommen, um Padre nach seinem Tod stolz zu machen. Wie man sieht, reicht Glück allein nicht aus. Manchmal hat das Schicksal seine eigenen Pläne, die niemand vorhersehen kann.

»Ich vermute, das gehört der Vergangenheit an. Hier bin ich ganz einfach Adriana, Adriana Caruso, ein Mädchen wie jedes andere.« Ich schlucke hart bei dem Gedanken, meinen Traum auf diese Weise begraben zu müssen.

»Sagen Sie das nicht, Sie werden sehen, alles wird gut. Was halten Sie davon, wenn ich mit Signore de Rossi rede?« Ihre Bemühungen in Ehren, nur was soll das bringen? Dion wird mich nicht gehen lassen, weder heute noch an einem anderen Tag. Er hat sehr deutlich gemacht, was er mit der Entführung bezweckt. Er will, dass ich ihm gehöre, mit allem, was dazu gehört. Der einzige Weg hier raus, ist, zu fliehen. Ich befürchte, dabei kann sie mir nicht helfen. Nicht, wenn das Risiko besteht, Dion könnte sie auf dieselbe Weise töten, wie Tiziana.

»No, Celina, ich brauche Ihre Hilfe nicht!« Meine Antwort scheint sie zu verletzen. Ihr Lächeln fällt in sich zusammen. Nervös streicht sie sich eine Strähne aus dem Gesicht, ihr ist anzusehen, wie sie vergeblich versucht, sich nicht anmerken zu lassen, wie enttäuscht sie ist.

»Natürlich, Verzeihung, ich wollte Ihnen nicht zu nahetreten.« Mit einem Nicken verabschiedet sie sich von Dante, der ihr ganz gentlemanlike die Tür öffnet. Nur einen Spalt, um sie herauszulassen. Nicht annähernd genug, um von hier zu verschwinden, was wirklich ärgerlich ist.

»Denk nicht mal dran, Adriana!« Grimmig sieht er mich an, seine Augen scannen jede meiner Bewegungen. Dabei fällt sein Blick wie von selbst auf meine entblößten Beine. Gott, wie erbärmlich ich aussehe. Die zwei OP-Hemden, die ich trage, verbergen nicht mal annähernd die wichtigsten Stellen meiner Haut. Bevor ich von hier fliehe, brauche ich unbedingt ein paar Sachen, nicht auszumalen, wenn mich jemand in diesem Aufzug sieht. Bei dem Glück, was ich derzeit habe, lande ich am Ende noch in der Psychiatrie.

»Wo finde ich eigentlich meine Sachen?«, frage ich mit unschuldiger Miene. Da er mir weiter den

Weg versperrt, bleibt mir nichts anderes übrig, als den Rückzug anzutreten. So viele Möglichkeiten bleiben mir nicht. Entweder ich verstecke mich im Bad, um für ein paar Minuten allein zu sein, oder aber ich setze mich zurück aufs Bett. Wie auf Kommando drückt meine Blase, weshalb ich mich dazu entscheide, auf die Toilette zu gehen. Zum Glück macht Dante keine Anstalten, mir zu folgen.

»Wieso, ist dir kalt?«, ruft er mir belustigt nach. Nein, wie ausgesprochen lustig er doch sein kann. Ich werfe ihm einen Ist-das-dein-Ernst-Blick über die Schulter zu, als sein Handy zu klingeln beginnt. Er verpasst der Tür einen kräftigen Schubs, blitzschnell stelle ich den Fuß dazwischen. Wenigstens auf meine Reflexe ist Verlass, denke ich schmunzelnd. Obwohl meine Blase wie verrückt drückt, halte ich in der Bewegung inne. Dante, verflucht nochmal, kannst du nicht ein wenig lauter reden? Mein Gefühl sagt mir, er verheimlicht mir etwas. Wieso musste ich mich ausgerechnet jetzt entscheiden, auf die Toilette zu gehen? Vorsichtig schiebe ich meinen Fuß zwischen Tür und Schwelle, was dazu führt, dass ich ihn nun deutlich besser verstehe als zuvor. Mit angehaltenem Atem lausche ich in die Stille hinein, um herauszufinden, worum es in diesem Telefonat geht. Dante scheint nicht zu bemerken, wie mich die Neugier gepackt hat und ich heimlich das Gespräch mit seinem Bruder verfolge.

»Davino, was ist los? Warte, was, wiederhol das bitte noch einmal, Dion hat was getan?«, höre ich seine aufgebrachte Stimme, die selbst aus der Entfernung schockiert klingt. Dante ist völlig in seinem Gespräch vertieft, genau die Chance, auf die ich gewartet habe. Mein Blick huscht zu der Tür, durch die Celina vor wenigen Minuten verschwunden ist. Vielleicht kommt dieser Moment nie wieder, ich muss es wenigstens versuchen. Der Gedanke, in diesem Outfit gesehen zu werden, hindert mich nicht im Geringsten daran, auf leisen Sohlen Richtung Tür zu gehen. Los, Adriana, gleich, gleich hast du es geschafft, mache ich mir selbst Mut, mein Ziel nicht aus den Augen zu verlieren.

»Dion hat Caprice erschossen? Sag mir bitte, dass das nicht wahr ist!« Erschrocken fahre ich um, Dante und mein Blick treffen sich.

In Gedanken höre ich eine mir vertraute Stimme, die von Padre, die laut brüllt: »Worauf wartest du noch Adriana, los, lauf!« Zwei Sekunden, mehr brauche ich nicht, um die Tür aufzureißen und um mein Leben zu rennen wie nie zuvor. Die dunklen Flure werden zu einem verhängnisvollen Labyrinth, aus dem es kein Entkommen zu geben scheint. Trotzdem laufe ich weiter, nach unten, bis ich gegen einen Berg aus Muskeln pralle. Um Atem ringend blicke ich auf und stelle schockiert fest, dieser Mann vor mir ist nicht irgendwer, es ist Dion. Und er sieht verdammt wütend aus.

»Dieses Mal bist du eindeutig zu weit gegangen, Adriana!«

18. Dion

Ich habe gewusst, es war ein Fehler, Adriana mit Dante allein zu lassen. Ich kann wohl nur von Glück reden, zur richtigen Zeit am richtigen Ort gewesen zu sein. Um ein Haar wäre ihr die Flucht gelungen, was mich zu der Frage bringt, wo mein Bruder ist. Die gespenstige Stille, die mich umgibt, wird nur von Adrianas hektischem Atem durchbrochen. Doch von Dante fehlt jede Spur. Wenn es seine Absicht war, mich zu verärgern, muss ich gestehen, hat sein Plan funktioniert. Selten war ich so wütend wie in diesem Moment. Ich habe versucht, nachsichtig mit ihr zu sein, seit sie in meinen Armen fast gestorben ist. Und wofür das alles? Sie sieht nicht gerade dankbar aus, vielmehr habe ich den Eindruck, sie geht mir mit Absicht auf die Eier, damit ich die Geduld verliere. Wenn sie es darauf anlegt, von mir gefickt zu werden, werde ich ihr diesen Gefallen mit dem größten Vergnügen tun. Ich werde ihr beweisen, wie gefährlich es ist, Dion de Rossi bis aufs Äußerste zu reizen. Der Tod ist noch zu schade für sie. Sie wird leiden, sie wird schreien, sie wird sich verdammt nochmal wünschen, sie hätte sich meinen Rat zu Herzen genommen. Wenn sie denkt, sie hat bereits in die dunkelsten Abgründe meiner Seele geblickt, wird sie überrascht sein, was sie von nun an erwartet.

Ohne Vorwarnung drücke ich sie gegen die Wand in ihrem Rücken, erschrocken weiten sich ihre Augen. Bevor sie um Hilfe schreien kann, lege ich meine Hand über ihren Mund. Ich will ihr erbärmliches Gejammer nicht hören, wenn ich mich mit einem Stoß in sie ramme.

»Du glaubst mir nicht, dass du mir gehörst? Ich denke, es ist an der Zeit, dir das Gegenteil zu beweisen!« Mit einem kräftigen Ruck reiße ich ihr den Fetzen Stoff vom Leib, der lautlos zu Boden fällt. Gierig lecke ich mir über die Lippen, bei dem Anblick, der mich in Sekunden hart werden lässt. Sie zu ficken, wird mir ein Vergnügen sein. Ihre Titten sind ein Traum, wohl geformt und ihre Nippel reagieren auf jede meiner Berührungen, als wären sie nur für mich gemacht. Ich kann nicht leugnen, dass mir gefällt, was ich sehe. Mehr als sie sich vielleicht vorstellen kann.

»Solltest du auf die Idee kommen, zu schreien, wirst du es bereuen, hast du das verstanden?« Meine Worte sind nichts weiter als der Versuch, herauszufinden, ob sie mir gehorchen wird. Ich spiele gern mit der Angst meiner Opfer, erst recht, wenn sie so stark darauf reagieren, wie es Adriana tut. Ihre Augen sind vor Schreck geweitet, ihr Atem geht stoßweise und die kleinen Schweißperlen auf ihrer Stirn verraten, wie angespannt sie wirklich ist.

»Mhmm!« Ich denke, es war eindeutig ein Ja. Ich nicke, um ihr zu signalisieren, ich habe sie verstanden. Vorsichtig löse ich meine Hand von ihrem Mund, meine Finger gleiten hauchzart über ihren Hals, fast spielerisch und erregend zugleich. Für eine Sekunde blitzt sowas wie Hoffnung in ihren braunen Augen auf, ich würde sie verschonen. Ich muss mich beherrschen, nicht laut aufzulachen. Es ist doch immer wieder erfrischend, mit anzusehen, wie leicht eine Frau zu täuschen ist. Ein paar nett gemeinte Worte, eine zärtliche Geste und schon ist es um sie geschehen. Sie läuft geradewegs auf die Falle zu und merkt es nicht einmal. Mein Mitleid hält sich in Grenzen, es ist nicht meine Schuld, wie dumm sie ist. Hat sie tatsächlich gedacht, ein paar Augenaufschläge würden mich besänftigen, das Tier in mir zum Schweigen bringen? Kurz spiele ich mit dem Gedanken, über sie herzufallen, sie zu ficken, bis sie darum bettelt, ich würde aufhören. Es klingt zwar äußerst verlockend, wenn ich ehrlich bin. Aber ich befürchte, so wütend wie ich bin, könnte das Ganze nach hinten losgehen. Noch eine Leiche kann ich mir in der momentanen Situation nicht erlauben,

Davino könnte seine Drohung, mich zu verraten, wahrmachen und dann hätte ich ein weitaus größeres Problem, als Adriana zu Tode gevögelt zu haben.

»Du wirst jetzt tun, was ich von dir verlange, hast du mich verstanden, farfalla!« Knurrend spanne ich meine Hand um ihre Kehle, ich kann spüren, wie ihr Puls zu rasen beginnt. Sie wölbt den Rücken, hauchzart berührt ihre Scham meinen Schwanz, ein kehliges Stöhnen dringt aus meiner Brust. Sie spielt mit dem Feuer. Nicht dass es mich stören würde, aber ich denke nicht, dass es ihr gefallen würde, dieses Monster, was in mir schlummert, herauszufordern. Und doch tut sie es, mit ihren Blicken, die mich an den Rand der Verzweiflung bringen. Zum ersten Mal meldet sich mein schlechtes Gewissen, es fleht mich an, sie nicht gegen ihren Willen zu ficken. Wieso ausgerechnet jetzt? Sie ist ein Mädchen wie jedes andere. Nichts ist besonders an ihr, nicht wahr? Wenn ich das doch nur selbst wüsste. Wieder blitzen die Bilder von Adri auf, wie sie sich an mich drückt, so oft habe ich davon geträumt, sie zu ficken, sie zu besitzen, sie zu meinem Eigentum zu machen. Verdammt, wann hört das endlich auf? Ich presse die Lippen zu einer schmalen Linie zusammen, kralle mich in Adrianas

Kehle fest, bis sie zu wimmern beginnt. Sind das etwa Tränen in ihren Augen?

»Dion, ich …« Tadelnd sehe ich sie an.

»Du wirst nur tun, was ich dir sage, ich will keinen Ton aus deinem Mund hören, hast du das verstanden?« Sie schluckt, ich kann es genau fühlen.

»Öffne meine Hose, zuerst den Gürtel und dann den Reißverschluss!« Sie zögert, sichtlich nervös beißt sie sich auf die Lippen.

»Adriana, ich sage es nicht noch einmal, tue es!« Meine Geduld hängt am seidenen Faden, eine falsche Geste und es ist vorbei mit der Freundlichkeit. Vielleicht sollte ich meinen Worten mehr Ausdruck verleihen. Sie scheint tatsächlich zu denken, ich wäre in der Stimmung, mich zum Narren halten zu können. Ihre Spielchen werden enden, jetzt, auf der Stelle. Aus dem Bund meiner Hose ziehe ich das Messer, das ich neben meiner Smith & Wesson immer bei mir trage. Keuchend holt sie Luft, weil ich meine Hand von ihrer Kehle löse, zu spät realisiert sie, wie ich die Klinge gegen ihre zarte Haut drücke. Geräuschvoll atmet sie aus, stockt und blickt geradewegs in den Abgrund meiner Seele. Sie wird augenscheinlich blasser um die Nase herum. Ob sie bereits mit dem Gedanken spielt, mir ihr Knie zwischen die Beine zu rammen? Um ehrlich zu sein, würde ich es Adriana zutrauen, genau das tun. Da ist etwas Dunkles in ihrem Blick, was meine Neugier weckt. Ich kann es kaum erwarten, endlich in ihr zu sein. Besitzergreifend packe ich ihren Oberschenkel und dränge mich zwischen ihre Beine. Jetzt muss ich nur noch den lästigen Stoff meiner Hose loswerden, dann steht dem Plan, sie zu ficken, nichts mehr im Wege.

»Bevor du das tust, solltest du vielleicht wissen, wer ich bin …« Es interessiert mich nicht, was sie zu sagen hat. Sie ist eine Gefangene, die Schlampe, die ich jederzeit töten kann, wenn mir danach ist. Der einzige Grund, warum sie lebt, ist, weil ich die vage Hoffnung hatte, sie würde sich erkenntlich zeigen. Scheinbar liegt ihr nicht besonders viel an ihrem Leben, weder an ihrem, noch an dem der Menschen, die sie ihrer Behauptung zufolge liebt. Maria, ihre Nachbarin, gerät immer mehr in mein Visier, ob das nun gut oder schlecht ist, bleibt vorerst mein kleines, dreckiges Geheimnis. Zu gegebener Zeit werde ich mich persönlich darum kümmern. Auf Davino ist ohnehin kein Verlass und Dante? Mit dem habe ich noch eine Rechnung offen, wie konnte er dabei zusehen, wie Adriana aus dem Zimmer spaziert?

»Adriana, wieso sollte es mich interessieren, wer du bist? Tue einfach, was ich dir verlange, glaub mir, so schwer ist das nicht. Öffne auf der Stelle meine

Hose, wenn du nicht willst, dass ich in einen Rausch aus Blut verfalle, du weißt doch sicher noch, was ich mit deiner Freundin angestellt habe!« Spielerisch gleite ich mit der Klinge über ihre samtweiche Haut, ein Schauer erfasst sie. Na sieh mal einer an, gefällt der kleinen Schlampe etwa, was ich hier tue? Nur schwer kann ich mir ein diabolisches Grinsen verkneifen. Sie ist nicht abgeneigt, von mir gefickt zu werden.

»Wie könnte ich jemals vergessen, was du getan hast? Dion, du hast meine beste Freundin getötet, mit anzusehen, was du ihr antust, war das Schlimmste, was ich erlebt habe«, antwortet sie mit zitternder Stimme, bevor sie die Hände ausstreckt, um meinen Gürtel zu öffnen. Ein berauschendes Gefühl ergreift von mir Besitz. Was nur noch stärker wird, als sie den Reißverschluss öffnet und die Hose mit einem leisem Rascheln zu Boden fällt. Ob sie bereits spürt, wie hart ich für sie bin?

»Das hier wird nichts daran ändern, dass ich dich dafür hasse, was du getan hast!« Ihre Worte sollten mich vermutlich verletzten, aber das tun sie nicht. Es geht mir am Arsch vorbei, ob sie mich verachtet. Vielleicht lege ich es sogar darauf an, sie dazu zu bringen, mich noch mehr zu hassen. Und ich bin mir sicher, auf einem verdammt guten Weg zu sein. Adrenalin rauscht durch meine Venen. Das

Verlangen, in ihr zu sein, lässt mich keinen klaren Gedanken mehr fassen, mit einem kräftigen Stoß versenke ich mich ihr ihr. Ohne ihr etwas Zeit zu geben, sich an meine Größe zu gewöhnen, pumpe ich mich immer härter in sie. Ein Schrei dringt aus ihrer Kehle. Verrucht und rau zugleich. Ein Geräusch, von dem ich schon jetzt nicht genug bekommen kann. Ihre Schreie erfüllen mich mit Stolz. Ich spüre, wie mein Schwanz in ihr weiter anschwillt. Ihre Pussy ist ein Geschenk Gottes, wie für mich gemacht. Hätte ich gewusst, wie gut sie sich anfühlt, wäre ich niemals in der Lage gewesen, so geduldig mit ihr zu sein. Erst vor wenigen Stunden hatte ich die Chance, sie zu ficken, warum ich es nicht getan habe, ist eines von vielen Dingen, die ich selbst nicht so genau verstehe, seit Adriana hier ist. Der Gedanke, sie könnte sich anderen Männern auf dieselbe Weise hingeben, wie sie es gerade tut, lässt brennende Eifersucht in mir aufkommen. Ich will, dass sie mir gehört, alles von ihr.

»Dion, warte eine Sekunde«, fleht sie mit Tränen in den Augen. Warten? Will sie mich verarschen? Worauf? Ich habe lange genug gewartet, jetzt ist es an der Zeit, sie zu ficken. Mir egal, ob sie dafür bereit ist oder nicht. Wütend schnaube ich leise auf.

»Du hast es nicht anders gewollt, Adriana«, sage ich mit jedem weiteren Stoß, den ich mich in sie ramme. Sie auf diese Weise zu spüren, versetzt mich in einen tranceähnlichen Rausch, der mir ziemlich vertraut ist. Nur mit einem Unterschied, normalerweise ficke ich nicht, ich töte. Wie benommen blicke ich auf die Klinge an ihre Kehle. Die Gier nach Blut wird von Sekunde zu Sekunde immer größer. Ich weiß schon jetzt, es wird mir nicht genügen, sie einmal zu nehmen, ich brauche mehr von ihr. Allmählich scheint sie sich an die Härte meiner Stöße zu gewöhnen, der Schmerz aus ihren Augen ist gänzlich verschwunden, was die Sache um einiges leichter für mich macht. Wir verfallen in einen gemeinsamen Rhythmus, jeder auf der Suche nach Erfüllung. Ich spüre, wie sie sich um mich herum anspannt, während meine Stöße nun gezielter werden, um den einen Punkt in ihr zu finden. Ob es mir gelingen wird, sie zum Kommen zu bringen, interessiert mich nicht, alles, was ich will, ist, meinem eigenen Orgasmus hinterherzujagen.

Ich kann ihn bereits auf mich zukommen sehen, in großen Schritten. Beim nächsten Stoß drücke ich die Klinge in Adrianas Kehle, ein Tropfen Blut rinnt über ihre samtweiche Haut. Der Geruch von Metall vernebelt mir die Sinne. Ein Prickeln fährt meine Wirbelsäule entlang, zwingt meine Hoden, sich rhythmisch zusammenzuziehen. Ich bin so kurz davor, in ihr abzuspritzen. Sie zu markieren, mein Revier zu markieren.

Ich lecke das Blut von ihrem Hals, ein Gefühl von Erregung und Freiheit macht sich in mir breit. Knurrend vergrabe ich meine Zähne in ihrer Haut, der Geschmack von Metall explodiert auf meiner Zunge. Fest pumpe mich ein letztes Mal mit einem tiefen Stoß in ihr, bis ich mich mit einem lauten Stöhnen in ihr ergieße. Erschöpft, aber auch sichtlich zufrieden, ziehe ich mich aus ihr zurück, als ich Dante anerkennend pfeifen höre.

»Wie ich sehe, kümmerst du dich höchstpersönlich um das Problem mit deinem kleinen Spielzeug, wie schön, dann sehen wir uns später zum Abendessen. Es gibt da ein paar Dinge, über die wir dringend reden müssen.« Mein Bruder verschwindet im Schein der Dunkelheit, als wäre er nie hier gewesen und lässt mich mit ihr allein zurück.

Verwirrt von Dantes Worten ziehe ich Hose samt Boxershorts nach oben, um Adriana anschließend in ihr neues Zimmer zu bringen, wo sie für eine Zeitlang ganz ungestört sein wird.

Von nun an werde ich noch mehr auf sie achten, damit so etwas wie heute nie wieder passieren wird.

19. Adriana

Gedankenverloren starre ich durch das Fenster nach draußen, die Äste wiegen sich im Wind hin und her, trotzdem hat dieses Bild etwas Magisches an sich. Die untergehende Sonne verzieht sich hinter den Wolken und verwandelt den Himmel in ein dunkles Farbenmeer. Ein greller Blitz, gefolgt von einem gewaltigen Donner, kündigt einen Sturm an, der immer näherkommt. Für viele Menschen mag dieses Szenario wunderschön sein, mich versetzt es jedoch in Angst und Schrecken. Meine Hände sind von Schweiß bedeckt, ich spüre, wie mein Herz zu rasen beginnt. Früher, als ich noch ein kleines Mädchen war, habe ich mich oft stundenlang unter dem Bett versteckt, bis der Sturm vorüber war. In der Zwischenzeit habe ich andere Wege gefunden, meine Angst zu bewältigen. So lange wie möglich verharre ich auf dem Bett, bis ein lautes Grollen mich durchzuckt. Das Gewitter, es kommt näher.

»Du schaffst das, Adriana«, mache ich mir selbst Mut. Vergebens versuche ich, die aufkeimende Panik in den Griff zu bekommen, die von mir Besitz ergreift. Du musst die Angst kontrollieren, nicht sie dich, fallen mir die Worte von Tiziana ein. Was gäbe ich dafür, wenn sie jetzt bei mir wäre, um mich in den Arm zu nehmen. Ein leises Wimmern dringt aus meiner Brust. Ich bin eine erwachsene Frau von achtundzwanzig Jahren, die ernsthaft Angst vor einem Gewitter hat? Wie peinlich. Erneut durchbricht ein lautes Donnern meine Gedanken, schreiend springe ich vom Bett und renne ins angrenzende Bad. Nicht die beste Wahl, aber die Einzige, die mir in diesem Moment richtig erscheint. Leise schließe ich die Tür hinter mir und tapse auf nackten Sohlen die Wand entlang, bis in die hinterste Ecke. Eine ganze Weile stehe ich da, lausche in die Stille hinein. Der Raum ist wirklich gut isoliert, kein Ton dringt ins Innere, stelle ich erleichtert fest. Seufzend lasse ich mich auf den Boden gleiten, lehne den Kopf gegen die Wand, während ich minutenlang in die Dunkelheit starre. Würde Dion mich so sehen, würde er mit Sicherheit über mich lachen. Oh bitte, ich will jetzt nicht an Dion denken, weder an ihn, noch an den Sex, den wir hatten. Ich mache mir sowieso schon genug Vorwürfe, da sind so viele Fragen, auf die ich keine Antwort habe. Warum habe ich nicht eine Sekunde mit dem Gedanken gespielt, ihn aufzuhalten? Ich hätte mich wehren können. Anstatt ihn von mir zu stoßen, habe ich nichts dergleichen getan. In meinem

Kopf war nur Leere, und die Angst, wie er reagieren wird, wenn er eines Tages erfährt, wer ich wirklich bin. Zumindest habe ich versucht, ihm die Wahrheit zu sagen. Es ist nicht meine Schuld, dass Dion mir nicht zugehört hat, oder etwa doch? Selbstmitleid bringt mich kein Stück weiter. Jetzt, wo wir diese Grenze überschritten haben, wird es kein Zurück geben. Woher ich das weiß? Weil ich Dion lange genug kenne, um zu wissen, wie er tickt. Mag sein, dass er nicht mehr der Mann von früher ist, aber es gibt Dinge, die haben sich auch nach all den Jahren nicht geändert. Seine besitzergreifende Art, die mir schon damals tierisch gegen den Strich ging. Ich habe nie verstanden, wieso er sich dafür interessiert, mit wem ich ausgehe, wo er doch ständig ein Mädchen nach dem anderen gevögelt hat. Er hat kein Geheimnis daraus gemacht, was er hinter meinem Rücken treibt. Oder mit wem. Meine Gefühle waren ihm egal. Mit der Zeit habe ich gelernt, diese Seite von Dion zu akzeptieren, so wie vieles andere auch. Wieso ich mich damals ausgerechnet in ihn verlieben konnte, ist mir aus heutiger Sicht unbegreiflich. Wie gut, dass diese Zeit hinter mir liegt. Ich muss nicht mehr so tun, als wäre es mir egal, wen er vögelt, weil es mich schlichtweg nicht interessiert. Gähnend rapple ich mich vom Boden auf und begebe mich auf die Suche nach dem Lichtschalter, den ich gleich direkt neben der Tür finde. Ich brauche einen Moment, um mich an die ungewohnte Helligkeit zu gewöhnen, bis meine Sicht etwas klarer wird. Neugierig sehe ich mich im Inneren um. Toilette, Dusche, Wanne und ein Badezimmerschrank, in dem ich neben einigen Handtüchern eine Reihe von Duschgelen und Shampoo finde, die meine Aufmerksamkeit auf sich ziehen. Es ist verdammt verlockend, ein Bad zu nehmen, alles, was ich dafür brauche, befindet sich direkt vor mir.

»Na schön, es gibt nur einen Weg herauszufinden, ob Dion etwas dagegen hat, diese Dinge zu nutzen oder nicht«, murmle ich leise vor mich hin. Wie ein Dieb schnappe ich mir zwei Handtücher und jeweils eine Flasche Duschgel und Shampoo. Während ich in der Wanne sitze, lasse ich die Begegnung mit Dion immer wieder Revue passieren, Erregung macht sich in mir breit. In kreisenden Bewegungen verwöhne ich meine Nippel, wandere mit dem Finger weiter Richtung Süden.

»Mia bella, meine Schöne, stört es dich, wenn ich zugucke?« Dante? Ist das peinlich, wieso muss er ausgerechnet jetzt hier auftauchen? Verlegen beiße ich mir auf die Lippen, nicht sicher, welche Antwort er von mir erwartet.

»Dein Blick ist echt Gold wert, ich kann dein ›Fick dich‹ bis hierher hören. Nichts für ungut, Adriana, war nur ein kleiner Scherz. Wenn du hier fertig bist, komm rüber, auf dem Bett wartet eine kleine Überraschung auf dich.«

»Und was soll das sein?«, frage ich überrumpelt.

»Wenn ich es dir sage, ist es keine Überraschung mehr«, erwidert er mit einem breiten Grinsen und lässt mich allein zurück.

20. Dion

Seit ich Adriana allein in ihrem Zimmer gelassen habe, muss ich ständig an sie denken. Wie sie sich an mich geklammert hat, während ich mich immer tiefer in sie gerammt habe, es war unglaublich intensiv. Schon jetzt weiß ich mit absoluter Sicherheit, es wird nicht das letzte Mal gewesen sein. Sie kann es leugnen oder abstreiten, aber ich habe genau gemerkt, wie sehr es ihr gefallen hat. Mir ging es nie darum, ihr einen Orgasmus zu schenken, in diesem Punkt war ich schon immer verdammt egoistisch. Wenn ich ficke, geht es allein um mich. Ob sie trotzdem Spaß hatte? Ich denke, ihr heiseres Stöhnen ist Antwort genug. Bei dem Gedanken werde ich augenblicklich hart. Wäre ich ein Gentleman, hätte ich gewartet. bis sie kommt, bevor ich mich in ihr ergieße. Meine Lust in ihr verströme. Nun, was soll ich sagen? Ich bin kein Gentleman, war ich nie, der Grund, warum ich ausschließlich Nutten ficke, ist, dass ich ihnen nichts schuldig bin. Chiara weiß genau, was ich von ihr erwarte, aber Adriana? Ist vermutlich schon zufrieden damit, mich so wenig wie möglich zu sehen. Leider werde ich ihr diesen Gefallen nicht tun können. Der Geruch nach Sex dringt in meine Nase, wenn ich hier fertig bin, sollte ich dringend unter die Dusche springen. In knapp einer Stunde bin ich mit meinen Brüdern zum Abendessen verabredet, genügend Zeit, die E-Mails zu beantworten und mich frisch zu machen. Die nächsten zwanzig Minuten kümmere ich mich ums Geschäft, streiche Caprice von der Teilnehmerliste der Veranstaltung, die bereits morgen stattfinden sollte, als mein Handy zu klingeln beginnt. Nach einem prüfenden Blick stelle ich fest, es ist Dante und nehme ab.

»Was gibt es?«, brumme ich genervt.

»Ich wollte dich eigentlich nur fragen, ob es heute Abend dabei bleibt, dass wir gemeinsam essen?« Mein Bruder ruft mich an, um nachzuhaken, ob ich auch wirklich komme? Kurz muss ich an die Worte denken, die er mir zugerufen hat, nachdem er Adriana und mich im Flur überrascht hat. Er hat angedeutet, mit mir reden zu wollen. Vermutlich geht es um die Sache mit Caprice. Sicher hat Davino unseren Bruder angerufen, um ihm davon zu erzählen, die beiden hatten schon immer eine ziemlich enge Bindung, woran unser Padre nicht ganz unschuldig ist. Während ich als Ältester der de Rossi-Sprösslinge stets die Verantwortung hatte, durften sie tun und lassen, was sie wollten. Keine

Regeln, keine Grenzen, nur Partys, Frauen und eine Menge Spaß. Kann ich es ihnen zum Vorwurf machen, was mir all die Jahre verwehrt geblieben ist? No, trotzdem gab es Momente, da hätte ich mir gewünscht, an ihrer Stelle zu sein.

»Si, Ja, ich bin da. Warum, ist irgendwas geschehen?«, frage ich interessiert.

»No, no, ich wollte nur sichergehen, dass du auch wirklich kommst, nach der Sache mit Davino und dir.« Ich habe doch gewusst, der Kleine hat sich bei Dante ausgeheult. Wann wird er endlich erwachsen?

»Ich bin noch nie einer Diskussion aus dem Weg gegangen, warum sollte ich nicht zum Essen kommen? Denkst du etwa, ich habe Angst vor Davino? Lass uns das später bereden, ich habe noch zu tun!«, würge ich meinen Bruder ab, mit Blick auf die Uhr. Die Zeit sitzt mir im Nacken.

»In Ordnung, bis später. Ach ja, ich habe Adriana etwas zu essen und ein paar Sachen gebracht, ganz so, wie du es gewollt hast!« Seine Stimme klingt amüsiert. Täusche ich mich oder verheimlicht er mir was? Bei Dante weiß ich nie, woran ich bei ihm bin, er ist ein Meister darin, seine Gefühle zu verbergen.

»Danke!« Schnell beende ich das Gespräch, weil ich im Moment nicht in der Stimmung bin, über Adriana zu reden. Keine Ahnung, was mich geritten hat, Dante darum zu bitten, ihr etwas zum Anziehen zu bringen. Der Sex mit ihr hat mich zu der Überlegung gebracht, ihr ein Stück weit entgegenzukommen, wenn sie sich meinem Willen anstandslos beugt. Von nun an wird sie sich jeden kleinen Luxus hart erarbeiten müssen. Ob die Taktik aufgeht, bleibt abzuwarten, es ist zumindest einen Versuch wert. Verdammt, was sitze ich denn noch immer hier rum und träume vor mich hin? So viel dazu, ich hätte zu tun. Grummelnd schließe ich den Laptop und mache mich endlich auf den Weg in mein kleines Reich. Dort angekommen steuere ich geradeswegs auf das Badezimmer zu, springe unter die Dusche und spüle die Spuren vom Sex mit Adriana den Abfluss hinunter.

Nur knapp fünfzehn Minuten später stehe ich vor dem Spiegel, um den Kragen des Hemdes zu richten, nachdem ich ein wenig Eau de Toilette aufgetragen habe. Einen letzten prüfenden Blick, alles sitzt genauso perfekt, wie es sein sollte. Gut so, somit steht dem Dinner mit meinen Brüdern nichts mehr im Wege. Fest entschlossen, mich nicht von Davino provozieren zu lassen, breche ich gut gelaunt auf. Bereits im Flur kann ich die Stimmen von Nevio und Dante hören, die sich angeregt miteinander unterhalten. Thema, wie könnte es anders sein, ist ein Besuch in einem angesagten Stripclub. Sie verhandeln gerade, wer von beiden mich überredet, mitzukommen. Was bin ich? Ihr Babysitter? Innerlich lachend lehne ich mich an den Türrahmen, während mein Blick zu Davino geht, der völlig in Gedanken versunken zum Fenster schaut. Seine Gesichtszüge wirken wie erstarrt. Der Tod von Caprice hat ihn sichtlich mitgenommen. Es wird vermutlich noch eine ganze Weile dauern, bis er über sie hinweg ist. Es ist mir nicht leichtgefallen, ihm das Herz aus der Brust zu reißen. Wie gern hätte ich ihm diesen Schmerz erspart. Zu meiner Verteidigung: Sie musste wenigstens nicht leiden. Ein Schuss direkt in ihren Kopf hat ihr Leben innerhalb von Sekunden beendet.

»Dion, los komm zu uns und steh da nicht so dumm rum.« Nevio? Was macht er denn hier? Ich könnte schwören, Dante hat mir gesagt, heute Abend wären wir allein. Mit keiner Silbe hat er erwähnt, dass mein Freund auch hier sein würde. Nicht dass es mich stören würde, er ist hier jederzeit willkommen, ich bin nur ein wenig überrascht, ihn zu sehen, wenn ich ehrlich bin.

»Du lädst mich zu meinem eigenen Dinner ein? Wie großzügig von dir«, bemerke ich trocken. Mit großen Schritten gehe ich auf den Tisch zu, der reichlich gedeckt ist. Die ganze Zeit über ist mein Blick auf Davino gerichtet, der mich aus funkelnden Augen wütend anstarrt. Knurrend springt er von seinem Platz auf, bereit, jeden Moment von hier zu verschwinden. Scheinbar hat er die Rechnung ohne Nevio gemacht, der sofort zur Stelle ist und ihn am Ärmel packt. Was soll dieses Theater hier? Können wir nicht einfach zur Tagesordnung übergehen und endlich essen?

»Davino, setz dich wieder hin!« Was war das denn? So angespannt kenne ich meinen Freund nicht.

»Er hat Recht, los, setz dich!«, sagt Dante aufgebracht. Ich kann sehen, wie mein Bruder zögert.

»Du hast mir versprochen, er würde nicht da sein, wieso hast du mich belogen?!« Der Vorwurf in Davinos Stimme ist kaum zu überhören.

»Weil du nicht hergekommen wärst, hätte ich dir reinen Wein eingeschenkt, ist das nicht offensichtlich?«, erwidert Dante scharf. Die Hoffnung, mit meinen Brüdern entspannt zu Abend zu essen, zerplatzt wie eine Seifenblase. Na schön, dann eben nicht. Innerlich fluchend schiebe ich meine Hände in meine Hosentaschen, weil ich befürchte, Davinos Provokation könnte in einer handfesten Diskussion enden. Es wäre nicht das erste Mal, dass er übers Ziel hinausschießt.

»In Ordnung. Sparen wir uns das ganze Drama und kommen sofort zum Punkt. Davino, ich werde mich nicht dafür entschuldigen, Caprice getötet zu haben, ist das klar? Ich habe dir heute Nachmittag erklärt, warum ich es tun musste!«

»Du hast mir erklärt, warum du es tun musstest, Dion, willst du mich gerade verarschen? Deine Erklärung, wie du es nennst, bestand lediglich darin, mir zu sagen, ich soll froh sein, dass du es warst, der sie getötet hat!«, brüllt er mir voller Verachtung entgegen. Gut, wenn man es genau nimmt, hat er nicht ganz unrecht. Ich kann wohl nur von Glück reden, nicht allein mit meinem Bruder zu sein. Der Hass in seinen Augen spricht Bände. Er ist so kurz davor, mir erneut eine reinzuhauen, wären Dante und Nevio nicht an seiner Seite, würde ich ihm durchaus zutrauen, es zu tun.

»Richtig, weil es stimmt. Hätte wer anderes dein kleines Spielzeug in die Finger bekommen, was meinst du, wäre dann passiert? Davino, du musst doch einsehen, es war verdammt gefährlich, Caprice zu ...«

Ich bin so wütend auf meinen Bruder, nur knapp kann ich verhindern, ihm von der Schwangerschaft zu erzählen. Er schafft es immer wieder, mich zu provozieren, dabei hatte ich mir vor dem Dinner geschworen, nicht die Kontrolle zu verlieren, und was ist? Ich scheitere auf ganzer Linie, wenige Minuten, nachdem wir aufeinandergetroffen sind.

»… ficken!«, setze ich etwas ruhiger nach und ignoriere den entsetzten Blick von Nevio.

»Nein, es war nicht gefährlich, mich auf Caprice einzulassen, zumindest nicht, bis du ins Spiel gekommen bist!«

Er will es einfach nicht verstehen, nicht wahr?

»Bist du dir da wirklich sicher? Oder machst du dir vielleicht nur etwas vor? Seien wir doch mal ehrlich, was wäre gewesen, hätte ich sie an einen anderen Don verkauft? Einen, der dafür bekannt ist, seine Mädchen zu Tode zu quälen, weil es ihn geil macht. Ich kenne die Antwort, Davino, aber was ist mit dir?« Im Raum ist es mucksmäuschenstill.

»Ich … ich hätte …« Ihm fehlen sichtlich die Worte. Wieso war mir klar, wie das Ganze hier laufen würde?

»Ja?«, dränge ich ihn zu einer Antwort, nicht, um ihn zu quälen, wie er vielleicht denkt. Nein, es nicht meine Absicht, ihm noch mehr Schmerzen zuzufügen, aber ich will, dass er begreift, wieso ich Caprice getötet habe. Seit Wochen ist er ein Risiko für unsere Famiglia, er ist nur zu blind, die Wahrheit zu sehen.

»Ich …« Fragend hebe ich die Augenbraue. Er ist doch sonst um keine Antwort verlegen.

»Gib dir keine Mühe, ich weiß, du hättest etwas sehr Dummes getan, Davino.« Hörbar atmet er aus und lässt sich wie ein nasser Sack auf den Stuhl fallen. Eine Träne rollt über seine Wange und er ist sich nicht zu schade, den Schmerz, den er fühlt, offen zu zeigen.

»Ich habe mich in Caprice verliebt, ich habe gehofft, irgendwann den Mut zu finden, dir die Wahrheit zu sagen.« Seine Worte klingen aufrichtig.

»Und deswegen hast du mir das Geschäft versaut, all die Käufer, die in letzter Sekunde abgesprungen sind, waren dein Verdienst. Hast du wirklich geglaubt, ich würde nicht hinter das schmutzige Geheimnis kommen, wer mich seit Wochen sabotiert?« Ich habe das Gefühl, wir drehen uns gerade im Kreis.

»Ich habe gehofft, du würdest irgendwann einsehen, dass niemand Caprice kaufen wird und sie bei uns bleiben kann«, gibt er offen zu, was mich ehrlich gesagt ein wenig überrascht.

»Zählen wir mal die Fakten zusammen, nur, damit ich dich nicht falsch verstehe. Du entführst eine bis dato völlig Fremde, ohne Backgroundcheck, vögelst sie heimlich hinter meinem Rücken und zu allem Übel versaust du mir das Geschäft, die Kleine so schnell wie möglich loszuwerden. Wieso das Ganze? Sag mir bitte nicht, du kanntest sie schon vorher!« Ich habe angenommen, meine Laune könnte nicht noch schlechter werden. Doch da habe ich mich wohl getäuscht. Was kommt denn als Nächstes?

»Ist es wirklich von Bedeutung, ob ich Caprice kannte oder nicht? Du hast sie getötet!«

So langsam geht er mir mit seinen Vorwürfen gehörig auf den Sack. Was will er von mir hören?

Dass es mir leidtut? Niemals. Ich habe keine Schuldgefühle, seine kleine Schlampe ermordet zu haben.

»Kanntest du Caprice, bevor du sie entführt hast?«, frage ich mit unterdrückter Wut. Wie in Zeitlupe erhebt er sich von seinem Stuhl. Ich gebe Nevio und Dante ein Zeichen, ihn gehen zu lassen. Alles andere macht keinen Sinn. Nicht im Moment, wo er so voller Zorn ist. Was habe ich da nur angerichtet? Mein eigener Bruder hasst mich und es ist allein meine Schuld.

Es war kein Fehler, Caprice zu erschießen, ich hätte es nur intelligenter anstellen sollen, indem ich vorher checke, wo Davino sich rumtreibt.

»Das wird wohl mein kleines Geheimnis bleiben. Wenn ich dir einen gut gemeinten Rat geben darf, pass auf Adriana auf, so lange du noch kannst!«

Er droht mir?

Damit geht er eindeutig zu weit.

Bevor ich mich versehe, stürme ich auf ihn zu, wie von selbst bohrt sich meine Klinge in seine Kehle.

»Du elender Bastard, wag es ja nie wieder, mir zu drohen, sonst bringe ich dich um!«

21. Adriana

Schläfrig öffne ich die Augen und inhaliere den Geruch von Sandelholz tief ein. Ich habe das Gefühl, ich muss jeden Moment niesen, so sehr kitzelt es in meiner Nase. Obwohl ich nicht ganz wach bin, spüre ich genau, ich bin nicht allein. Es ist nicht nur das Eau de Toilette, das ich eindeutig riechen kann, nein, da ist auch noch was anderes. Etwas Vertrautes, so vertraut wie der Mann, dessen Hände ich auf meinem Bein spüren kann. Was macht Dion mitten in der Nacht bei mir?

Und wieso habe ich nicht gemerkt, wie er sich heimlich zu mir ins Bett geschlichen hat? Obwohl ich diese ungewohnte Nähe nicht genießen sollte, schließe ich für einen Augenblick lang die Augen. Tief durchatmend lausche ich seinen Atemzügen, die völlig entspannt wirken, er scheint zu schlafen. Das Klappen einer Autotür reißt mich unsanft aus den Gedanken. Nanu, wer kann das um diese Zeit sein? Meine Neugier ist geweckt. Ich muss nachsehen, was da vor sich geht. Vorsicht schiebe ich Dions Hand zur Seite, behutsam, damit ich ihn nicht wecke. Auf leisen Sohlen tapse ich zum Fenster und beobachte, wie sich zwei Männer streiten. Um genau zu sein, Dante und sein Bruder Davino. Zum Glück ist die Auffahrt gut genug beleuchtet, um sie zu erkennen. Ich trete einen Schritt näher, beinahe berührt mein Ohr die Scheibe.

Leider kann ich nicht hören, über was sie reden. Da ich schon immer sehr neugierig war, entschließe ich mich dazu, das Fenster einen Spalt breit zu öffnen. Mein Herz klopft aufgeregt in der Brust, als hätte ich etwas Verbotenes getan. Kurz huscht mein Blick zum Bett, in dem Dion friedlich schläft, während ich versuche, dem Gespräch der Männer zu folgen, die immer heftiger miteinander diskutieren. Über was genau, ist gar nicht so leicht herauszufinden, weil nur vereinzelte Wortfetzen zu mir nach oben dringen. Verdammter Mist. Mit angehaltenem Atem öffne ich das Fenster ein weiteres Mal wenige Zentimeter, damit ich die beiden besser verstehe. Und zum Glück geht mein Plan auf. Innerlich jubelnd stiehlt sich ein Lächeln auf mein Gesicht. Adriana Caruso, du hast es noch immer drauf, denke ich im Stillen.

»Davino, was erwartest du von mir? Er ist nicht nur unser Bruder, sondern auch der Don. Wenn ich es nicht tue, tut es ein anderer, du bist dieses Mal eindeutig zu weit gegangen. Sei froh, dass er dich nur nach Kalabrien schickt, anstatt dich zu töten.

Was hast du dir auch dabei gedacht, ihm zu drohen?«

Überrascht stutze ich. Moment mal, wieso hat er Dion gedroht?

Eigentlich fällt mir nur eine Sache ein, die Dante in meiner Anwesenheit erwähnt hat: der Tod von Caprice.

»Ich habe mir nichts gedacht, ich bin hier auch gar nicht das Problem, sondern Dion. Wieso musste er sie töten?« Die Verzweiflung und Wut in Davinos Worten sind mit den Händen greifbar. In dem Moment fühle ich mich schuldig, Dions Nähe genossen zu haben. Und nicht nur das, ich hatte Sex mit ihm. Mit diesem Monster. Er ist ein eiskalter Mörder, ich will gar nicht wissen, wie viele unschuldige Mädchen ihm bereits zum Opfer gefallen sind. Gänsehaut breitet sich auf meinem Körper aus.

»Weil er keinen anderen Weg gesehen hat, um dich zu beschützen. Es mag vielleicht makaber klingen, aber eines Tages wirst du verstehen, warum er so handeln musste. Was weißt du denn über Caprice, ich meine nicht, wie viel Spaß es dir gemacht hat, sie zu vögeln, sondern darüber hinaus?« Dante klingt sichtlich genervt, in seiner Haut möchte ich echt nicht stecken.

»Sie hat mir vertraut!«, antwortet Davino wütend. Um seinen Worten mehr Ausdruck zu verleihen, verschränkt er seine Arme vor der Brust.

»Ist es so oder redest du dir das nur ein? Beantworte mir nur eine Frage. Wenn sie dir wirklich vertraut hat, wird sie dir doch mit Sicherheit von ihrem Vater erzählt haben, nicht wahr?« Dante ist verdammt mutig, seinen Bruder auf diese Weise zu provozieren. Ich an seiner Stelle hätte mir vor Angst ins Höschen gemacht, gleich nachdem ich geflüchtet wäre. Ich kann mir nicht helfen, aber Davino erscheint mir nicht sonderlich freundlich zu sein. Da ist eine dunkle Aura, die ihn umgibt, die mir wirklich Angst macht. Er hat dieselbe Wirkung auf Frauen wie Dion, faszinierend und abstoßend zugleich. Es ist doch zum verrückt werden, wie können diese Männer so verboten gut aussehen? Es ist ein Verbrechen, ehrlich, denn ihr Charakter ist abgrundtief böse.

»Was hat ihr Vater damit zu tun?«

»Eine ganze Menge, Davino. Was ist, hat sie dir von ihrem Vater erzählt oder nicht?«

Als Antwort schüttelt er prompt den Kopf.

»Nein, hat sie nicht. Bist du nun zufrieden?« Er klingt sauer.

»Steig in den Wagen, Davino, in Kalabrien hast du genug Zeit, um über das hier nachzudenken. Es ist nur ein Jahr, es hätte bei weitem schlimmer kommen können. Ach ja, und wenn ich dir noch einen gut gemeinten Rat geben darf, werde endlich erwachsen.« Gespannt warte ich darauf, wie Davino reagieren wird. Steigt er wirklich in das Auto oder denkt er nicht mal im Traum daran, Dante diesen Gefallen zu tun?

»Hat man dir nicht gesagt, dass es sich nicht gehört, andere Menschen zu belauschen, farfalla, Schmetterling?« Erschrocken fahre ich herum und starre Dion schockiert an. Ich könnte schwören, vor einer Minute hat er tief und fest geschlafen.

»Mir war warm, ich wollte nur das Fenster öffnen, da habe ich deine Brüder zufällig gesehen«, bringe ich zu meiner Verteidigung hervor. Ich spüre, wie meine Wangen zu glühen beginnen. Hitze steigt in mir auf. Schnaubend lehnt er seine Hand gegen die Scheibe.

»Du weißt hoffentlich, dass ich dir an der Nasenspitze ansehe, wenn du mich belügst?« Er blufft nur, oder? Unsicher sehe ich ihn an. Erst jetzt realisiere ich, wie er vor mir steht. Nur mit Boxershorts bekleidet, sonst nichts. Reiß dich zusammen, Adriana, hör auf, ihn so anstarren.

»Dion, bitte, ich will mich nicht mit dir streiten.« Eigentlich sollte er nicht mal hier sein. Wie gern würde ich ihn danach fragen, wieso er in meinem

Bett gelegen hat. Ob er mir ehrlich antworten würde?

»Was willst du stattdessen tun, vor mir auf die Knie gehen?« Er denkt, ich würde ihm einen blasen? Wieso sollte ich das tun?

»Danke, kein Interesse. Am besten, du gehst jetzt, damit ich noch etwas schlafen kann«, sage ich in dem bestimmendsten Ton, zu dem ich fähig bin. Ich darf ihm unter keinen Umständen zeigen, wie nervös ich seinetwegen bin. Dion hatte schon immer diese Wirkung auf Frauen, anziehend und sexy zugleich. Und nein, ich kann nicht abstreiten, wie sehr mir gefällt, was ich sehe. Er leckt sich über die Unterlippe, eine Geste, die mich magisch anzieht. Wie es sich wohl anfühlt, von ihm geküsst zu werden? Bei dem Gedanken zieht sich meine Pussy verlangend zusammen, ich kann Dions Schwanz auch noch Stunden später in mir spüren. Ich bin ganz wund von dem Sex mit ihm. Selbst wenn ich wollen würde, ich kann nicht mit ihm schlafen.

»Wie schade, dass du in diesem Punkt kein Mitspracherecht hast. Ich entscheide, wann, wo und wie oft ich dich ficke. Und jetzt, runter auf die Knie, ich werde dich nicht noch einmal bitten!«, sagt er kalt.

Er meint es wirklich ernst. Ich kann es in seinen Augen sehen. Sein Blick wirkt entschlossen, genau wie der Rest seines Körpers strahlt er pure Dominanz aus. Und wieder erinnere ich mich an seine Worte: »Du wirst mir gehören!« Ob ich will oder nicht, ich habe keine andere Wahl. Mir hätte klar sein müssen, bei einem Mal wird es nicht bleiben. Er hat seinen Besitzanspruch geltend gemacht. Ich gehöre ihm! Zumindest für die nächsten drei Monate, was danach passiert, steht in den Sternen.

Wie durch einen Nebel höre ich das Zuklappen einer Tür, was auch Dions Aufmerksamkeit nach draußen lenkt. Ich habe das Gefühl, seine Stimmung wandelt sich schlagartig.

»Kleine Planänderung, dreh dich um, Hände an die Scheibe«, brummt er gefährlich leise. Ohne zu zögern, komme ich seinem Befehl nach. Ich hasse mich dafür, nicht stärker zu sein. Ihm so leicht zu verfallen, wo ich doch genau weiß, zu was dieser Mann fähig ist. Ich kann den Mörder nicht von dem Sex trennen, sie sind unweigerlich miteinander verbunden. Seine Nähe sowie der Geruch seines Eau de Toilette vernebelt mir die Sinne. Schluckend blicke ich nach draußen.

Meine Augen sind auf Davino gerichtet, der den Kopf in den Nacken legt, um uns in Augenschein zu nehmen. Ich bin mir sicher, er sieht uns. Was auch immer Dion vorhat, es wird ihm nicht gefallen.

Schnell zieht er mir die Hose über den Hintern, nur Sekunden später hebt er mein Bein auf die Fensterbank, um mit einem harten Stoß in mich einzudringen. Scheiße, ich bin nicht bereit dafür. Weder für Dion noch für seine gewaltige Größe, die in mich gleitet. Zischend hole ich Luft. Der Schmerz droht mich zu überwältigen. Tief durchatmend versuche ich die Träne wegzublinzeln, die aus dem Augenwinkel rinnt. Wieso muss er nur so grob sein?

»Du … gehörst … mir, farfalla!«, stöhnt er mit jedem Stoß. Ich werde das hier nur überleben, wenn ich mich selbst berühre. Mich auf eine Weise verwöhne, die mir nicht fremd ist. Ohne darüber nachzudenken, was ich hier eigentlich tue, wandere ich spielerisch mit den Fingern über meine Haut Richtung Süden. Ein Schauer durchfährt mich. Diese süße Folter aus Schmerz und Lust weckt ein ungeahntes Verlangen in mir. In kreisenden Bewegungen umspiele ich meine Perle, fühle, wie Dions Schwanz in mich rein und wieder hinausgleitet. Leise stöhne ich auf. Gebe mich ihm hin, obwohl das schlechte Gewissen an mir nagt.

»Fuck, ja, genau so, ich will dich hören!«

Fest packt er meine Taille und rammt sich noch tiefer in mich als das Mal zuvor. Ohne Rücksicht nimmt er mich wie kein anderer. Ich kann nicht abstreiten, wie gut es mir gefällt, auch wenn meine Pussy in Flammen steht. Nur allzu gern komme ich jedem seiner Stöße entgegen, kreise meine Hüfte, in der Hoffnung, er trifft diesen einen Punkt in mir, der mich in den Abgrund stürzt.

Ich kann den Orgasmus schon in großen Schritten auf mich zurollen sehen. Er zerrt an mir, will mich mit sich ziehen. Hektisch ringe ich um Atem, vergesse Zeit und Raum, in diesem Augenblick scheine ich nur noch seinen magischen Schwanz in mir zu spüren. Es ist nur Sex, rede ich mir ein, nichtsahnend, wie sehr die Grenzen verschwimmen. Der Hass, den ich für Dion empfinde, entlädt sich mit einer Gewalt, die mich zittern lässt. Wie aus dem Nichts schlingt sich seine Hand um meine Kehle, einem inneren Impuls folgend lege ich den Kopf in den Nacken und genieße Dions Stöße, mit denen er sich in mich rammt.

Fest, hart und besitzergreifend. Lasse die Welle der Lust geradewegs auf mich zurollen. Ich bin so kurz davor, über die Klippe zu springen. Meine Pussy spannt sich noch enger um Dions Schwanz zusammen, als mich ein gewaltiges Kribbeln erfasst.

»Verdammt«, fluche ich vor mich hin.

Ob es der Mut ist, der mich verlässt, oder die Angst, mich hinterher nicht mehr im Spiegel ansehen zu können, weil ich Sex mit Dion hatte, irgendwas hindert mich daran, über die Klippe zu springen. Keuchend senke ich die Hand. Öffne die Augen und blicke geradewegs zu Davino und Dante, die sich unsere Show nicht entgehen lassen. Es ist mir tatsächlich peinlich, dass die beiden Männer uns in einem derart intimen Moment schamlos beobachten.

»Dion … ich kann nicht!«, keuche ich erschöpft. Kaum habe ich meine Worte ausgesprochen, kann ich fühlen, wie er seine Finger an meine Perle legt, um da weiterzumachen, wo ich aufgehört habe.

Verdammt, er meint es wirklich ernst. Er will, dass ich komme, zum ersten Mal zeigt er eine Seite an sich, die mir völlig fremd ist. Abwechselnd fickt und stimuliert er mich, der Sex ist hart, rau und wild, genauso wie der Mann, dessen Spiegelbild ich in der Scheibe vor mir sehen kann. Er hat nichts Sanftes an sich.

»Lass los, Farfalla, komm für mich, mein Schmetterling, jetzt!«

Mit Daumen und Zeigefinger zwickt er meine Klit, so fest, dass ich kopfüber in den Abgrund stürze. Das Gefühl, gleichzeitig zu fallen und zu fliegen, ist unbeschreiblich intensiv. Stöhnend gebe ich mich den Wellen hin, die von mir Besitz ergreifen, mich mit sich ziehen. Sie tragen mich davon, wie ein Blatt im Sturm. Wie durch einen dichten Schleier merke ich, wie er sich mit einem tiefen Stoß in mich rammt, eher er mir mit einem animalischen Knurren über die Klippe folgt.

»Ich wusste, in dir steckt noch so viel mehr Talent!« Langsam zieht er sich aus mir zurück und hinterlässt nichts als Kälte und Leere in meinem Inneren.

Verletzt gehe ich schnell ins Bad, damit er die Tränen nicht sehen kann, die ungehindert über meine Wange rinnen.

22. Dion

Nachdenklich schaue ich über die Kaffeetasse, die ich in den Händen halte, durch das Fenster nach draußen. Der Sturm der letzten Stunden hat sich allmählich gelegt. Vereinzelte Regentropfen klopfen gegen die Scheiben, hinterlassen eine Spur, die an Tränen erinnert. Wie die von Adriana, überlege ich kurz.

Ich habe ganz genau gesehen, wie eine Träne über ihre Wange lief, als sie an mir vorbei Richtung Badezimmer gestürmt ist. Sicherlich wird es nicht das letzte Mal gewesen sein, dass es auf diese Weise endet. Solange sie ihr Schicksal, mir zu gehorchen, nicht akzeptiert, wird es immer Momente geben, in denen sie verzweifelt versuchen wird, zu rebellieren. Ich habe es in ihrem Blick gesehen, sie ist eine geborene Kämpferin. Anmutig, intelligent, stolz und wunderschön. Nicht nur äußerlich, sondern auch tief in ihrem Inneren ruht so viel mehr in ihr, als sie zu glauben scheint. Der Klang ihrer rauen Stimme, als sie ihren Höhepunkt erreicht hat, ist mit Worten kaum zu beschreiben. Intensiv, wild und so voller Verlangen.

Sie wäre die perfekte Prostituierte, sie zu vögeln, ist der Traum eines jedes Mannes. Dabei wird es auch bleiben. Allein die Vorstellung, wie ein anderer Kerl sie so hart nimmt, bis sie seinen Namen so lustvoll stöhnt, wie sie es bei mir getan hat, weckt eine Eifersucht in mir, die ich nie zuvor gekannt habe.

Ich kann nicht leugnen, wie sehr ich ihr bereits verfallen bin. Mit Haut und Haaren. Der Wunsch, sie zu meinem Besitz zu machen, lässt mich nicht mehr los. Was hat sie nur an sich, dass ich pausenlos an sie denken muss? Ist es die Ähnlichkeit zu Adri, die eine Obsession ungeahnten Ausmaßes in mir hervorruft? Wenn ich doch nur selbst wüsste, was die Kleine an sich hat, das mich magisch anzieht. Sie ist stur, widerspricht mir ständig und auch so hält sie nicht sonderlich viel von Regeln.

Ihr Versuch, zu fliehen, hat mir deutlich bewiesen, wir haben noch eine ganze Menge Arbeit vor uns. Sie so zu formen, wie ich es mir wünsche, erfordert Disziplin und Geduld, beides Dinge, die mir einiges abverlangen, um ehrlich zu sein.

Muss ich sie wirklich erst brechen, damit sie sich mir unterwirft? Wohl kaum. Vertrauen ist der Schlüssel, der so manche Türen öffnet, rede ich mir ein. Eine Beziehung auf Augenhöhe kann es niemals geben. Was nicht bedeutet, wir könnten keinen Spaß miteinander haben. Sex ist wie die große Liebe, nur besser. Entweder reitet es dich richtig tief in die Scheiße oder löst Probleme, die zuvor noch nicht einmal existiert haben. All der Stress und die Dämonen verschwinden in der Sekunde, in der ich mich mit einem kräftigen Stoß in ihre Pussy versenke. Sie ficke, als wäre der Teufel höchstpersönlich hinter meiner schwarzen Seele her.

Vorsichtig nippe ich an dem Espresso, der mittlerweile deutlich abgekühlt ist. Obwohl ich so früh am Morgen für gewöhnlich keine Zeit zum Frühstücken habe, genehmige ich mir ein Croissant mit etwas Marmelade. Süß und fruchtig, genauso wie ich es mag. In den Gedanken hinein, höre ich Schritte, die sich mir nähern. Die schöne Ruhe ist dahin, denke ich bitter und nehme den letzten Bissen zu mir, während ich zu Dante blicke. Seine Gesichtszüge wirken hart und verbittert. Er ist noch immer wütend auf mich? Wieso wundert mich das nicht? Er und Davino hatten von klein auf an ein besonders inniges Verhältnis, was ich ohnehin nicht so recht verstehen konnte. Ich meine, Dante ist mir sehr ähnlich, konsequent und verdammt schlecht darin, Fehler zu verzeihen. Nur bei Davino ist er so ganz anders, was vermutlich auch der Grund ist, warum er es mir wirklich übelnimmt, unseren

Bruder nach Kalabrien geschickt zu haben. Obwohl er sich nichts anmerken lässt, sehe ich den Schmerz in seinem Blick.

Der hoffentlich vergeht, wenn er erst begreift, wieso ich es tun musste. Davinos unüberlegte Aktion, Caprice zu entführen, könnte ihn das Leben kosten und nicht nur ihm, sondern jeden einzeln, der in die Sache involviert ist.

»Buongiorno, Dion, du bist schon wach?«, begrüßt mich mein Bruder in seiner gewohnt lässigen Art.

»Buongiorno, Dante, Si, ich bin schon wach. Und was ist mit dir? Kannst du nicht schlafen?« Er zuckt mit den Schultern und bereitet sich ebenfalls eine Tasse Espresso zu, ehe er sich zu mir setzt. Unsere Blicke treffen sich. Dunkle Ringe liegen wie Schatten unter seinen Augen. Es scheint, als hätte er die Nacht über kaum geschlafen.

»Dion, hast du dir Sache mit Davino auch wirklich gut überlegt?« Was soll diese dämliche Frage? Für einen Moment denke ich über seine Worte nach. Glaubt er etwa, ich mache das Ganze hier zum Spaß? Ich habe versucht, geduldig zu sein, aber indem er mir gedroht hat, ist er eindeutig zu weit gegangen. Er will Adriana töten, um sich an mir zu rächen? Genau das werde ich zu verhindern wissen. Ich habe nicht ohne Grund die Nacht bei ihr verbracht. Sollte er auf die Idee kommen, sich ihr zu nähern, hätte ich ihm eindrucksvoll bewiesen, wie gefährlich es ist, mir in den Rücken zu fallen. Ganz gleich, ob er mein Bruder ist oder nicht, niemand droht mir ungestraft.

»Si, ich habe die Entscheidung, ihn nach Kalabrien zu schicken, nicht leichtfertig getroffen, es ist an der Zeit, dass Davino erwachsen wird. Dieses unbeschwerte Leben, das wir ihm ermöglicht haben, hat uns genau an den Punkt gebracht, an dem wir jetzt stehen.« Es ist die Wahrheit.

Wenn unser Bruder doch nur ahnen würde, was er mit seinem egoistischen Verhalten eigentlich angerichtet hat! Caprice war kein unbeschriebenes Blatt, wie ich vor wenigen Tagen erfahren musste. Sie war die Tochter des Mannes, den ich unter keinen Umständen zum Feind haben will. Es würde in einem Blutbad enden. Unschuldige Menschen würden gefoltert und ermordet werden, bis seine Gier nach Vergeltung gestillt wäre. Strenggenommen habe ich Davino genau vor so einem Szenario gewarnt, sollte er seinen Job nicht richtig machen. Es reicht eben nicht, danach zu schauen, ob eine Frau sexy ist, es ist wichtig, sie im Vorfeld genauestens zu durchleuchten. Wir haben darüber gesprochen, trotzdem hat er es rigoros ignoriert. Wie so vieles, was ich ihm als Rat mit auf den Weg gegeben habe, damit er aus seinen Fehlern lernt. Leider war er zu stolz, auf mich zu hören.

»Was denkst du, hätte Silvano Marino an meiner Stelle getan?« Nachdenklich starrt Dante in seine Tasse. Es ist offensichtlich, dass er mir auf die Frage nicht antworten möchte. Er ist tatsächlich zu feige, die Wahrheit laut auszusprechen. So langsam habe ich die Schnauze gestrichen voll, so zu tun, als wäre ich hier das Problem. Die Drohung gegen Adriana hat das Fass endgültig zum Überlaufen gebracht.

»Silvano hätte keine Sekunde gezögert, Davino und mich zu töten!«

»Du hast selbst miterlebt, was Kalabrien aus dir gemacht hat, wie kannst du ihm das antun, er ist unser Bruder …« Mit jedem Wort wird Dante lauter. Er ist wütend und frustriert, schön, mir geht es nicht anders. Diese Diskussion am frühen Morgen ist so unnötig. Gequält seufze ich auf.

»Du hast Recht, diese Zeit war das Härteste, was ich durchmachen musste, aber sieh doch nur, wo es mich hingebracht hat. An die Spitze. Ganz nach oben. Enzo, unser Cousin, wird Davino dabei helfen, endlich erwachsen zu werden. Seine Methoden sind rau, keine Frage, trotzdem denke ich, es wird ihm guttun«, rechtfertige ich meine Entscheidung erneut.

»Wenn er zurück ist, wird er ein anderer sein!« Natürlich wird er das. Mir erging es nicht besser. Die Jahre bei Onkel Lorenzo haben mich nachhaltig geprägt. Auf die eine oder andere Weise. Wie gern hätte ich Davino dieses Leid erspart. Enzo ist seinem Padre verdammt ähnlich, ich weiß also ganz genau, was unseren Bruder dort erwartet: die Hölle.

Und ich ahne, er wird mich dafür hassen, heute, morgen und an jedem anderen Tag, an dem die Sonne aufgeht. Zumindest die ersten Wochen und Monate über, bis er endlich begreift, dieses Jahr als Chance zu sehen. Vielleicht, aber auch nur vielleicht, kann er dann meine Entscheidung nachvollziehen, wieso ich so handeln musste.

Ich hoffe nicht darauf, dass er mir verzeiht, denn das würde bedeuten, ich hätte einen Fehler gemacht. Und das habe ich nicht. Ich stehe zu dem, was ich getan habe. Es ist nur zu unserem und seinem Besten. Gewisse Dinge brauchen Zeit, um sie zu verstehen. Irgendwann wird er die Wahrheit erfahren, wenn er reif genug dafür geworden ist. Mit Hilfe von Enzo wird es ihm sicher gelingen.

»Ich hoffe es, Dante, ich hoffe es so sehr, dass er endlich erwachsen wird.« Hörbar atmet mein Bruder aus und richtet seinen Blick Richtung Fenster, während er von seinem Espresso trinkt. Ganz überzeugt scheint er nicht zu sein. Trotzdem lässt er die Sache auf sich beruhen und schweigt. Was ich tatsächlich eher als Segen statt Fluch sehe. Wenn es nichts mehr zu reden gibt, bin ich hier wohl überflüssig.

Wie in Zeitlupe erhebe ich mich von dem Platz, auf dem ich gesessen habe, schiebe den Stuhl ein Stück nach hinten, damit er nicht polternd zu Boden geht. Der Blick meines Bruders ruht auf mir. Geduldig lehnt er sich zurück. Jetzt, in diesem Moment, bin ich unsagbar froh, die Nachricht über Caprices Schwangerschaft für mich behalten zu haben. Nicht auszudenken, wie sauer er in dem Augenblick wäre, würde er die Wahrheit kennen. Der Mord an Marinos Tochter geht vielleicht noch irgendwie in Ordnung, aber ein unschuldiges Baby ist definitiv eine Grenze, die Dante niemals überschreiten würde. Ein Grund mehr, mit niemandem über das kleine Geheimnis zu sprechen, von dem nur drei Menschen wissen.

Nevio, Celina und ich. Und damit es so bleibt, werde ich mit den beiden ein ernstes Gespräch führen müssen. Nicht auszumalen, wenn jemand davon erfährt. Doch zuerst werde ich mich um mein Geschäft kümmern, da nun, wo Davino nicht mehr da ist, einiges zu tun ist.

»Bis später«, verabschiede ich mich von Dante und verlasse die Küche Richtung Büro. Sofort mache ich mich an die Arbeit, beantworte E-Mails, checke die Liste der Angebote, die mir lukrativ erscheinen.

Und da sind wirklich einige dabei, wie ich leider feststellen muss. Die Stunden vergehen wie im Flug, die Geschäfte könnten nicht besser laufen, innerhalb kürzester Zeit habe ich fünf Frauen verkauft. Eine weitere hat bereits einen Interessenten gefunden, was will ich mehr? Nach und nach bringe ich Ordnung in das Chaos, das Davino mir hinterlassen hat. Kümmere mich um den Backgroundcheck der Frauen, die mein Interesse wecken, sowie um die morgige Waffenlieferung. Am Ende des Tages bin ich wirklich zufrieden, so viel geschafft zu haben. Ein leises Klopfen reißt mich aus den Gedanken.

»Herein!«, rufe ich laut. Vorsichtig öffnet sich die Tür und ich bin überrascht, die Frau in Weiß zu sehen. Ich kann mich nicht daran erinnern, dass sie schon einmal in meinem Büro war, geschweige denn an meiner Tür gekloppt hat, um mit mir zu reden. Wie man sieht, gibt es für alles, ein erstes Mal.

»Senore de Rossi, hätten Sie einen Moment für mich?!«, begrüßt mich Celina schüchtern.

»Sicher, setz dich!«, fordere ich sie auf, Platz zu nehmen. Umgehend kommt sie meinem Befehl nach.

»Darf ich Sie um einen Gefallen bitten?« Ausgerechnet mich? Ungläubig starre ich sie an. Ich brauche einen kleinen Moment, um auf ihre ungewöhnliche Frage zu antworten, so perplex wie ich gerade bin.

»Kommt ganz darauf an. Womit kann ich dir denn behilflich sein?!«, erwidere ich in strengem Ton.

»Adriana, sie studiert im letzten Semester Medizin.« Okay und weiter?

»Ja, ich habe davon gehört«, murmle ich gelangweilt. Nevio hat mir vor wenigen Tagen erzählt, was er über sie herausgefunden hat oder war es Dante? Wie auch immer. Mir ist nur nicht ganz klar, was Celina von mir erwartet.

»Sie ist kurz davor, ihre Approbation zu erhalten. Was ich damit andeuten will, ist, ich möchte ihr helfen. Sie wäre sicher eine gute Ärztin.« Komm schon, will sie mich verarschen? Wie stellt sie sich das vor? Ich lasse sie tagsüber im Krankenhaus arbeiten und nachts ist sie meine Gefangene? Halb Ärztin und halb Sklavin, ernsthaft? Sie nimmt mich doch auf den Arm, nicht wahr?

»Und wie soll diese Hilfe aussehen? Ich pflanze ihr einen Tracker unter die Haut, damit ich weiß, wo sie ist? Oder wäre es dir lieber, Nevio verfolgt sie auf Schritt und Tritt, während sie arbeitet? Interessante Theorie, aber ich befürchte, ich kann dir in dieser Sache nicht helfen.« Ich gebe mir wirklich alle Mühe, nicht schallend aufzulachen. Wie absurd ist das bitte?

»Wieso nicht?!«, antwortet sie selbstbewusst und verschränkt die Hände ineinander.

»Weil ihr Plan völlig bescheuert ist? Ich kann Adriana nicht in so einem großen Krankenhaus überwachen«, empöre ich mich gereizt.

»Was spricht dann gegen den Tracker?« Irgendwie muss ich das erstmal sacken lassen. Eine Weile betrachte ich sie eingehend. Ihr Blick wirkt entschlossen. Sie meint das also wirklich ernst?

»Celina, ich brauche ein paar Tage, um darüber nachzudenken. Bis dahin zu niemandem ein Wort, hast du das verstanden?«, sage ich kalt. Sie nickt. Ein Anflug eines Lächelns bildet sich auf ihren Lippen.

»Es ist kein Versprechen!«, knurre ich leicht gereizt. Ihre Mundwinkel zucken verdächtig.

»Ich weiß, Senore de Rossi.« Elegant steht sie von ihrem Platz auf, um zu gehen. An der Tür hält sie noch einmal inne und wirft mir über die Schulter einen Blick zu, den ich nicht so recht deuten kann.

»Danke«, haucht sie sichtlich zufrieden. Wenn sie glaubt, ich habe bereits eine Entscheidung getroffen, muss ich sie leider enttäuschen. Trotzdem widerspreche ich ihr nicht und lasse es für den Moment einfach so stehen. Stattdessen nutze ich die Gelegenheit, etwas anzusprechen, was keinerlei Aufschub bedarf.

»Ach Celina, bevor ich es vergesse, ich möchte mit dir und Nevio sprechen, allein«, füge ich mit Nachdruck an. Verstehend nickt sie mir zu.

»Morgen gegen vierzehn Uhr?« Ihr Vorschlag klingt perfekt.

»Abgemacht, morgen vierzehn Uhr in meinem Büro!«

23. Adriana

Wie auch schon die letzten Tage, schleicht sich Dion mitten in der Nacht in mein Zimmer. Ich spüre seine Anwesenheit in meinem Nacken. Lausche seinen Schritten und dem Rascheln seiner Kleidung, die auf den Boden fällt. Nur mit Boxershorts bekleidet krabbelt er zu mir ins Bett, während ich versuche, ganz ruhig zu atmen. Seine nackte Haut an meinem Rücken hinterlässt ein vertrautes Gefühl. Bestimmt wird es nicht lange dauern, bis er schläft. Keine Ahnung, warum er plötzlich solch ein großes Interesse an mir zeigt. Ob etwas zwischen ihm und seinen Brüdern vorgefallen ist? Davino ist wie vom Erdboden verschwunden und Dante lässt mich deutlich spüren, wie unzufrieden er ist. Ob seine schlechte Laune damit zu tun hat, dass er gemeinsam mit seinem Bruder Dion und mich beim Sex am Fenster beobachtet hat? Ist es wirklich so abwegig? Wenn ich etwas genauer darüber nachdenke, hat sich seit jener Nacht irgendetwas verändert. Die Stimmung zwischen Dion und Dante ist deutlich unterkühlt, was selbst mir nicht entgangen ist. Die wenigen Worte, die sie in meiner

Gegenwart wechseln, bestehen zumeist aus ›Buongiorno‹ und ›wir sehen uns zum Abendessen!‹ Im ersten Moment habe ich angenommen, es liegt an mir, aber umso häufiger sie sich hier bei mir begegnet sind, desto klarer wurde, irgendwas muss zwischen ihnen vorgefallen sein. Eigentlich fällt mir nur ein Grund ein, weshalb Dion sauer auf seinen Bruder sein könnte. Mein Versuch zu fliehen. Sicher gibt er Dante die Schuld dafür, dass es überhaupt so weit kommen konnte. Fühle ich mich deswegen schlecht? Um ehrlich zu sein, nein. Ich kann keine Reue empfinden, es wenigstens versucht zu haben und hätte ich erneut die Möglichkeit, würde ich es wieder tun. Niemals werde ich mich dem Schicksal ergeben, meiner Freiheit beraubt worden zu sein. Woher soll ich wissen, ob er mir die Wahrheit sagt? Ich kenne nur eine Seite der Geschichte, die von Dion. Vince war in so manche dubiose Geschäfte verwickelt, kein Geheimnis, wenn man für einen Mann wie ihn arbeitet. Geldwäsche, Drogen und Prostitution, alles Dinge, worüber ich Bescheid wusste, trotzdem habe ich es schweren Herzens akzeptiert. Aber ein Auftragsmord? Wäre ich dann wirklich noch am Leben? Für Dion bin ich eine Fremde, ein Mädchen aus einem Club, eine Stripperin, ein Niemand, um es mit Vinces Worten zu beschreiben. Wieso ein Mann, der kein Gewissen zu besitzen scheint, ausgerechnet eine Frau, die er kaum kennt, vor Vincenzo Conti beschützt, ist mir unbegreiflich. Außer meinem Körper kann ich ihm nichts bieten, ist es nicht so?

Traurig blicke ich durch das Fenster Richtung Mond. Würde Tiziana mich jetzt so sehen, hätte sie sicher allen Grund, wütend auf mich zu sein. Ich liege mit ihrem Mörder in einem Bett und merke, wie die Grenzen immer mehr verschwimmen. Schuld und Unschuld. Hass und Liebe. Wie ist das möglich? Es ist, als wäre ich wieder dieses fünfzehnjährige verliebte Mädchen von damals. Dion de Rossi hatte von Anfang an diese magische Wirkung auf mich. Ein Blick in seine Augen und ich bin verloren. Tief in meinem Inneren weiß ich genau, es ist falsch, was ich hier tue. Er sollte nicht hier sein. Weder in diesem Zimmer noch in meinem Bett. Trotzdem kann ich nicht leugnen, wie sehr mir der Geruch seines Eau de Toilette gefällt. Lächelnd schließe ich die Augen, während er mich an sich zieht. Sein Atem kitzelt meine Haut. Mich ihm hinzugeben, seine Hände auf meinem Körper zu spüren, ist das eine, aber mein Herz an ihn zu verlieren, ist nicht nur gefährlich, es ist an Dummheit kaum zu überbieten. Mir entfährt ein leises Seufzen.

»Adriana, bist du noch wach?« Bei dem Klang seiner rauen Stimme zucke ich erschrocken zusammen. Verdammt, Adriana, was hast du getan? Genervt von mir selbst verdrehe ich die Augen.

»Ja, ich bin wach. Wenn du gekommen bist, um mit mir zu schlafen, hättest du dir den Weg sparen können, ich bin nicht in der Stimmung!« Ohne Vorwarnung dreht er mich schwungvoll herum, keuchend hole ich Luft und spüre, wie seine pulsierende Härte gegen meinen Hintern drängt. Er kann unmöglich in dieser Position in mich eindringen, oder? Ich auf dem Bauch und er über mir. Moment mal, was? Vor nicht einmal einer Sekunde hat er mich beschützend im Arm gehalten und nun liege ich unter seinem Körper begraben. Wie ist das möglich? Fassungslos starre ich auf die Matratze, während Dion sich zu mir herunterbeugt. Sein Atem kitzelt mein Ohr, ein Schauer durchfährt mich. Wenn er mich jetzt berührt, bin ich verloren. Innerlich fluchend zähle ich bis drei, um meine angespannten Nerven zu beruhigen.

»Und du solltest begriffen haben, dass es mich nicht im Geringsten interessiert, was du möchtest, Adriana. Wir beide haben sowieso noch eine Rechnung offen, nachdem du versucht hast, zu fliehen. Wie schön, dass du mich gerade daran erinnerst ...«, raunt er mir mit einem seltsam dämonischen Unterton zu. Ein fester Schlag auf meinen Hintern trifft mich völlig unvorbereitet.

Tränen schießen mir in die Augen, so heftig durchzuckt mich der Schmerz.

»Dion!«, schreie ich gequält auf. Nur mit Mühe kann ich ein Schluchzen unterdrücken. Ich höre, wie er leise lacht und mich anschließend über seine Schulter wirft, als wäre ich leicht wie eine Puppe.

»Dion, nein, lass mich runter«, entgegne ich empört. Zappelnd versuche ich mich aus seinem festen Griff zu winden, anstatt dass er mich herunterlässt, trifft mich seine Hand erneut auf dem Hintern. Dieses Mal noch härter als zuvor.

»Du hast mich geschlagen!«, brülle ich ihm verletzt entgegen. Nicht einmal mein Padre hat mich auf diese Weise gedemütigt, wie es Dion tut. Ein Wimmern entkommt mir. Wütend hämmere ich mit den Fäusten auf seinen Rücken ein, in der Hoffnung, er würde endlich von mir ablassen. Zu spät realisiere ich, wie er erneut ausholt. Verdammt, das tut höllisch weh. Wie ein verletztes Tier schreie ich auf: »Wenn du mich noch einmal schlägst, ich schwöre dir, trete ich dahin, wo es so richtig schön wehtut, Dion!« Mit jedem Wort werde ich lauter, was mir im Moment völlig egal ist, Hauptsache, er hört auf. Ich ertrage diesen Schmerz nicht mehr.

»Und das war erst der Anfang, Adriana, dachtest du ernsthaft, ich hätte vergessen, was du getan hast?«, murmelt er leise im Hinausgehen. Krachend fällt die Tür ins Schloss und alles, woran ich denken kann, ist, wie er Tiziana umgebracht hat. In Gedanken sehe ich meine Freundin vor mir, wie sie Dion mit Tränen in den Augen wimmernd anfleht, er möge sie endlich töten. Sie von ihrem Leid erlösen. Ich will nicht auf dieselbe Weise sterben wie sie. Er wird dich nicht verschonen, er ist ein Monster. Du hast es nur für den Moment verdrängt, ermahnt mich mein Gewissen, während ich für einen kurzen Augenblick an den Sex mit ihm denken muss. Adriana, reiß dich zusammen, ermahne ich mich im Stillen, als es um mich herum plötzlich hell wird und ich etwas unsanft auf den Füßen lande.

»Los, zieh dich aus, ich bin gleich zurück!«, donnert Dions Stimme wie ein gewaltiges Gewitter durch den Raum. Zitternd folge ich seinem Befehl, mich bis auf den String auszuziehen. Ich höre seine Schritte, die immer näherkommen. Vor mir bleibt er stehen und sieht mich tadelnd an.

»Mia farfalla, mein Schmetterling, was an ›Zieh dich aus‹ hast du nicht verstanden?« Er grinst mich überheblich an und zückt ein Messer. Die Klinge gleitet unter dem Stoff meines Strings entlang, teilt ihn entzwei, bis er lautlos zu Boden fällt.

»Jetzt gefällst du mir schon viel besser, hier, zieh das an«, fordert er streng und reicht mir etwas Rotes. Erst bei genauerem Hinschauen stelle ich fest, es ist ein String mit einem witzigen Detail, das meine Aufmerksamkeit auf sich zieht. Auf der Rückseite steht in goldenen Lettern: ›Possesso di Dion, Dions Besitz.‹ Oh mein Gott, soll das ein Witz sein? Ich meine, er hat schon oft davon gesprochen, mich zu seinem Besitz zu machen. Aber das geht eindeutig zu weit. Was kommt als Nächstes? Will er mir etwa seinen Namen auf den Arsch tätowieren, damit jeder sieht, wem ich gehöre?

»Dion … ich kann nicht«, gebe ich etwas unbeholfen von mir.

»Du kannst nicht? Oh, ich befürchte, du hast gar keine andere Wahl, du vergisst scheinbar, dass ich dich nicht darum gebeten habe, es war ein Befehl. Also, worauf wartest du noch, zieh es an!« Wieso war mir klar, wie er reagieren würde? Und wieder schafft er es, dass ich so unglaublich wütend auf ihn bin. Schnell schlüpfe ich in den String und blicke ihn voller Verachtung an. Wie gern würde ich aussprechen, was ich imMoment denke. Aber ich hänge zu sehr an meinem Leben, um es wirklich zu riskieren.

»Ich hoffe, du bist jetzt zufrieden!« Er grinst mich überheblich an. Als mein Blick tiefer geht, erstarre ich zur Salzsäure. Bitte sag mir nicht, es ist das, wonach es aussieht. Schwarzer Griff, lange Striemen aus Leder, unverkennbar ist dies eine Peitsche. Und was er damit vorhat, ist sicher kein Geheimnis. Er wird mich für meine Flucht bestrafen, genau so, wie er es vorausgesagt hat. Ich sollte um mein Leben rennen, auf der Stelle von hier verschwinden. Aber aus irgendeinem Grund sind meine Füße wie festgewachsen.

»Dion, ich flehe dich an, tue das nicht«, höre ich mich leise wimmern. Allen Bitten zum Trotz, werde ich an der Hand gepackt und in einen anderen Raum gezogen, der noch mehr Hässlichkeit zum Vorschein bringt. Entsetzt schnappe ich nach Luft. Was zur Hölle will Nevio hier?

24. Dion

Adriana weicht alle Farbe aus dem Gesicht, als sie Nevio im Nebenraum erblickt. Er hat nicht zu viel versprochen. Unser Timing ist perfekt. Genau in dem Moment, in dem ich mit ihr in meinem bescheidenen Folterzimmer erscheine, sitzt mein Freund völlig entspannt in seinem Sessel und wartet darauf, dass die Show endlich beginnt. Wie es sich als guter Gastgeber gehört, möchte ich ihn ungern enttäuschen. Er will eine Show, er bekommt sie, ganz zum Missfallen von Adriana, die mich mit ihren Blicken beinahe erdolcht. Ich kann ihre Gedanken in ihren wunderschönen Augen lesen. Die Mischung aus Neugier und Angst steht ihr deutlich ins Gesicht geschrieben. Aber da ist noch etwas anderes, was mir sehr vertraut erscheint. Schwarze Haare, braune Augen und ein engelsgleiches Lächeln, das mich bis heute in meinen Träumen verfolgt. Adriana Caruso, warum kann ich dich nicht endlich vergessen? Dieses Mädchen vor mir, ist nicht Adri, ist das wirklich so schwer zu verstehen? Mit aller Macht versuche ich, die Bilder der

Vergangenheit zu verdrängen. Doch egal, wie sehr ich mich bemühe, sie tauchen immer wieder auf.

Adriana mit den Füßen im Meer, tanzend in einer Bar und wie sie aus großen Augen auf mich herabschaut, während ich mit dem Gedanken spiele, sie zu küssen, wie sie noch nie geküsst wurde. Innerlich fluchend balle ich meine Hand zur Faust und verpasse Adriana einen unsanften Schubs in Nevios Richtung. Mir dauert das hier schon viel zu lange, warum kann sie nicht einmal tun, worum ich sie gebeten habe? Ich werde ihr die Sturheit noch austreiben, eines Tages wird sie vor mir knien, freiwillig, dafür werde ich sorgen.

»Steh hier nicht so dumm rum, los, beweg dich«, knurre ich vor unterdrückter Wut auf mich selbst. Mit einem leisen Klicken schließe ich die Tür hinter mir, lege die Peitsche vorerst an die Seite und klatsche einmal in die Hände, um das Licht auf ein Minimum zu dimmen. Erschrocken zuckt sie zusammen, ihre Augen weiten sich, was ich nur deshalb sehe, weil sie mir einen entsetzten Blick über die Schulter zuwirft. Grimmig nehme ich eine Augenbinde und ein Seil vom Haken gleich neben dem Eingang und werfe es Nevio im Gehen zu. Elegant fängt er es auf. Wir sind ein eingespieltes Team, nicht nur auf geschäftlicher Ebene, sondern auch im Umgang mit meinen Sexsklavinnen. Er weiß genau, was ich von ihm erwarte. Sofort erhebt er sich von seinem Sessel, wie ein Dämon blickt er zu Adriana. Gierig leckt er sich über die Unterlippe. Ob er sich bereits ausmalt, wie es wäre, sie zu ficken? Seinen Schwanz in ihre enge Pussy zu rammen, wie ich es mehrere Male getan habe?

»Dion, was … hast du vor?«, wispert sie mir leise zu. Geduld, mein Schmetterling, du wirst noch früh genug erfahren, was ich für dich Besonderes geplant habe.

Wie ein Raubtier umkreise ich sie und betrachte sie von allen Seiten, ich muss schon sagen, der String mit meinem Namen steht ihr ausgesprochen gut. Ich kann es kaum erwarten, sie für ihren Ungehorsam zu bestrafen. Mit dem Finger fahre ich die Buchstaben ›D I O N‹ entlang. Es erfüllt mich mit Stolz, sie in diesem Hauch von Nichts zu sehen.

Rot wie die Sünde.

Rot wie Blut.

Rot wie der Tod.

Sie ist so wunderschön. Anmutig und sexy. Und sie gehört allein mir. Vermutlich werde ich nie genug von ihr bekommen.

»Warum so nervös, mia farfalla, mein Schmetterling?«

»Ich bin nicht nervös, ich …« Neugierig sehe ich sie an. Sie glaubt, ich nehme ihr diesen Quatsch ab?

Nevio überspielt sein Lachen mit einem vorgetäuschten Husten. Oh man, sie muss mich für reichlich dämlich halten. Uns beide, meinen besten Freund und mich. Niemand kauft ihr diesen Blödsinn ab.

»Du bist eine schlechte Lügnerin, ich kann deine Angst riechen, genau wie deine Lust!« Ich nutze den Moment ihrer Unachtsamkeit zu meinem Vorteil aus. Blitzschnell wirble ich sie herum und drücke ihren Oberkörper auf den großen Holztisch hinter ihr. Zum Glück reagiert Nevio sofort, packt ihre Hand, um sie am Tisch zu fixieren. Erst die eine und dann holt sie ohne Vorwarnung aus. Sein Gesicht fliegt zur Seite. Ungläubig starrt er sie an. Wut liegt in seinem Blick. Ist sie verrückt geworden? Soll er sie umbringen? Wann begreift sie endlich, wie gefährlich es ist, Männer wie uns zu reizen?

Sie kann nur froh sein, dass ich hier bin, sonst hätte Nevio ihr eine Lektion erteilt, die sich gewaschen hat. Mein Freund ist nicht gerade dafür bekannt, sanft zu sein. So schnell ich kann, fixiere ich ihre gespreizten Beine, damit so etwas wie eben nicht noch einmal passiert. Knurrend packe ich ihre Haare und ziehe ihren Kopf in den Nacken, langsam beuge ich mich zu ihr herunter und flüstere mit rauer Stimme: »Schrei für mich, mia farfalla, mein Schmetterling, ich will dich hören.« Ohne

Vorwarnung verpasse ich ihr einen kräftigen Schlag auf den Hintern. Links, rechts und wieder von vorn, bis ihre Haut in einem sanften Rot leuchtet. Keuchend betrachte ich das Werk vor mir. So wunderschön und erregend zugleich. Am liebsten würde ich mich jetzt in sie rammen, um sie zu ficken. Ob sie bereits feucht für mich ist?

Langsam gleite ich mit den Fingern tiefer und tiefer, an ihrer Scham halte ich inne. Der Geruch ihrer Lust dringt in meine Nase. Ihr Höschen ist klitschnass. Ich muss sie anfassen, fühlen, wie feucht sie ist, es geht nicht anders. Da ist eine Anziehung, der ich mich nicht entziehen kann. Vorsichtig schiebe ich meine Hand unter ihren String und fahre mit dem Daumen ihre Spalte entlang. Bei der Berührung ihrer Klit zuckt sie stöhnend zusammen.

Merda, Scheiße, wieso macht sie das hier an? Ich will sie bestrafen, nicht vögeln.

Nur widerwillig löse ich die Finger von ihrer intimsten Stelle, um da weiterzumachen, wo ich angefangen habe. Erneut hole ich kräftig aus.

»Dion, hör auf, du tust mir weh«, schreit sie wütend auf, ohne mich anzusehen. Wenn sie denkt, die paar Schläge auf ihren Arsch waren Strafe genug, muss ich sie leider enttäuschen.

»Leg ihr die Augenbinde um«, sage ich zu Nevio, um für einen Moment durchzuatmen. Geduld, Dion, ermahne ich mich im Stillen und gehe auf die Haken zu, an denen eine Auswahl an Peitschen hängt. Nach einem prüfenden Blick fällt meine Wahl auf die neunschwänzige, die über mehrere geflochtene Riemen verfügt. Eines meiner liebsten Spielzeuge, wenn es darum geht, den vorlauten Sklavinnen Gehorsam beizubringen. Ich würde sagen, sie ist wie gemacht für Adriana. Sie liegt nicht nur perfekt in der Hand, der Schmerz ist einzigartig intensiv. Aufregung macht sich in mir breit, ich kann es kaum erwarten, endlich zu beginnen. Zufrieden bringe ich mich mit etwas Abstand hinter Adriana in Position. Als würde sie meine Anwesenheit genau spüren, flucht und schreit sie so laut sie kann. Ob sie ahnt, was ich vorhabe? Verdammt, ich wünschte, ich könnte ihren Blick sehen, wenn sie die Peitsche zum ersten Mal spürt. Ich kann eben nicht alles haben, überlege ich kurz und betrachte ihren wohlgeformten Hintern. Obwohl sie recht schlank ist, hat sie ein paar Kurven, die einen Mann wie mich wirklich um den Verstand bringen.

»Bist du bereit, farfalla, Schmetterling?«, frage ich scheinheilig in dem Moment, in dem ich mit der Peitsche aushole.

»Nein«, brüllt sie vor Schmerzen auf, ich kann hören, wie ihre Stimme zittert. Beim nächsten Schlag werden ihre Schreie lauter, stockend holt sie

Luft. Trotzdem hält sie ihre Tränen mit aller Macht zurück. Sie hat eindeutig ein Problem damit, vor mir zu weinen. Die Frage ist nur, warum? Ich blicke zu Nevio, der mir ein Zeichen gibt, fortzufahren. Ein Wunsch, dem ich nur allzu gern nachkomme. Schwungvoll hole ich aus und verwandle ihre Haut in ein rotes Flammenmeer. Mit jedem weiteren Schlag durchbreche ich ihre Mauern aus Hass und Stolz.

»Ich … will … deine … Tränen … Adriana!« Meine Worte klingen bedrohlich. Wut und Verzweiflung machen sich in mir breit. Ich habe nicht vor, sie ernsthaft zu verletzen, aber ich werde es tun, wenn sie mir keine Wahl lässt. Warum schämt sie sich ihrer Tränen so sehr?

»Niemals«, schreit sie mir hasserfüllt entgegen. Hektisch ringe ich um Atem. Ihr Stolz ist ungebrochen. Was muss ich denn noch tun, um sie zur Vernunft zu bringen? Nachdenklich hebe ich den Kopf. Mein Blick ruht auf Nevio, der mich ernst mustert. Der Gedanke, dass mein Freund sie fickt, frisst mich innerlich auf. Rasende Eifersucht benebelt meine Sinne. Aber es wird der einzige Weg sein, um ihren eisernen Willen zu brechen. Na schön, sie wolle es ja nicht anders. Wütend werfe ich die neunschwänzige Peitsche auf den Boden.

»Wirst du sie ficken, wenn ich dich darum bitte?«
Schockiert weiten sich seine Augen. Ob er gerade an
Letizia oder an das Mädchen aus dem Club denkt?

»Dion, nein, das kannst du nicht machen«, keift
Adriana wütend. Was ich kann oder nicht, sollte sie
mir überlassen.

»Du willst nicht ernsthaft, dass ich das tue, oder?«
Unter normalen Bedingungen hätte ich ihm die
Kehle aufgeschlitzt, wäre er auf die wahnwitzige
Idee gekommen, sie nur anzusehen. Ich schüttle als
Antwort den Kopf. Erleichtert atmet er auf. Mit dem
Finger deutet er mir an, zu schweigen. Langsam
schiebt er den Sessel ein Stück weit zurück, was mir
ein wenig seltsam erscheint. Interessiert beobachte
ich ihn dabei, wie er sich bis auf die Boxershorts
entkleidet.

»Adriana, du wirst doch tun, was ich dir sage,
nicht wahr?«, flüstert Nevio ihr leise zu, spielerisch
streicht er mit seinem Daumen über ihre Lippen. So
sanft, wie ich es nur selten bei ihm gesehen haben.

»Vergiss es, ich werde einen Scheiß«, erwidert sie
zickig und öffnet den Mund. Ich ahne bereits im
Vorfeld, was sie vorhat. Autsch. Dieses kleine Biest
hat Nevio tatsächlich in den Finger gebissen. Seine
Nasenflügel blähen sich. Er ist verdammt wütend
auf Adriana, was ich durchaus verstehen kann. Ich
an seiner Stelle wäre vermutlich nicht so ruhig

geblieben, wie er es tut. Ihr Arsch glüht lichterloh und sie hat nichts, aber auch absolut gar nichts daraus gelernt. Ihr Temperament wird sie eines Tages das Leben kosten, so viel ist sicher. Ob ich sie davor beschützen kann, weiß nur Gott allein.

»Merda, Scheiße, heben wir uns das Vorspiel eben fürs nächste Mal auf«, brummt er gespielt beleidigt und greift unter den Tisch zu dem Gurt, um ihren Kopf seitlich zu fixieren. So wird sie nicht mehr in der Lage sein, uns zu beißen. Ganz zur Freude von Nevio, ich kann sehen, wie seine Mundwinkel verdächtig zucken. Er hat sichtlich Spaß daran, Adriana auf diese Weise zu provozieren. Nichtsahnend, was er vorhat, trete ich ein Stück zurück, beobachte jeden seiner Schritte ganz genau, bis er bei mir ist. Nevio formt mit den Lippen die Worte: ›Du wirst es tun!‹

Verwirrt starre ich ihn an. Wovon zur Hölle redet er da nur? Genervt verdreht er die Augen und deutet zuerst auf Adriana und dann auf meine Boxershorts. So langsam scheine ich zu begreifen. Er hatte nie vor, sie zu ficken, sie soll nur glauben, er würde es tun. Was für ein genialer Schachzug, der Plan könnte fast von mir sein. Aber eben nur fast.

Dankbar sehe ich Nevio an. Erleichterung macht sich in mir breit, so schnell ich kann, streife ich die Pants nach unten, entblöße meine Härte. Ohne

Vorwarnung dringe ich in sie ein. Es kostet mich alle Kraft, nicht sofort in ihr abzuspritzen, sie ist so unglaublich eng. Fest umschließen ihre Wände meinen Schwanz, als sie wie ein verletztes Tier aufschreit. Immer wieder ruft sie meinen Namen, verzweifelt, flehend, genau wie die Stöße, mit denen ich mich in sie ramme. Der Sex hat nichts Sanftes an sich. Er ist hart und wild. Besitzergreifend packe ich ihre Hüfte mit den Händen, um mich noch tiefer in sie zu versenken. Kurz bevor ich mich in ihr ergieße, höre ich, wie sie leise schluchzt und zu weinen beginnt.

Wieso nicht gleich so? Ein letztes Mal ramme ich mich in ihre Pussy, um nur wenige Sekunden später mit einem gewaltigen Orgasmus in ihr zu kommen.

25. Adriana

Lustlos stochere ich in meinem Mittagessen herum, mir ist der Hunger reichlich vergangen, seit Nevio hier aufgetaucht ist. Ich kann ihm nie wieder in die Augen sehen, nach dem was zwischen uns vorgefallen ist. Ich bin so unglaublich wütend auf Dion, wie konnte er dabei zusehen, wie mich ein anderer Mann fickt? Noch nie habe ich mich so gedemütigt gefühlt wie in jener Nacht. Die Frage, ob ich etwas hätte tun können, um es zu verhindern, geht mir seit Tagen nicht mehr aus dem Kopf.

»Wenn du nicht willst, dass Dion sauer wird, solltest du vielleicht eine Kleinigkeit essen, Adriana«, sagt er nach einem Moment der Stille und reißt mich aus meinen trüben Gedanken. Meint er das im Ernst? Seiner Warnung zum Trotz blicke ich ihn böse an. Er kann mir nicht drohen. Was will er machen, mich zwingen? Meinetwegen kann er es gern versuchen. Ich bin auf alles vorbereitet. Dion kann mich nicht noch mehr demütigen, als er es bereits getan hat. Wenn ich nur daran denken muss, breche ich erneut in Tränen aus.

»Danke, ich verzichte!«, sage ich entschieden und schiebe den Teller zu Nevio, der mir einen tadelnden Blick zuwirft. Ich kann sehen, wie er mit sich ringt, ruhig zu bleiben. Wieso kann er nicht einfach von hier verschwinden? Alles, was ich will, ist in Ruhe gelassen zu werden. Ist das wirklich so schwer zu verstehen?

»Warum bist du nur genauso stur wie er, Adriana?«, seufzt er genervt. Was auch immer er damit bezwecken will, es ist sinnlos. Schweigend erhebe ich mich von dem Stuhl und gehe Richtung Bad, um allein zu sein. Alles ist besser, als sich mit Nevio in einem Raum aufzuhalten. Erschöpft lasse ich mich auf den Boden gleiten, in der Hoffnung, die Ruhe zu finden, nach der ich mich sehne. Zumindest habe ich das gehofft, bis ein Klopfen mich aus den Gedanken reißt. Seit wann folgt mir Nevio ins Bad? Neugierig hebe ich den Kopf, weil ich genau hören kann, wie die Tür aufgeht. Es dauert nur eine Sekunde, bis ich die Gestalt erkenne, die dort am Eingang steht. Was macht er denn hier? Weiß Dion davon?

»Mia bella, meine Schöne, bist du okay?«, begrüßt er mich mit einem Anflug eines Lächelns. Es wirkt aufrichtig.

»Dante?«, frage ich perplex. Wenn Dante hier ist, wo steckt dann Nevio? Ob er im Zimmer nebenan auf uns wartet? Bei dem Gedanken, den Mann so schnell wiederzusehen, mit dem ich Sex hatte, wird mir ganz flau im Magen. Ich bin nur froh, mich gegen eine Dusche entschieden zu haben, sonst würde ich jetzt nackt vor ihm stehen, was mir ausgesprochen peinlich wäre.

»Du scheinst überrascht zu sein, mich hier zu sehen, kann das sein?« Grinsend zucke ich mit den Schultern. Um ehrlich zu sein, hat er nicht ganz unrecht. In den vergangenen Tagen habe ich ihn kaum zu Gesicht bekommen, sodass ich angenommen habe, Dion wäre der Grund dafür. Scheinbar habe ich mich geirrt.

»Wenn du duschen willst, kann ich gerne später wiederkommen«, beeilt er sich zu sagen, als er sieht, dass ich mit einem dünnen Shirt bekleidet vom Boden aufstehe. Sicher fragt er sich, wieso ich in diesem Aufzug hier sitze, obwohl nebenan ein Bett steht, das viel gemütlicher ist.

»Nein, ich … wollte nur für einen Moment allein sein.« Die Worte sprudeln schneller als beabsichtigt aus mir heraus. Verwirrung spiegelt sich in seinem Blick.

»Allein? Adriana, du bist den halben Tag allein. Ist irgendwas geschehen?« Obwohl ich das Gefühl habe, er ist ehrlich interessiert, schweige ich lieber.

Ich kann ihm nicht die Wahrheit sagen. Noch immer ist es mir peinlich, darüber zu reden.

»Nein, es ist alles in Ordnung«, antworte ich ausweichend und folge ihm nach nebenan. Zum Glück sind Dante und ich allein. Nevio ist bereits gegangen, nur der Teller mit dem Mittagessen erinnert daran, dass er vor nicht allzu langer Zeit hier gewesen sein muss.

»Und du bist dir wirklich sicher, dass alles in Ordnung ist?«, fragt er besorgt mit Blick auf die roten Stellen, die noch immer deutlich an mir zu sehen sind. Von den Schmerzen ganz zu schweigen. Es hat zwei Tage gedauert, bis ich halbwegs sitzen konnte. Ohne die Creme, die mir Dion jede Nacht hauchdünn aufträgt, würde ich kaum ein Auge zubekommen.

»Adriana, was ich geschehen?«, drängt mich Dante zu einer Antwort.

»Nach was sieht es deiner Meinung nach denn aus?«, keife ich wütend. Schnell schnappe ich mir den Bademantel vom Bett und ein paar Hausschuhe, um mich notdürftig anzuziehen. Es war eine verdammt dumme Idee, nur mit einem Shirt bekleidet herumzulaufen, stelle ich nüchtern fest. Während ich den Gürtel schließe, stellt sich Dante mir in den Weg.

»Wenn du eine ehrliche Antwort von mir erwartest, würde ich sagen, es sieht ganz nach der Handschrift meines Bruders aus.« Schockiert schlage ich mir die Hand vor den Mund. Woher? Ich habe mit keiner Silbe erwähnt, dass Dion dafür verantwortlich ist.

»Bitte … es ist nicht das, wonach es aussieht …« Ach komm schon, Adriana, Dante ist kein Idiot. Niemand wird dir diese Lüge abkaufen.

»Du nimmst ihn noch immer in Schutz, wieso tust du das?« Gute Frage. Woher soll ich das wissen?

»Ich … kenne ihn«, sage ich stockend. Auch wenn inzwischen viele Jahre vergangen sind, ich bin mir sicher, der Mann, den ich einst kannte, ist noch immer da. Tief in seinem Inneren schlägt sein Herz in demselben Takt wie meins.

»Du kennst ihn? Adriana, du hast keine Ahnung, wovon du da redest. Er ist nicht mehr derselbe, der er einmal war!« Was soll das bedeuten? Kennt er die Wahrheit? Weiß er, wer ich bin? Und was ist mit Dion? Hat er etwa die ganze Zeit über so getan, als würde er mich nicht kennen? Alle Farbe weicht mir aus dem Gesicht. Taumelnd weiche ich zurück. Mein Herz rast, Sekunden vergehen, in denen ich Dante schweigend ansehe.

»Adriana, was ist los?« Was los ist? Soll das ein Witz sein? Er hat gerade angedeutet, mehr über mich zu wissen, als ich bisher angenommen habe.

»Sag mir nur eins: Weißt du, wer ich bin?« Ich habe das Gefühl, ich muss mich gleich übergeben.

»Natürlich, du bist Adriana Caruso, warum fragst du?« In dem Moment, in dem er meinen Namen ausspricht, öffnet sich die Tür und Dion starrt mich an, als hätte er einen Geist gesehen. Seine Gesichtszüge wirken wie versteinert. Ich glaube, so lange ich Dion kenne, war er noch nie so wütend wie in diesem Augenblick. Mit Wucht schmeißt er die Tür hinter sich zu und kommt langsam mit wiegenden Hüften auf mich zu.

»Dion … ich kann das erklären«, flüstere ich heiser. Meine Stimmer bricht, alles, woran ich denken kann, ist der Mann, der mich wütend mustert.

»Dante, verschwinde auf der Stelle von hier«, knurrt er kalt. Am liebsten würde ich anstelle von Dante die Flucht ergreifen. Die Tür befindet sich nur etwa drei Meter von mir entfernt. Was ist, wenn ich es wirklich riskiere? Der Gedanke klingt verlockend. Ohne darüber nachzudenken, was ich hier eigentlich tue, stürme ich an den de Rossi-Brüdern vorbei. Hektisch reiße ich die Tür auf und laufe blind drauf los. Egal, wohin, Hauptsache von hier weg. So schnell es geht, renne ich die Treppen nach unten, eine nach der anderen, als ich die wütende Stimme von Dion höre, die mich beinahe zu Tode erschreckt. Verdammt, das darf doch nicht wahr sein. Die Flure sind schlimmer als jedes Labyrinth. Gibt es denn gar keinen Ausweg aus dieser Hölle?

»Adri, bleib stehen, ich warne dich nur einmal.« Er klingt viel zu nah. Ich bin mir sicher, er ist mir dicht auf den Fersen. Er war schon immer gut darin, meine Gedanken zu lesen. Einem inneren Impuls folgend biege ich um die nächste Kurve und pralle gegen einen Berg von Muskeln, die eindeutig zu Dion gehören. Sein Eau de Toilette dringt in meine Nase, vernebelt mir die Sinne. Ich würde diesen Geruch überall erkennen.

»Dion, lass mich endlich los«, brülle ich wie ein verletztes Tier auf. Besitzergreifend pinnt er mich gegen die Wand in meinem Rücken. Grummelnd schüttelt er den Kopf und sieht mich eine Spur zu intensiv an. Mit dem Daumen streicht er über meinen Mund. Beinahe sanft. Wut und Trauer liegen in seinem Blick.

»Warum hast du nichts gesagt?«, flüstert er rau. Ist er total bescheuert? Wann hätte ich ihm sagen sollen, wer ich bin? Vor oder nachdem er meine beste Freundin getötet hat? Vielleicht doch lieber, während Nevio mich in seiner Anwesenheit gevögelt hat? Ich bin so unglaublich wütend auf ihn. Ehe ich mich versehe, hebe ich die Hand und verpasse Dion eine schallende Ohrfeige.

»Das war für Tiziana«, sage ich voller Verachtung. Er nickt verstehend.

»Vermutlich habe ich das wohl verdient«, ist alles, was er sagt, bevor seine Lippen hart auf meinen landen. Was zur Hölle tut er da? Wieso küsst er mich? Hat er den Verstand verloren? Völlig überrumpelt stoße ich ihn von mir. Ich bin so kurz davor, ihm erneut eine Ohrfeige zu verpassen.

»Was soll der Mist? Du kannst mich nicht einfach küssen, als wäre nichts geschehen!« Obwohl ich ihm noch so viel zu sagen habe, verstumme ich. Sind das etwa Schritte? Laut und deutlich ist ein Quietschen von Schuhen auf dem schwarzen Marmorboden zu hören. Suchend sehe ich mich um, bis ich Dante nur ein Stück weit entfernt entdecke. Mit offenem Mund starrt er uns sichtlich verwirrt an. Wir müssen ja echt ein merkwürdiges Bild abgeben.

»Dion, was ist hier los?«, findet er überraschend schnell seine Sprache wieder.

»Kannst du dich noch daran erinnern, dass ich dir von einem Mädchen namens Adri erzählt habe?« Dions Frage überrascht mich. Er hat seinem Bruder gesagt, wer ich bin? Wieso wusste ich davon nichts?

»Ja, ich glaube schon. War das nicht das Mädchen, in das du mit siebzehn unsterblich verliebt warst?« Dion stöhnt gequält auf. Sein Blick spricht Bände. Vermutlich hätte er dieses Detail gern vor mir geheim gehalten. Jetzt, wo es raus ist, kann er es schlecht leugnen. Aber Dion wäre nicht Dion, wenn er es nicht wenigstens versuchen würde.

»Ich war nicht in sie verliebt«, verbessert er Dante gepresst. Ich traue meinen Ohren kaum. Er war in mich verliebt? Unmöglich. Er hätte mir doch mit Sicherheit davon erzählt oder etwa nicht?

»Und warum hast du dir dann nachts heimlich einen runtergeholt, wenn du nichts von ihr wolltest? Du hast ihren Namen im Schlaf gestöhnt, falls du das noch nicht wusstest. Moment mal, wieso führen wir dieses Gespräch ausgerechnet jetzt?« Dante blickt zwischen Dion und mir hin und her. Nachdenklich zieht er seine Stirn in Falten. Er beißt sich auf die Lippen, um ein Lachen zu unterdrücken.

»Adri … du hast Adriana bei diesem Namen genannt, als sie vor dir weggelaufen ist. Soll das etwa bedeuten, Adriana Caruso ist die Adri, von der du immer gesprochen hast?« Dante grinst bis über beide Ohren, weil er die Antwort auf seine Frage längst kennt.

»Und woher kennst du ihren Namen?«, brummt Dion beleidigt.

»Weil ein Blick in ihre Sachen genügt hätte, um herauszufinden, wer sie ist, deshalb.« Wenn sie unbedingt miteinander diskutieren müssen, können sie das auch ohne mich machen.

»Dion, kannst du mich bitte loslassen«, frage ich ihn erneut. Und dieses Mal scheint er auf meine Bitte einzugehen. Behutsam setzt er mich auf den Boden ab.

»Gib mir bitte nur eine Sekunde, ich bin gleich bei dir!« Bei mir? Was soll das heißen? Will er mich etwa nicht gehen lassen, jetzt, wo er die Wahrheit kennt? Ich kann mein Leben nicht in Gefangenschaft verbringen. Wie stellt Dion sich das Ganze denn vor? Als die Brüder miteinander diskutieren, ohne auf mich zu achten, nutze ich die Gelegenheit zur Flucht. Die beiden sind so sehr in ihr Gespräch vertieft, dass sie nicht einmal bemerken, wie ich leise von hier verschwinde. Eine Stufe nach der anderen gehe ich nach unten, bis ich vor einer riesigen Eingangstür angekommen bin, die just in diesem Moment offensteht.

Das ist meine Chance.

Das Zwitschern der Vögel, die Sonne, die hoch am Himmel steht, all das, habe ich in den letzten Wochen so sehr vermisst.

»Adri, verdammt, nein, bleib auf der Stelle stehen!«, höre ich Dions aufgebrachte Stimme in weiter Ferne. Ohne mich noch einmal umzudrehen, laufe ich los, Richtung Freiheit.

26. Dion

Verdammt nochmal, diese Frau ist mein Untergang. Damals wie heute. Wieso läuft sie vor mir weg? Hat sie etwa Angst, ich könnte ihr wehtun, nachdem ich endlich die Wahrheit kenne? Traut sie mir das wirklich zu? Mit Sicherheit. Denn der Dion, den sie einst gekannt hat, existiert nicht mehr. Er ist vor langer Zeit gestorben. Um genau zu sein an dem Tag, an dem ich mich entgegen jeglicher Vernunft, dazu entschieden habe, mein Leben für das von Adriana zu opfern.

Es war der einzige Weg, um sie zu beschützen. Inzwischen sind so viele Jahre vergangen. Wir beide haben uns stark verändert. Sie ist nicht mehr das unschuldige Mädchen von damals. Während sie ihr Medizinstudium als Stripperin finanziert hat, bin ich zu einem der erfolgreichsten Dons des Landes aufgestiegen. Ein eiskalter Wichser, wie er im Buche steht und vor dem sich alle fürchten. Sie wird nie verstehen, wie es sich anfühlt, wie ich zu sein.

Wie auch? Wir leben in verschiedenen Welten, die nicht unterschiedlicher sein könnten. Trotzdem hat uns die Vergangenheit mit einem Schlag eingeholt.

Unzählige Schlampen habe ich gefickt, um die Sehnsucht nach der Frau zu stillen, die mir niemals gehören würde. Adriana Caruso.

Ich weiß, ich kann die Zeit nicht zurückdrehen. Geschehenes nicht ungeschehen machen. Es wäre absurd, zu hoffen, es würde anders sein. Sie muss mich abgrundtief hassen. In ihren Augen bin ich ein Monster, ein Mensch ohne jegliches Gewissen, der Mann, der ihre beste Freundin getötet hat, um sie für ihren Ungehorsam zu bestrafen. Und das war längst noch nicht alles. Ich habe sie in dem Glauben gelassen, Nevio hätte sie gefickt, nachdem ich sie ausgepeitscht habe. Vermutlich wird sie mir all das niemals verzeihen können. Ebenso wenig wie ich vergessen kann, was ich ihretwegen ertragen musste. Murrend unterdrücke ich einen Fluch. Wütend mahle ich mit den Zähnen. Wäre Dante nicht gewesen, dann … würde ich noch immer nicht wissen, wer Adriana wirklich ist. Ich bin ein verfluchter Idiot.

Die ganze Zeit über habe ich mich gewundert, warum mich das Gefühl nicht loslässt, ich würde sie kennen. Die Vergleiche zu Adri, die Bilder in meinem Kopf, all das hat mich nächtelang nicht schlafen lassen. Gott, wie blind ich doch war. Oft genug habe ich Davino vorgeworfen, schlampig zu arbeiten, seinen Job nicht richtig zu machen, aber dieses Mal habe ich es ganz allein verbockt. Ihn trifft keine Schuld, ich bin es, der versagt hat und ja, es kratzt an meinem Ego.

»Lass uns später reden, Dante, ich muss …« Kopfschüttelnd blicke ich Adriana nach. Beobachte, wie sie Richtung Tor stolpert, das ihr Hoffnung auf Freiheit verspricht. Ein Trugschluss, denn sie wird niemals entkommen. Nicht, solange ich es nicht will. Mein Anwesen ist besser gesichert als Fort Knox.

»Du musst dich um deinen Streuner kümmern, schon verstanden. Na dann, viel Glück, ich denke, du kannst es gebrauchen«, sagt er amüsiert und klopft mir aufmunternd auf die Schulter. Glück? Ich brauche kein Glück, was ich jetzt benötige, sind verdammt gute Nerven. Adriana strapaziert meine Geduld auf eine Weise, die für uns beide äußerst gefährlich ist.

»Grazie, Danke!«, ist alles, was ich sage, bevor ich ihr nach draußen folge. Es wird Zeit, mir das zurückzuholen, was mir gehört. Die Frau, die mir schon vor vielen Jahren unter die Haut ging, mehr als mir lieb ist. Eines der wenigen Dinge, die sich bis heute nicht geändert haben, stelle ich frustriert fest. Mein Weg führt mich direkt zu dem Tor, vor dem Adriana steht. Ihr Blick ist starr nach oben gerichtet, vermutlich überlegt sie, wie sie von hier entkommen kann.

»Wenn du riskieren willst, zu sterben, nur zu«, verspotte ich sie. Erschrocken fährt sie herum. Ihre Augen sind gerötet. Offensichtlich hat sie geweint. Sie ist einfach unglaublich, hat sie wirklich gedacht, ich wäre ein blutiger Anfänger? Ich bin lange genug im Geschäft, um zu wissen, wie gefährlich es ist, einen Fehler zu machen. Seit Jahren handle ich mit Mädchen, sie ist nicht die Erste, die versucht, zu fliehen.

»Dion, ich flehe dich an, wenn ich dir jemals etwas bedeutet habe, dann lass mich bitte gehen.« Ihre Worte klingen verzweifelt. Angst und Hass spiegeln sich in ihrem Gesicht. Tränen schimmern in ihren Augen, sie ist nur zu stur, sie zuzulassen. Sie hat doch keine Ahnung, was ich ihretwegen alles in Kauf genommen habe, weil sie mir einmal sehr viel bedeutet hat.

Mehr als mein eigenes Leben, so hart es auch klingt. Fast sieben Jahre habe ich in völliger Isolation verbracht, außer zu meinem Onkel hatte ich jeglichen Kontakt zur Außenwelt verloren, während die Menschen, die vorgaben, mich zu lieben, ihr Leben in Freiheit genießen konnten. Niemand ahnt nur annähernd, was ich in dieser Zeit erlebt habe, ganz zu schweigen davon, wie oft ich mir gewünscht habe, ich wäre damals in der Lage gewesen, sie zu töten. Quälend und langsam, so wie sie es verdient hätte? Was hält mich davon ab, es jetzt zu tun? Mein Gewissen? Welches Gewissen? Ich besitze keins, ebenso wenig wie Moral. Die Vorstellung, Adriana in Ketten zu legen, sie leiden zu sehen, klingt nicht nur in Gedanken äußerst reizvoll.

Die Jahre der Gefangenschaft sind nicht spurlos an mir vorbeigegangen, sie haben ein Monster aus mir gemacht, das vor nichts zurückschreckt. Ganz gewiss nicht vor der Frau, die dafür verantwortlich ist.

»Niemals! Hast du gehört, ich werde dich niemals gehenlassen!«, brülle ich ihr voller Hass entgegen. Ohne Vorwarnung stürme ich auf sie zu, packe ihren Hals und knurre gefährlich leise: »Hast du vergessen, wem du gehörst, mia farfalla, mein Schmetterling?« Bedrohlich knirsche ich mit den Zähnen, schließe meine Hand enger um ihre Kehle, um ihr zu beweisen, wie ernst es mir ist. So langsam habe ich den Schock darüber überwunden, wer Adriana ist, und zurück bleibt nichts als diese Wut in mir, die ich nicht kontrollieren kann. Und will.

»Ich gehöre dir nicht, weder heute noch an einem anderen Tag«, wispert sie mit brüchiger Stimme. Ist sie wirklich so scharf darauf, ein weiteres Mal Bekanntschaft mit einem der Spielzeuge zu machen? Ich hätte sie für schlauer gehalten. Sie strapaziert meine Geduld, immer wieder schafft sie es, mich zu provozieren. Sei es mit ihren Worten oder mit ihren Handlungen. Wann begreift sie endlich, wie gefährlich das ist? Bleib ruhig, Dion, hier ist nicht der richtige Ort, um es zu beenden.

»Du gehörst mir bereits, Adriana, ob es dir gefällt oder nicht. Wäre ich nicht gewesen, wärst du längst tot, meinst du nicht, du könntest etwas dankbarer sein?« Eines Tages wird sie demütig vor mir knien, ganz freiwillig, dafür werde ich höchstpersönlich sorgen. Sie wäre nicht die erste Frau, deren Seele ich brechen muss, um mein Ziel zu erreichen. Am Ende haben sie alle vor mir gekniet, ausnahmslos. Und bei ihr werde ich mit Sicherheit keine Ausnahme machen. Viel mehr spiele ich mit dem Gedanken, sie für eine lange Zeit leiden zu lassen.

»Es gibt keinen Grund, dankbar zu sein, Dion!« Da bin ich anderer Meinung. Adriana ist ein undankbares Miststück, hat sie denn wirklich vergessen, was ich für sie getan habe? Ich habe sie nicht nur vor dem Tod bewahrt, ich habe ihr ein Zuhause geschenkt, in dem sie vor Vince sicher ist. Ganz zu schweigen davon, was ich in den sieben Jahren auf mich genommen habe, um sie zu beschützen. Trotzdem ist Adriana weit davon entfernt, mir nur annähernd den Respekt zu zeigen, den ich verdient habe. Und wieder ist da der

Gedanke, sie in Ketten zu legen, um sie zu bestrafen. Nach einem kurzen Moment fällt mir nur ein Ort ein, der geradezu perfekt wäre, um meinen Plan in die Tat umzusetzen. Der Keller, in dem alles begonnen hat. Einem inneren Impuls folgend, löse ich meine Hand von ihrem Hals, wenn auch nur widerwillig. Keuchend holt sie Luft. Erleichterung steht in ihrem Gesicht geschrieben. Ein Moment der Unachtsamkeit von Adriana reicht aus, schnell packe ich sie und werfe sie mir über die Schulter. Ihre Schreie ignorierend gehe ich zurück in meine Villa und treffe auf Dante, der völlig entspannt an der Wand lehnt. Hat er uns etwa beobachtet?

»Wie ich sehe, hast du deinen Streuner gefunden, sehr schön«, lobt er mich wie ein kleines Kind. Was für ein Wichser. Hat er ernsthaft gewartet, bis ich mit Adri zurück bin, anstatt mir zu helfen? Grimmig schaue ich ihn an, nicht fähig, etwas zu sagen. Und das muss ich auch gar nicht, denn er kann es kaum erwarten, von hier zu verschwinden. In Windeseile macht er sich aus dem Staub und lässt mich mit meinem Problem namens Adriana allein zurück. Nun gut, vielleicht ist es besser, wenn er nicht dabei ist. Es würde nur zu Spannungen zwischen Dante und mir führen, die ich definitiv nicht gebrauchen kann. Mein Bruder ist noch immer sauer auf mich, weil ich unseren Cousin Enzo beauftragt habe, sich um Davino zu kümmern.

»Grazie für deine Hilfe«, brülle ich ihm wütend hinterher, auch wenn er mich vermutlich schon gar nicht mehr hört. Grummelnd mache ich mich auf den Weg Richtung Keller. Langsam, immer eine Stufe nach der anderen, steige ich die Treppen hinunter, bis ich an meinem Ziel angekommen bin. Mit gemischten Gefühlen drücke ich die Klinke nach unten, trete ins Innere und setze Adriana auf dem Boden ab, nachdem ich die Tür hinter mir abgeschlossen habe. Nur zur Sicherheit, nicht dass sie noch einmal auf die Idee kommt zu fliehen. Nicht dass sie entkommen könnte, aber ich habe nicht die Geduld dafür, ihr ständig wie ein Köter nachzulaufen.

Tief durchatmend straffe ich die Schultern und beobachte jeden ihrer Schritte. Jetzt sind wir endlich allein. Nur sie und ich. Pure Vorfreude macht sich in mir breit. Wortlos verpasse ich ihr einen Schubs und nicke zu dem Andreaskreuz in der Ecke. Ich weiß genau, woran sie denkt. An ihre Freundin Tiziana, die dort meinetwegen gestorben ist. Ihre Augen weiten sich ungläubig, stur schüttelt sie den Kopf.

»Dion … tue das bitte nicht«, wimmert sie leise, den Tränen nahe. Ängstlich weicht sie vor mir zurück, die Panik steht ihr deutlich ins Gesicht geschrieben. Wütend knirsche ich mit den Zähnen, sie strapaziert meine Geduld immer mehr.

Knurrend packe ich ihren Hals und dränge sie nach hinten, bis sie mit dem Rücken unsanft gegen die Wand in ihrem Rücken prallt. Schnell erholt sie sich von dem kleinen Schock und schlägt wie ein verletztes Tier um sich. Wenn ich nicht aufpasse, landet der nächste Tritt zwischen meinen Beinen, was ich unter allen Umständen verhindern muss.

Als mich ein kurzer Schmerz durchzuckt, blicke ich verwundert auf meine Hand. Dieses Biest hat mich tatsächlich gekratzt, unglaublich.

»Wieso tust du mir das an?«, schreit sie mich hasserfüllt an, als es mir nun endgültig reicht. Was denkt sie eigentlich, wen sie hier vor sich hat? Ohne zu zögern, hole ich aus und verpasse ihr eine Ohrfeige. Ihr Kopf fliegt zur Seite, geschockt starrt sie mich mit offenem Mund an. Sie hat meine Geduld lange genug auf die Probe gestellt. Während ich nur daran denken kann, mich mit einem harten Stoß in sie zu rammen, schnappe ich mir ihr Handgelenk und fessle sie mit den Ketten, die von der Decke baumeln.

»Adriana«, knurre ich bedrohlich und sehe, wie sie das Knie hebt. In letzter Sekunde weiche ich aus. Reflexartig ziehe ich ein Messer aus dem Bund meiner Hose, das ich wie ein Talisman immer bei mir trage. Nur wenige Zentimeter über der Stelle, wo meine Hand liegt, drücke ich die Klinge gegen ihre Kehle, um sie zum Schweigen zu bringen.

»Ich warne dich zum letzten Mal, halt endlich deinen Mund, sonst …«

Wie von selbst fällt mein Blick auf den dünnen Seidenmantel, der ihre Kurven perfekt zur Geltung bringt. Wütend auf mich und die ganze Welt, lasse ich die Klinge unter den Stoff ihres Bademantels gleiten und nehme ihr alles, was sie zu besitzen geglaubt hat.

Es ist das Mindeste, was ich tun kann, bevor ich das einzig Richtige tue und gehe.

Zumindest vorerst.

»Hier hat es angefangen und hier wird es enden, Adriana, verlass dich drauf!«

Es sind die letzten Worte, die ich zu ihr sage, bevor ich mich auf dem Absatz umdrehe und von hier verschwinde.

27. Adriana

Mal wieder war ich so dumm, Dion zu unterschätzen, obwohl ich genau weiß, wie gefährlich er ist. Was muss denn noch geschehen, damit ich endlich begreife: Dieses Monster ist nicht der, den ich zu kennen glaubte. Vielmehr ist er jemand, vor dem man sich fürchten sollte. Nur mein dummes Herz sieht das leider etwas anders. Es sehnt sich nach dem Mann, der er einmal vor vielen Jahren war. Seine Umarmungen waren wie Balsam, sein Lachen wie Musik in meinen Ohren, ich kann nicht leugnen, wie sehr ich in ihn verliebt war.

Und jedes Mal, wenn er mir erzählt hat, mit wem er Sex hatte, ist innerlich etwas in mir gestorben. Nächtelang habe ich in mein Kissen geweint, weil ich den Gedanken, er würde eine andere berühren, nicht ertragen konnte. Es tat weh, so unglaublich weh, so zu tun, als wäre es mir egal. Trotzdem habe ich die Hoffnung nie aufgegeben, er würde eines Tages bemerken, was ich wirklich für ihn empfinde. Heute bin ich unendlich froh, dass er keine Ahnung hat, was er mir einmal bedeutet hat. Naiv wie ich war, habe ich geglaubt, ich würde ihn nie wiedersehen. Und ich wünschte, Vince hätte mich nie gezwungen, ihm einen Lapdance zu geben. Seitdem gleicht mein Leben einer Achterbahn und es ist noch lange nicht vorbei, wenn ich Dions Worte richtig gedeutet habe. Und ich bin mir sicher, das habe ich. Was auch immer er vorhat, ich werde nicht aufgeben.

Ich werde bis zum bitteren Ende kämpfen, für die Menschen, die mir beigebracht haben, dass selbst in der dunkelsten Nacht irgendwo ein Licht scheint. Tiziana, Padre, Nonna, sie haben immer an mich geglaubt, aus diesem Grund möchte ich sie unter keinen Umständen enttäuschen. Ich bin es ihnen und mir schuldig, so einfach ist das.

Schluckend blicke ich auf die silbernen Ketten, die meine Hände nach oben gestreckt fixieren. Ein Gefühl von Taubheit macht sich in mir breit. Eines der unangenehmen Art, das sich bereits auf meine Nackenmuskulatur auswirkt. Und das ist noch das geringere Übel, wenn man mal davon absieht, wie kalt es hier ist. Mit nichts weiter als einem String bekleidet ist es kein Wunder, dass ich am ganzen Körper zittere. Der Versuch, an etwas anderes zu denken, scheitert in dem Moment, in dem ich höre, wie die Tür aufgeschlossen wird und Dions dunkle Gestalt ins Innere tritt.

Noch niemand hat mich mit einem derartigen Selbstbewusstsein gemustert, wie er es tut. Seine Schritte klingen genauso dominant wie seine Stimme, als er vor mir steht und sagt: »Hast du den Sex benutzt, um mich zu manipulieren?« Er glaubt, ich habe mit ihm geschlafen, damit er mich gehen lässt? Mein Herz setzt für eine Sekunde aus.

Meine Nasenflügel weiten sich, trotzdem versuche ich, so gelassen wie möglich zu sagen: »Im Gegensatz zu dir habe ich nie mit deinen Gefühlen gespielt!« Er schnaubt und kommt einen Schritt näher. So nah, dass kein Blatt mehr zwischen uns passt. Ich spüre seinen Atem direkt in meinem Gesicht, ein Schauer durchfährt mich. Seine Hand streicht eine Strähne hinter mein Ohr. Eine Geste so intim, dass mir der Mund trocken wird. Alles an Dion strahlt pure Arroganz und Macht aus. Wieso hat er so eine starke Wirkung auf mich, nach allem, was er getan hat?

»Willst du etwa andeuten, du hättest je Gefühle für mich gehabt, farfalla, Schmetterling?« Verdammt, wieso habe ich das gesagt?

»Kannst du bitte damit aufhören, mir die Worte im Munde umzudrehen und mich endlich losbinden?« Er lässt seine Hand sinken und vergräbt sie in seiner Hosentasche. In seinen Augen leuchtet etwas Gefährliches auf. Ein Schimmer Dunkelheit, dem ich mich nicht entziehen kann. Wie hypnotisiert starre ich ihn an und lecke mir nervös über die Unterlippe, die sich mit einem Mal viel zu trocken anfühlt.

»Kommt ganz darauf an, was du mir bieten kannst!« Seine Stimme klingt bedrohlich. Für einen Moment treffen sich unsere Blicke. Einmal mehr wird mir bewusst, wie groß er ist. So groß, dass es fast einschüchternd wirkt. Mit seinen zwei Metern überragt er mich um einiges, kein Wunder, dass ich neben ihm so winzig erscheine. Der schwarze Anzug, der sich wie eine zweite Haut an seine Muskeln schmiegt, lässt keinen Zweifel zu, wie dominant er ist. Seine pure Präsenz strahlt Macht aus, eine überwältigende Art von Macht, die mir wirklich Angst bereitet.

»Ich tue alles, was du willst, aber bitte, lass mich los, ich kann meine Hände kaum noch spüren.« Schnell beiße ich mir auf die Lippen, um ein Wimmern zu unterdrücken. Der Schmerz droht mich in die Dunkelheit zu zerren.

»Interessante Wortwahl, Adriana, ich werde dich bei Gelegenheit daran erinnern!« Noch ehe ich fragen kann, was er damit meint, packt er meine Kehle. Fest umschlingt seine Hand meinen Hals, nimmt mir die Luft zum Atmen. Er beugt sich ein Stück zu mir herunter, genau in dem Augenblick, in dem er etwas hinter seinem Rücken hervorzieht. Was es ist, kann ich nicht erkennen, weil sein Körper mir die Sicht nimmt.

»Es gibt da nur ein Problem, farfalla, es gibt nichts, was ich nicht längst von dir besäße, du gehörst mir, hast du das etwa vergessen? Und ich kann mit dir tun, wonach immer mir der Sinn steht.« Ich fühle, wie er mit der Klinge seines Messers spielerisch meinen Bauch entlangfährt, während er mir die Worte, die ein dunkles Versprechen offenbaren, ins Ohr haucht. Angestrengt hole ich Luft, atme ein und wieder aus. Ganz ruhig, Adriana, Dion wird dich nicht töten, zumindest noch nicht. Er ist ein Psychopath durch und durch, der es liebt, mit seinen Opfern zu spielen, sie leiden zu sehen, erregt ihn. Vielleicht wird er irgendwann das Interesse an mir verlieren, wenn ich vorgebe, stärker als er zu sein.

Obwohl es mir so unglaublich schwerfällt, nicht in Tränen auszubrechen, straffe ich meine Schultern, bevor ich so selbstbewusst wie möglich antworte: »Dion, ich werde dir niemals gehören!« Zum ersten Mal, seit ich an diesem Ort gefangen bin, lasse ich einen Blick durch den Raum schweifen. Jedes Detail nehme ich überdeutlich wahr. Das Grau an den Wänden, die flackernden Wandleuchten sowie die schweren Ketten an der Decke, deren Bedeutung ich jetzt erst so richtig begreife. Sie dienen nicht nur dazu, eine Frau wie mich in Fesseln zu legen, sie haben einen ganz besonderen Zweck. Einer, der verdammt schmerzhaft ist, wenn sie auf nackte Haut treffen. So langsam wird mir klar, wieso er diesen Ort gewählt hat. Er wird mich auf jede erdenkliche Art und Weise erniedrigen, damit ich mich ihm unterwerfe und endlich akzeptiere, wem ich gehöre. Dion de Rossi.

Aber darauf kann er lange warten.

»Wenn du nur wüsstest, wie sehr ich Herausforderungen liebe, Adriana!«

Er legt eine Hand auf meinen Kopf, fast sanft streichelt er mir über mein Haar.

»Geh auf die Knie, Farfalla!« Auf keinen Fall. Eher friert die Hölle zu, als dass ich vor Dion knien werde. Stur sehe ich ihm in die Augen, nicht bereit, dem Befehl zu folgen. Ohne zu zögern, greift er nach den Fesseln, die mich fixieren, um sie ein Stück zu lösen.

»Non, nein, einen Teufel werde ich tun!« Seine Hand, die eben noch mein Haar gestreichelt hat, gräbt sich in meinen Schädel und drückt mich so fest nach unten, dass meine Beine nachgeben. Ich habe das Gefühl, zu fallen, bis meine Knie den harten Boden berühren. Entsetzt schaue ich zu ihm auf und wieder ist da dieses Leuchten in seinen Augen. Diese

Dunkelheit, die mich zu verbrennen droht. Er beugt sich zu mir, spielerisch gleitet das Messer von meinem Hals aus über das Tal zwischen meinen Brüsten. Stockend hole ich Luft.

In diesem Augenblick ist mir scheißegal, ob er bemerkt, wie nervös ich bin oder nicht. Panik erfasst mich, als ich spüre, wie die Klinge meine Haut durchbohrt. Schnell weiche ich vor ihm zurück, doch es ist zu spät zu entkommen. Wütend fasst er mir grob ins Haar, zwingt mich dazu, ihn anzusehen. Das Braun seiner Iriden wirkt im Schein des Lichtes fast unnatürlich schwarz. Wie die eines Raubtieres.

»Wenn ich dir sage, knie für mich, wirst du es tun, hast du das verstanden?«, knurrt er gefährlich leise und führt das Messer, mit dem er mich gerade geschnitten hat, zu seinem Mund. Geschockt und angewidert zugleich beobachte ich Dion dabei, wie er das Blut, mein Blut, von der Klinge leckt. Ich habe den Eindruck, er genießt das hier wirklich, was mich enorm erschüttert. Wobei erschüttert nicht das richtige Wort ist, Ekel trifft es wohl eher.

»Du schmeckst himmlisch!«, raunt er erregt. Da ich noch immer vor ihm auf dem Boden verharre, kann ich sehen, wie sein Schwanz deutlich an Größe gewinnt. Es ist wie bei einem Unfall, bei dem man einfach nicht wegsehen kann. Seine Härte ist kaum zu übersehen. Oh mein Gott, ich glaube, ich träume.

Ich werde nie wieder einen Horrorfilm schauen können, ohne dabei an Dion zu denken. Was in aller Welt ist denn in ihn gefahren? Ich kann gar nicht so viel essen, wie ich am liebsten kotzen möchte. Mir wird augenblicklich schlecht. Nur mühsam kann ich ein Würgen unterdrücken.

»Hast du jetzt komplett den Verstand verloren?« Meine Worte amüsieren ihn sichtlich. Ein Grinsen umspielt seine Lippen.

»Wenn das eine ernstgemeinte Frage ist, dann lautet die Antwort wohl ja und weißt du, wessen Schuld das ist?« Er senkt die Stimme merklich und fügt leise hinzu: »Es ist allein deine Schuld, Adriana! Du hast mich manipuliert, damit ich von dir besessen bin.«

Er meint das wirklich ernst, oder? Während ich noch versuche, seine Worte zu begreifen, zieht er lässig ein schwarzes Halsband aus Leder aus seiner Hosentasche und legt es mir um. Ich habe nicht die Kraft, mich zu wehren, in dem Augenblick lasse ich es einfach geschehen. Alles, woran ich denken kann, ist sein Vorwurf, der mir regelrecht den Boden unter den Füßen wegzieht. Im Moment weiß ich nicht, was schwerer wiegt, der Hass auf mich selbst, mit ihm geschlafen zu haben oder die Wut auf Dion, mir zu unterstellen, ich hätte ihn benutzt. Könnte ich es mir aussuchen, wäre ich noch nicht einmal hier. Mein

Leben findet vor den Mauern seiner hiesigen Villa statt, nicht hier. Wenn es wirklich so unerträglich für ihn ist, mich zu sehen, warum lässt er mich dann nicht einfach gehen? Ich habe ihn schließlich nicht darum gebeten, mich vor Vince zu beschützen, geschweige denn aus dem Krankenhaus, in dem ich gearbeitet habe, entführt zu werden.

»Ich habe gewusst, mein Name würde dir verdammt gut stehen«, sagt er ziemlich selbstzufrieden.

»Wieso tust du mir das an, Dion, ist dir unsere Freundschaft denn wirklich so egal?«, stelle ich ihm die Frage, die mir schon so lange auf der Seele brennt.

»Und was ist mit dir? Hast du in all den Jahren nur einmal an mich gedacht, oder hast du dein Leben weitergelebt, als wäre ich nie Teil davon gewesen?«

Wir drehen uns hier nur im Kreis. Erneut bombardiert er mich mit Vorwürfen, dabei ist es nicht meine Schuld, dass er ohne ein Wort aus Sizilien fortgegangen ist.

»Glaubst du ernsthaft, ich habe gewollt …«

»Du hast keine Ahnung, was ich deinetwegen auf mich genommen habe, also rede nicht von Freundschaft, Adriana«, unterbricht er mich wütend. Dions Stimmung ändert sich schlagartig. Hasserfüllt starrt er auf mich hinunter und gräbt seine Hand in mein Haar. Schon fast schmerzhaft zerrt er meinen Kopf in den Nacken, sodass ich keine andere Wahl habe, als in das Schwarz seiner Augen zu sehen.

»Ich hatte ... keine ... Ahnung«, erwidere ich abgehackt, weil er mich ohne Vorwarnung auf die Füße zieht, um meine Arme erneut nach oben gestreckt zu fesseln. Er schnappt sich eine weitere Kette von der Decke, um sich das Ende um seine Hand zu wickeln. Wie ein Boxer vor einem Fight, nur mit einem Unterschied, dass es sich hier nicht um Tape handelt, sondern um Metallketten.

Ich ahne bereits schon jetzt, was er damit vorhat, und das macht mir wirklich Angst.

»Du wirst leiden, so wie ich gelitten haben, sieben Jahre bin ich durch die Hölle gegangen, sieben verfluchte Jahre, in denen ich gehofft habe, ich würde das Richtige tun!«

28. Dion

»Schau dir nur an, was du aus mir machst! Ein verdammtes Monster!« Ich bleibe vor ihr stehen, genieße die Laute, die Adriana mit jedem Atemzug von sich gibt. Es besteht kein Zweifel, dass sie sich vor mir fürchtet. Ihr Blick wirkt panisch, ihre Brüste heben und senken sich in zunehmendem Rhythmus. Ist da so etwas wie Schweiß, der von ihrer Stirn perlt? Ich kneife meine Augen zu Schlitzen zusammen.

»Hast du Angst vor mir, farfalla?« Meine Frage scheint sie aus ihrer Trance zu reißen. Stur sieht sie mich an, was mich innerhalb von Sekunden hart werden lässt. In ihren Augen liegen so viel Wut und Hass. Ein weiteres Mal wickle ich die Kette um meine Faust, ein Klirren von Metall auf Metall ertönt. Die Gier nach Blut erwacht in mir, aber ich habe es unter Kontrolle. Noch.

»Ich habe grundsätzlich keine Angst vor Arschlöchern wie dir!«, spuckt sie mir wütend entgegen und bringt mich damit zum Schmunzeln. So langsam verstehe ich, warum Vince sie loswerden wollte. Tot kann sie wenigstens keinen Schaden anrichten, was man von ihrem vorlauten Mund nicht gerade behaupten kann. Sie muss die Gefahr wirklich lieben, anders kann ich mir nicht erklären, wieso sie es darauf anlegt, mich permanent wütend zu machen. Eines schönen Tages werde ich Vince den Gefallen tun und sie töten. Vorerst muss das jedoch warten. Ihre Zeit ist nicht gekommen. Noch nicht! Es wäre doch äußerst bedauerlich, wenn ich mein Versprechen an mich selbst - sie leiden zu lassen - brechen müsste.

»Schade eigentlich, denn es hätte dich unter Umständen retten können.« Dass ihr meine Antwort nicht gefällt, kann ich an dem frustrierten Schnauben hören, das sie von sich gibt. Ihr Verhalten ist allemal als reichlich dumm zu bezeichnen. So langsam sollte sie begriffen haben, dass ich im Augenblick nicht in der Stimmung bin, mit ihr zu diskutieren. Eigentlich bin ich das nie. Nur scheint sie diesen Umstand rigoros zu ignorieren, was verdammt dumm von ihr ist. Wut so heiß wie Lava strömt durch mein Inneres, wie von einem tödlichen Vulkan.

»Ich will nicht von dir gerettet werden!« Nicht? Es überrascht mich keineswegs, diese Worte aus ihrem Mund zu hören. Wenn ich eines gelernt habe, dann, dass sie verdammt eigensinnig sein kann. Sie starrt mich wütend an. Ihre Augen verdunkeln sich, offenbaren eine Seite in Adriana, die meine Neugier weckt. Und das ist im Grunde noch viel gefährlicher als die krankhafte Besessenheit vor ihr.

»Nicht von einem Monster wie dir …«

Oh bitte, denkt sie etwa, ihre Worte würde mich verletzen? Ich habe bei Weitem schon Schlimmeres gehört als ihre überaus nette Bezeichnung für ein Tier wie mich. Ich bin mir ziemlich sicher, dies ist nicht als Kompliment gemeint, auch wenn es sich wie eines anhört. Verflucht nochmal, warum hat sie nur eine solch intensive Wirkung auf mich? Meine Mundwinkel heben sich zu einem spöttischen Grinsen. Egal, was sie geritten hat, mich zu provozieren, es kennt keine Grenzen, kein Erbarmen. Was äußerst dumm von ihr ist. Nein, nicht dumm, lebensgefährlich.

Riskant.

Tödlich.

»Du denkst, ich bin ein Monster, oh Adriana, mia farfalla, du hast keine Ahnung, welches Monster wirklich in mir steckt.« Ohne Vorwarnung hole ich mit Schwung aus, die Ketten klirren lautstark, als sie auf Adrianas Haut treffen. Ein gellender Schrei ertönt, gefolgt von einem Schluchzen, das aus ihrer Kehle dringt. Dieses Geräusch, so animalisch und wild, ich liebe es schon jetzt. Es ist wie eine süße Melodie, die in Gedanken erklingt. Mein kleiner

Schmetterling, du wirst gleich noch so viel lauter schreien, denke ich mit Genugtuung und versetze ihre eine Reihe von Schlägen.

Immer wieder und wieder.

Und wieder.

Und wieder, bis ich in einen regelrechten Rausch verfalle, von dem ich nicht genug bekommen kann. Mein Puls rast und das Gefühl, die Kontrolle zu verlieren, ergreift von mir Besitz. Wie ein Tier, das in die Enge getrieben wurde, schlage ich um mich. Nur das Klirren der Ketten nehme ich noch wahr, sonst nichts. Der Hass in mir entlädt sich mit voller Härte. Von einer Sekunde auf die nächste bricht all die angestaute Wut aus mir heraus. Verwandelt mich in ein seelenloses Monster, eines der Sorte, dem man nachts im Wald nicht begegnen will.

Die Szene vor mir spielt sich wie in Zeitlupe ab. So, als wäre ich nicht derjenige, der die Ketten von der Decke benutzt, um Adriana zu schlagen, sondern wie in einem Film. Und ich bin der Zuschauer, der wie gebannt vor dem Fernseher sitzt. Absolut fesselnd, berauschend, wild, ganz nach meinem Geschmack. Der Geruch von Metall dringt in meine Nase. Kraftvoll, zerstörerisch, zerrt es an meinen ohnehin schon strapazierten Nerven. Ich weiß nur zu gut, wie schwer es ist, mich in Momenten wie diesen zu kontrollieren, aber ich muss es tun, bevor es zu spät ist. Nicht für mich, für sie. Denn wenn ich die Blutgier in mir nicht stoppen kann, bedeutet dies ihren sicheren Tod. Gespielt gleichgültig sehe ich sie an, balle meine Hände zu Fäusten. Schweratmend betrachte ich das Meisterwerk, das sie nur mir zu verdanken hat. Dunkelrote Striemen zieren ihre Oberschenkel, tauchen ihre helle Haut in ein Flammenmeer. Rotze und Tränen verwandeln ihr sonst so markeloses Gesicht in eine Maske aus Schmerz und Hass. Trotzdem ist sie noch immer wunderschön.

So wunderschön, dass ich für eine Sekunde mit dem Gedanken spiele, mich mit einem kräftigen Stoß in sie zu rammen, sie zu ficken, um meine Dämonen endlich zum Schweigen zu bringen. Kurz schließe ich meine Lider, um tief durchzuatmen. Ein Fehler, wie mir scheint, denn plötzlich taucht das Bild von Lorenzo überdeutlich vor mir auf. Wie mein Onkel kniend vor mir sitzt, vom Leben gezeichnet, dem Tod so nah. Nicht jetzt, ermahne ich mich im Stillen und schiebe die Erinnerungen fort.

Während ich nur Augen für das Blut habe, das über ihren Oberschenkel rinnt, schreit Adriana verzweifelt auf: »Hör auf oder willst du mich umbringen?« Ein verlockender Gedanke. Aber nein, ich habe nicht vor, sie zu töten. Zumindest noch nicht.

»Warum sollte ich dich töten wollen, wo ich gerade so viel Spaß habe, wie schon lange nicht mehr?«, stoße ich atemlos hervor. Dass der Sex mit Adriana mindestens genauso spaßig war, behalte ich im Augenblick für mich. Es ist müßig, sich zu fragen, was mit ihr nicht stimmt. Oder mit mir. Irgendwas hat sie an sich, dass ich nicht anders kann, als auf ihre Provokation einzugehen. Angespannt krampft sich meine Faust in die Kette, ich hole aus und lausche ihrem heiseren Wimmern. Es klingt so voller Schmerz und Wut. Ein Grinsen umspielt meine Lippen, eines der Art, von dem sich die meisten Menschen bedroht fühlen. Nicht die meisten. Alle, ausnahmslos, bis auf eine Ausnahme: Adriana. Was meine Wut auf sie auf ein Level ungeahnten Ausmaßes kapituliert. Ohne die Kette von der Hand zu wickeln, trete ich einen Schritt näher.

Und noch einen.

Und noch einen, bis ich vor ihr stehe und meine Finger um ihre Kehle spanne. Sie schreit auf, erst jetzt bemerke ich, wie ihre Unterlippe zittert. Vor Angst und Schmerzen, wie mir scheint.

»Irgendwann werde ich dich töten, quälend, langsam, mit nichts weiter als meiner Faust um deinen Hals, bis der letzte Herzschlag erlischt …« Die Vorstellung, wie sie mir in die Augen schaut, verzweifelnd, bittend, macht mich tierisch an. So sehr, dass mein Schwanz zu zucken beginnt.

Gnadenlos spanne ich meine Hand noch enger um sie herum, fühle ihren schnellen Puls unter meinen Fingern. Sie bäumt sich auf und beißt mich in die Unterlippe. Ein Stöhnen entweicht mir. Eines, was ich als äußerst erregend bezeichnen würde. Und tatsächlich klingt es nicht nur so, es ist die Wahrheit. Es erregt mich zusehends, wie sehr sie sich zu wehren versucht. Sie hindert mich daran, sie zu töten, was mich zugegebenermaßen gleichzeitig mit Stolz und Wut erfüllt. Ihr Überlebenswille ist wirklich bewundernswert. Aber er wird ihr nicht helfen.

»Du willst kämpfen? Ich werde dir einen Grund geben zu kämpfen, farfalla!« Gewaltsam drücke ich sie gegen die Wand in ihrem Rücken, presse die Luft aus ihrer Lunge heraus, die ihr noch geblieben ist. Ohne Rücksicht dränge ich das Knie zwischen ihre Beine. Es wäre ein Kinderspiel, in dieser Position in sie einzudringen, mir das zu nehmen, was mir gehört. Meine Sinne sind geschärft, wie ich es nie zuvor erlebt habe. Ich bin jederzeit in der Lage, sie zu töten.

Mit der bloßen Hand ihr das Genick zu brechen, ist nicht sonderlich schwer. Es ist eigentlich sogar spielend leicht. Eine gespenstige Stille breitet sich zwischen Adriana und mir aus. Verschwörerisch beuge ich mich ein Stück zu ihr herunter und knurre gefährlich: »Ich frage dich zum letzten Mal, hast du dich wie eine Hure von mir ficken lassen, um mich zu manipulieren, damit ich dich gehen lasse?«

Sie schnappt nach Luft, als ich den Griff etwas lockere. Nur so viel, dass sie mir antworten kann. Ihr Blick trifft auf meinen. Eine Träne der Verzweiflung rinnt über ihre Wange, seitlich ihren Hals entlang, bis zu dem Tal ihrer Brüste, wo sie sich dann in Luft auflöst. Mit ihrer Haut verschmilzt.

»Adriana, verflucht nochmal, sag mir die Wahrheit!«, brülle ich getrieben von dem Hass in mir.

»Nein!«, krächzt sie, weil ich ihr nach wie vor die Luft zum Atmen nehme. Für wie dämlich hält sie mich eigentlich? Natürlich hat sie den Sex benutzt, um mich um den Finger zu wickeln. Ich bin so unglaublich wütend auf sie und auf mich.

Vor allem auf mich.

Erst recht auf mich, verbessere ich mich in Gedanken und blicke an mir herunter. Scanne einen Punkt, als mir mit einem Mal eine brillante Idee kommt. Ich werde die Wahrheit erfahren, so oder so. Natürlich auf die Weise, die ich am besten beherrsche. Mit Folter. Ehe sie sich versieht, lasse ich abrupt von ihr ab, um die schwere Metallkette schließlich so eng um ihren Hals zu wickeln, dass sie zu röcheln beginnt. Woher sie den Mut nimmt, mir immer noch dreist ins Gesicht zu lügen, ist unbegreiflich. Wenn ich es nicht besser wüsste, würde ich behaupten, sie tut es aus einem einzigen Grund. Damit ich sie endlich töte.

Das beende, was ich vor wenigen Stunden angefangen habe. Nur widerwillig lockere ich das Metall um ihren Hals. Nur für einen Moment, dann ziehe ich erneut an der Kette, um ihr die Luft zu nehmen, die ihr geblieben ist. Ich könnte dieses Spiel ewig weiterspielen, nur leider ist Adriana am Ende ihrer Kräfte. Ihr Blick wirkt leer.

Längst hat sie es aufgegeben gegen mich zu kämpfen, was ausgesprochen bedauerlich ist.

Und verdammt langweilig.

»Ich habe keine Skrupel, mir das zu nehmen, was mir gehört, zur Not mit meinem Schwanz in deiner Pussy ...« Was das zu bedeuten hat, muss ich sicher nicht erklären. Ebenso wenig wie die Tatsache, dass ich es tun würde, wenn sie mir keine andere Wahl lässt. Ich habe ihre Spielchen so satt. Wieso kann sie nicht einfach zugeben, was ich längst weiß.

Für ein bisschen Geld würde sie alles tun, genauso wie die wertlosen Schlampen, die ich für Sex bezahle. Chiara ist das beste Beispiel dafür, obwohl sie mich abgrundtief hasst, hat sie kein Problem damit, wenn ich sie wie ein Raubtier ficke.

»Dion ...«, wispert sie meinen Namen so leise, dass ich befürchte, ich habe geträumt, ihre Stimme gehört zu haben. Ich halte inne. Warte, bis sie erneut zum Sprechen ansetzt.

»Ich ... habe ... es ... getan!« Stockend, ja schon fast verzweifelt kommen ihr die Worte über die Lippen. Sie gibt es also endlich zu, sich mir wie eine Hure an den Hals geworfen zu haben. Erst belügt sie mich, indem sie mir verschweigt, wer sie ist. Die Frau, für die ich meinen eigenen Tod billigend in Kauf genommen hätte, um sie zu beschützen. Und jetzt das. Was bin ich doch für ein Idiot.

»Du bist und bleibst ein unberechenbares Miststück, der Sex mit dir hat mir einmal mehr eindrucksvoll bewiesen, warum ich einer Frau niemals vertrauen kann.«

»Du hast mich gezwungen, dich anzulügen!«

»Ach ja? Und habe ich dich auch zum Sex gezwungen oder hast du dich mir ganz freiwillig wie eine Hure hingegeben?«

29. Adriana

Ein plötzliches Pochen in meinem Schädel reißt mich aus einem unruhigen Schlaf, der von Albträumen geplagt war. Sobald ich ein Auge zugemacht habe, tauchte Dion auf, um mich seinen Hass spüren zu lassen. Wie naiv von mir, zu glauben, ich könnte das Monster besänftigen, das tief in ihm schlummert. Eigentlich habe ich es mit dem Geständnis, meine Identität preiszugeben, nur schlimmer gemacht. All die Hoffnung, er würde sich für sein Verhalten bei mir entschuldigen und mich gehen lassen, zerplatzte innerhalb von Sekunden wie eine Seifenblase. Stattdessen schien es beinahe so, als würde er mit dem Gedanken spielen, mich zu töten. Wieso er es am Ende doch nicht getan hat, ist reine Spekulation. Mit Mitleid hat das sicher nichts zu tun. Dion hasst mich, ebenso wie ich ihn. Zumindest in diesem Punkt sind wir uns verdammt ähnlich. Niemals werde ich ihm verzeihen können, was er mir angetan hat. Nicht nur, dass er mich entführt hat, nein, er hat mir offenbart, zu was er fähig ist. Selbst Stunden, nachdem er mich gefesselt auf der Liege allein zurückgelassen hat, kann ich seine Schläge sowie seine Hände um meine Kehle überdeutlich spüren. Sein Griff war so dominant und unnachgiebig, ich glaube, ich verrate nicht zu viel, wenn ich sage, ich hatte wirklich Angst vor ihm. Dion, du elender Scheißkerl. Solchen Schmerz habe ich nie zuvor in meinem Leben gespürt. Jeder Atemzug fällt mir so unglaublich schwer, er zerrt an mir. An meinem Verstand, der sich noch immer weigert, Dion als das zu sehen, was er ist. Ein eiskalter Mörder, der nicht davor zurückschreckt, eine Frau mit seinen bloßen Händen zu erwürgen. Auch wenn ich nicht weiß, ob er wirklich so weit gehen würde, bin ich mir sicher, er wäre dazu fähig. Die Gedanken an ihn bringen mein Herz zum Stolpern, nur für eine Sekunde setzt es aus, bevor es in dem gewohnten Rhythmus weiterschlägt. Ein Gefühl von Übelkeit steigt in mir auf und lässt die Sicht vor meinen Augen verschwimmen. Ob ich vielleicht einen Schlag auf den Kopf bekommen habe? Aber hätte ich es dann nicht spüren müssen? Im Augenblick bin ich mir nicht sicher, was ich denken, geschweige denn, was ich fühlen soll. Vorsichtig hebe den Arm, um mir die Strähne aus dem Gesicht zu wischen, doch ich kann sie nicht bewegen. Für eine Sekunde habe ich tatsächlich vergessen, dass meine Handgelenke und Beine mit Ketten an die Liege gefesselt sind. Verfluchter Mist. Erneut atme ich tief durch. Im

Stillen ermahne ich mich, die Ruhe zu bewahren. So schwer kann das doch nicht sein, oder? Dion ist weg, er kann mir nicht mehr wehtun. Weder physisch noch psychisch. Wäre da nur nicht das Gefühl, zu ersticken, sobald ich die Augen schließe. Angestrengt hole ich Luft, um die aufkeimende Panik in mir zu vertreiben. Ein und wieder aus. Seit Stunden verharre ich in dieser Position, ohne mich bewegen zu können. Was nicht nur an den Ketten an den Händen und Füßen liegt, die verdammt festsitzen, sondern weil ich Angst habe, von der Liege zu fallen, auch wenn das eigentlich gar nicht möglich ist. Ganz zu schweigen von den Rückenschmerzen, die mich wirklich plagen. Etwas mutiger als ich mich fühle, hebe ich die Hüfte an, um mein Gewicht ein Stück zu verlagern. Der Schmerz, der mich plötzlich unerwartet trifft, droht mich zu überwältigen. Keuchend hole ich Luft, vertreibe die Dunkelheit, die an mir zerrt. Wenn ich jetzt ohnmächtig werde, verfolgen mich die Bilder von Dion bis in die Träume, was ich unter keinen Umständen zulassen darf. Meine Lider werden schwer, mein Mund trocken, als mit einem Mal das Geräusch einer aufschließenden Tür ertönt. Oh mein Gott, was war das? Mit angehaltenem Atem lausche ich in die Stille hinein. Ist das etwa ein Wimmern? Ob ich mich vielleicht verhört habe? Noch ehe ich ergründen kann, was das alles zu bedeuten hat, betritt Dion zusammen mit einer Frau, die völlig unbekleidet ist, den Raum. So langsam habe ich den Verdacht, er hat eine Allergie gegen jede Art von Kleidung, wenn ich sie näher betrachte. Für eine Sekunde treffen sich unsere Blicke. Neugierig scanne ich ihre zierliche Gestalt von oben bis unten. Blonde Haare, blaue Augen, sie sieht so verdammt unschuldig aus, fast wie ein Engel. Aber da ist noch mehr. In ihrem Gesicht spiegelt sich die gleiche Angst, die ich spüre, seit Dion und sie den Raum betreten haben. Ich muss schlucken, als mir bewusst ist, was das zu bedeuten hat. Diese Frau ist mit Sicherheit nicht freiwillig hier. Sie ist eine Gefangene, genau wie ich. Wir teilen dasselbe Schicksal, was uns in gewisser Weise zu Verbündeten macht. Erst als die Tür ins Schloss fällt, drehe ich meinen Kopf in Dions Richtung, der mich seltsam streng mustert.

»Was hast du vor?«, wispere ich leise und blicke in das blasse Gesicht des Mädchens. Wenn ich könnte, würde ich zu ihr gehen, um mich schützend vor sie zu stellen. Sie ist viel zu jung, um an einem Ort wie diesem zu sein. Obwohl ich recht schlecht darin bin, dass Alter von Menschen zu schätzen, würde ich sagen, sie ist noch keine zwanzig.

»Hmm … farfalla, gut, dass du fragst. Darf ich vorstellen, dass ist Florentina und es liegt ganz an dir, ob sie diesen Raum lebend oder tot verlässt!« Ungläubig starre ich ihn an und schnappe nach Luft.

»Was willst du von mir?« Nur mühsam kommen die Worte über meine Lippen. Aber ich muss es tun, wenn ich nicht riskieren will, dass er dieses unschuldige Mädchen wegen mir tötet. Und dass er es wirklich tun würde, daran besteht kein Zweifel.

»Du kommst gleich zum Punkt, ganz so wie früher, nicht wahr, Adriana.«

»Manche Dinge ändern sich nie und manche …« Ich seufze leise, ohne den Gedanken laut auszusprechen. Sicher kann er sich ohnehin denken, was ich damit sagen will. Er ist derjenige, der sich in eine Richtung entwickelt hat, die wirklich abartiger nicht sein könnte. Er entführt Frauen, verkauft Mädchen an irgendwelche dubiosen Geschäftsmänner für eine Menge Geld, er ist ein eiskalter Mörder, wie er mir eindrucksvoll bewiesen hat. Die Liste seiner Vergehen ist unendlich lang. Und nein, ich kann nicht gerade behaupten, besonders stolz auf Dion zu sein. Ich habe allen Grund dazu, ihn zu hassen. Wütend funkle ich ihn an, während er Florentina einen Schubs verpasst, der sie so unvorbereitet trifft, dass sie zu Boden fällt. Erschrocken bäume ich mich auf, die Ketten rasseln bei meiner plötzlichen Bewegung und lassen mich atemlos auf die Liege sinken.

»Hör auf oder …«, schreie ich wütend. Sein Blick ruht auf mir.

»Oder was, Adriana?«

Ich kann das Glucksen in seiner Stimme hören.

»Oder … ich bringe dich um!« Am liebsten würde ich ihm in sein selbstzufriedenes Gesicht spucken, damit ihm das Lächeln vergeht.

»Interessant, und wie willst du das anstellen? Vor, nachdem oder während ich dich wie eine Hure ficke?« Er grinst mich überheblich an, bevor er zu Florentina schaut, die vor ihm am Boden kniet. In diesem Moment hat sie etwas von einem scheuen Häschen, ihr Blick ist gesenkt, die Hände ruhen wie erstarrt auf ihren Schenkeln. Nur ihre hektische Atmung verrät, wie ängstlich sie gerade ist.

»Steh auf oder willst du gleich dazu übergehen, meinen Schwanz in den Mund zu nehmen?« Unterwürfig schüttelt sie den Kopf und folgt Dions Befehl umgehend, was ihn sichtlich zu freuen scheint. Zufrieden sieht er sie an. So ganz anders, als er mich ansieht, wenn sich unsere Blicke treffen, überlege ich für einen Augenblick lang. Ein Gefühl von Eifersucht macht sich in mir breit. Ich muss echt den Verstand verloren haben, nicht wahr? Wie kann ich eifersüchtig auf dieses unschuldige Mädchen sein, das offensichtlich noch mehr Angst vor Dion hat als ich selbst.

»Nun gut, lassen wir das. Du willst also wissen, was du tun kannst, um ihr Leben zu retten? Es gibt genau zwei Möglichkeiten und ich weiß nicht, welche dir davon besser gefällt.«

Er tritt einen Schritt näher.

Und noch einen.

Und noch einen, bis er meinen Knöchel mit seiner Hand packt. Panisch schreie ich auf.

»Willst du denn gar nicht wissen, was die zwei Möglichkeiten sind, farfalla?« Um ehrlich zu sein, kann ich mir schon denken, dass mir keine der beiden Möglichkeiten gefallen wird. Ich schlucke den Kloß in meinem Hals herunter.

»Wenn du darauf aus bist, dass ich mit dir schlafen soll, dann …« Er wirft den Kopf in den Nacken und lacht schallend auf.

»Glaubst du ernsthaft, ich würde dich um Erlaubnis fragen, ob ich dich ficken darf oder nicht? Du gehörst mir, ich weiß, dass du diesen Umstand gerne vergessen würdest, aber es ist die Wahrheit.« Seine Hand, die eben noch an meinem Knöchel lag, wandert höher, bis seine Finger an meiner Klit liegen, um mich auf eine erregende Weise zu stimulieren. Ich hasse mich, mich und meinen

Körper, der ganz selbstverständlich auf Dions Berührungen reagiert.

»Du gehörst mir, dein Körper weigert sich weniger, diesen Umstand zu akzeptieren, als dein Kopf, wofür du mich vermutlich noch mehr hassen wirst, ist es nicht so?« Ohne es zu wollen, entweicht mir ein leises Stöhnen.

»Du bist ein Monster!« Wütend funkle ich ihn an. Wenn er so weitermacht, werde ich schon bald kommen. Dion ist gut, viel zu gut, er liest meinen Körper wie ein gutes Buch. Wort für Wort. Zeile für Zeile. Kapitel für Kapitel.

»Monster werden erschaffen, nicht geboren, und ich bin die schlimmste Art, die du dir vorstellen kannst.« Daran habe ich keinen Zweifel. Ich habe mit angesehen, wie er meine Freundin getötet hat, und sie war nicht das einzige Opfer. Dion bereitet es eine Menge Spaß, Menschen zu töten. Diese Gier in seinen Augen, als er Tiziana regelrecht abgeschlachtet hat, war gleichzeitig das Schlimmste und Faszinierendste, was ich je gesehen habe. Abrupt lässt er von mir ab, ein Gefühl von Leere macht sich in mir breit. Ich bin doch krank. Absolut krank. Wie kann ich ihn hassen und mich dennoch nach seinen Berührungen sehnen?

»Da du so überaus nett gefragt hast, will ich dir gern verraten, wie die zwei Möglichkeiten aussehen, um Florentinas Leben zu retten.«

Ich habe gar nicht gefragt, das habe ich doch nicht, oder? Im Moment bin ich zu verwirrt, um einen klaren Gedanken zu fassen. Angewidert von mir selbst schließe ich die Augen. Ein Schlag auf meine Scham lässt mich vor Erregung aufkeuchen. Schockiert und fragend zugleich sehe ich ihn an. Nur für eine Sekunde, bis ich den Kopf zur Seite drehe, weil ich seinen Anblick nicht länger ertragen kann.

»Sieh mich an, wenn ich mir dir rede!«, brüllt er mich wütend an. Was für ein kranker Bastard. Nur widerwillig komme ich seinem Befehl nach und blicke ihm tief in die Augen, die mir mit einem Mal noch dunkler erscheinen als gewöhnlich. Seine Iriden sind nicht braun, nein, sie wirken unnatürlich schwarz, wie die eines gefährlichen Raubtieres. Nervös schlucke ich die aufkeimende Angst herunter, die sich mit aller Macht an die Oberfläche kämpft. Nicht jetzt, ermahne ich mich und sehe ihn ausdruckslos an.

»Ich glaube nicht, dass mir eine der beiden Möglichkeiten wirklich gefallen wird, also wieso kommst du nicht gleich zum Punkt, Dion?«

»Gute Frage. Vielleicht, weil ich das Gefühl habe, ihr Leben wäre dir egal?« Was? Hat er den Verstand verloren? Natürlich nicht.

»Nun gut, lassen wir das Geplänkel, du willst wissen, was du tun kannst?« Er wartet meine Antwort gar nicht erst ab und fährt direkt fort.

»Eigentlich ist es ganz einfach, du sagst mir, wieso du mir am Abend im ›La Venus‹ nicht gesagt hast, wer du bist. Sollte ich dir glauben, lasse ich sie am Leben und wenn nicht ...« Er macht eine bedeutungsvolle Pause. Die Spannung zwischen uns als angespannt zu beschreiben, ist noch untertrieben. Es sprühen regelrecht Funken.

»Dann?«, murmle ich leise.

»Werde ich sie vor deinen Augen ficken und ihr die Kehle aufschlitzen, wenn sie kommt. Klingt nach einer Menge Spaß, findest du nicht auch? Ich könnte mir keinen besseren Tod vorstellen.«

»Und Möglichkeit zwei?« Ich lege all meine Hoffnungen darein, dass sie nicht ganz so grausam ist, wie die, die er mir gerade vorgeschlagen hat.

»Ich töte sie auf der Stelle und ficke dich in ihrem Blut ...«

Dion Epilog

Der schockierte Blick von Adriana spricht Bände. Keine der von mir genannten Möglichkeiten scheint ihr zu gefallen, was ausgesprochen schade ist. Immerhin hat sie eine Wahl, was man von Florentina nicht gerade behaupten kann. Kurz werfe ich einen Blick über die Schulter, zu der Frau, die mich aus großen Augen anstarrt. Angst und Panik spiegeln sich in ihrem Gesicht. Wenn sie könnte, würde sie aus dem Raum stürmen, um zu fliehen. Zum Glück verfügt die Tür über ein Schloss, das nur von außen zu öffnen ist oder mit einem Schlüssel. Ein Entkommen wäre nicht nur sinnlos, es ist schier unmöglich.

»Ich habe nichts gesagt, weil …« Stotternd kommen die Worte über Adris Lippen. Sie hat Angst, ihre Antwort könnte mich nicht zufriedenstellen, ich spüre es ganz genau.

»Weil was, Adriana?!« Sie macht mich so unglaublich wütend, sie und ihr süßer Duft, der meinen Verstand vernebelt. Am liebsten würde ich mich über sie beugen, um sie zu ficken. Bei der Vorstellung, mich mit einem festen Stoß in sie zu versenken, zuckt mein Schwanz. Umso länger ich sie ansehe, desto härter werde ich.

Gott, diese Frau wird mein Untergang sein. Mit zwei Schritten bin ich bei Florentina, packe sie an den Haaren. Sie schreit panisch, wie ein verletztes Tier, was mich ehrlich gesagt ein wenig überrascht. Bisher hat sie alles stillschweigend über sich ergehen lassen. Aber im Auge des Todes versucht sie sich tatsächlich zu wehren. Süß. Wirklich ausgesprochen süß. Wenn sie denkt, mich würde das in irgendeiner Weise beeindrucken, glaubt sie sicher auch, ich wäre ein Mann von Moral.

Wütend zerre ich sie hinter mir her, dränge sie gegen die Wand, genau neben die Liege, auf der Adriana liegt und mich mit offenem Mund anstarrt. Knurrend spanne ich meine Hand um die Kehle von Florentina, weil mir ihre Schreie den letzten Nerv rauben. Tadelnd sehe ich sie an, drücke noch fester zu, bis ihr unerträgliches Gebrüll endlich verstummt. Ich spüre Florentinas Puls ebenso deutlich wie Adrianas Blicke in meinem Nacken.

»Dion … bitte tue das nicht …« Ich weiß nicht wieso, aber ich schaue sie an.

»Dann überzeug mich, aufzuhören«, erwidere ich kalt.

»Ich glaube, ich verrate nicht zu viel, wenn ich sage, ich war überrascht, dich im ›La Venus‹ zu sehen. Es war so verwirrend, dich ausgerechnet an diesem Ort zu treffen, obwohl du vor Jahren Sizilien den Rücken gekehrt hast.« Was nur halb der Wahrheit entspricht. Ich bin schon seit einiger Zeit zurück, länger als sie vielleicht vermutet.

»Also hast du von Anfang an gewusst, wer ich bin?« Ich lockere vorsichtig den Griff von Florentinas Hals, weil sie bereits mit der Ohnmacht kämpft.

»Du bist auch nur schwer zu übersehen, natürlich habe ich dich erkannt.« Ich kann den Vorwurf in ihren wunderschönen Augen sehen.

Das Röcheln von Florentina reißt mich aus meinem Starren. Ich habe gar nicht gemerkt, wie ich sie erneut gewürgt habe. Ohne darüber nachzudenken, was ich hier eigentlich tue, zerre ich meine Hose ein Stück nach unten. Mit einem festen Stoß ramme ich mich in ihre Pussy und ficke sie anstelle von Adriana. Hart, unnachgiebig und mit einer rohen Gewalt, die mir alles abverlangt. Dass Florentina Jungfrau ist, wusste ich natürlich, aber sie ist so verflucht eng. Fuck, wenn ich nicht aufpasse, spritze ich jeden Moment in ihr ab.

»Nein, hör auf!« Wann ich aufhöre oder nicht, entscheide ich immer noch selbst und nicht Adriana. Mit dem nächsten Stoß ramme ich mich so hart in Florentina, dass ihr ein lautes Stöhnen entweicht.

Eines, das man definitiv als lustvoll bezeichnen könnte.

»Sieh nur, wie die kleine Hure es genießt, von mir gefickt zu werden«, sage ich selbstzufrieden. Es ist sicher nicht die erste Jungfrau, die ich ficke, aber die, die auf diese unglaublich intensive Weise reagiert. Ich spüre, wie sie um mich zu zucken beginnt. Ganz leicht, so wie das Schlagen eines Schmetterlingsflügels, bis es sich zu einem Inferno verwandelt. Es dauert sicher nicht mehr lange, bis sie kommt. Schnell ziehe ich das Messer aus meiner Hose, die noch immer perfekt auf der Hüfte sitzt, obwohl ich Florentina ficke.

»Nein ... nein ... Dion ... bitte, ich flehe dich an, tue das nicht.« Die verzweifelten Schreie von Adriana ignorierend stoße ich mich erneut in Florentinas Pussy, bis sie bereit ist, über die Klippe zu springen. Der perfekte Moment, die Klinge an ihre Kehle zu legen, meinen Schwanz aus ihr zu ziehen und ihr Schicksal zu besiegeln. Ein glatter Schnitt, dann sackt ihr Leichnam zu Boden.

»Was hast du Monster getan? Wie viele Menschen müssen denn noch sterben? Tiziana, Caprice, Florentina ...«

»Du redest von Caprice? Du hast doch keine Ahnung, was die Schlampe getan hat!«, brülle ich ihr entgegen.

»Was hat sie denn getan, dass sie den Tod verdient hat? Du bist nicht Gott!«

Was sie nicht sagt.

»Ich bin vielleicht nicht Gott, aber ich werde jeden hinrichten, der es wagt, mir oder meiner Familie zu nahe zu kommen, hast du das verstanden? Ich mache keine Ausnahmen, niemals. Sie war mit Davinos Bastard schwanger, ich musste etwas tun«, schreie ich genau in dem Moment, in dem die Tür aufgeht und Davino erscheint.

Und er hat jedes Wort mit angehört, daran besteht kein Zweifel.

Entsetzen und Schock spiegeln sich in seinem Gesicht. Merda, was macht er denn hier, sollte er nicht bei Enzo, unserem Cousin, sein?

Ende ...

DANKSAGUNG

Meine Testleser: Danke von Herzen für eure Unterstützung bei diesem Buch. Ohne eure Hilfe, Anmerkungen und die wundervollen Worte, die ich wirklich zu schätzen weiß. Es ist nicht selbstverständlich ein Team um sich zu haben, welches Rund um die Uhr da ist, selbst wenn die Welt untergeht, weiß ich, ich kann mich auf euch verlassen. Dafür danke ich euch.

Meine Lektorin: Seit Jahren begleitest du mich bei jeder Veröffentlichung und holst das beste aus meinen Büchern. Gemeinsam erschaffen wir Welten, von denen ich Anfangs nur geträum habe. Deine Kritik und den Zuspruch bedeutet mir unglaublich viel, was mir am Endes des Tages vor Augen hält, wie viel ich von dir lernen durfte. Danke, danke von Herzen.

Und ein riesiges Dankeschön an die vielen, vielen Blogger und Buchblogs, die mich unterstützen und meine Bücher Aufmerksamkeit geben. Ich könnte natürlich jeden einzelnen nennen, aber ich befürchte, es würde den Rahmen sprengen. Daher fühlt euch alle herzlich umarmt.

Zuletzt an meine wundervollen Leser*innen: Ich möchte euch dafür danken, dass ihr dieses Buch lest. Ich hoffe, ihr liebt Adriana und Dion so sehr wie ich.

Ich liebe euch.

xoxo Alessia

TRIGGERWARNUNG

Dieses Buch enthält triggernde Situationen mit Gewalt und Blut, Folter, Mord, sexuellen Übergriffen, Vergewaltigung (diese Szenen sind sehr detailliert beschrieben, dahr ist Vorsicht geboten.) Es gibt körperlichen und seelischen Missbrauch sowie explzite sexuelle Handlungen, Menschenhandel, Sklavenhandel, post traumatische Belastungsstörung und Erniedrigung. Nimm diese Warnung ernst, denn deine Gesundheit liegt mir am Herzen.